跨文化视域下的
中西小说审美比较研究

陈寿琴 李雪松 ◎ 著

吉林出版集团股份有限公司

图书在版编目（CIP）数据

跨文化视域下的中西小说审美比较研究 / 陈寿琴，李雪松著． — 长春：吉林出版集团股份有限公司，2021.9

ISBN 978-7-5731-0459-5

Ⅰ．①跨… Ⅱ．①陈… ②李… Ⅲ．①小说研究—对比研究—中国、西方国家 Ⅳ．① I207.42 ② I106.4

中国版本图书馆CIP数据核字（2021）第 192269 号

跨文化视域下的中西小说审美比较研究

著　者	陈寿琴　李雪松
责任编辑	王　平
封面设计	林　吉
开　本	787mm×1092mm　　1/16
字　数	210 千
印　张	9.5
版　次	2021 年 11 月第 1 版
印　次	2021 年 11 月第 1 次印刷
出版发行	吉林出版集团股份有限公司
电　话	总编办：010-63109269
	发行部：010-63109269
印　刷	北京宝莲鸿图科技有限公司

ISBN 978-7-5731-0459-5　　　　　　　　定价：78.00 元

序　言

在 21 世纪的今天，在我国提出的"一带一路"战略下，中西方间的跨文化交际正在成为一种更广泛的全球化现象。在全球化发展的进程中，中西方交流越来越频繁，我们有责任、有义务以更加开放的意识和更广阔的国际化视野去解读和阐释中西方现代文学。文化是一个国家和民族的内涵，更能体现一个国家的软实力。在新时代的"新文科"建设的大背景下，我们理应以文化自信的姿态去思考和研究文学与文化的关系，运用比较的方法去分析现代中西小说中所体现的思想蕴含、审美特征、美学追求，去挖掘其中所蕴含的中西文化的差异与融合，在立体的框架中去阐释中国现当代小说的"现代性"与美学向度。因此，在跨文化的视域下去探析中西现代小说中所蕴含的中西文化意蕴与文化趣味的异同、审美的异同以及不同文化之间的相互影响与交流，无疑具有（小说）文体学、文化学和美学的研究价值。

本书力图强化中国语言文学交叉融合研究，凸显中国现当代文学研究的时代意识和国际化开放意识，丰富中国现当代小说的时代化、中国化研究成果，为 21 世纪的中国现当代文学研究、叙事学研究提供鉴赏实践案例和学理支撑。我们之所以选择中西现代小说作为跨文化研究的对象，那是因为小说中人物的言语行为实质上充分反映出了社会生活样态，体现并传递了社会文化价值观，因而，在跨文化视域下的中西小说比较研究，有助于推动我们更深入地去思考和探索在跨文化交际、交流、交融中去挖掘东西方民族文化体系中的若干要素以及各自的社会文化特征，进一步促进跨文化传播的思想文化资源的构建。因此，我们希望通过本研究去促进中国文化的跨文化传播，为进一步促进和夯实中国语言文学类研究和推进新文科建设的守正创新作出一点微薄的贡献。

本书在跨文化的视域下，综合运用知人论世法、文本细读法、比较法等研究方法，以六位中西现当代小说家的小说文本作为研究对象或研究范例，分别从生态叙事的文化诉求、美学追求、艺术变异与融创的审美需求等不同的维度对小说的美学意蕴、文化价值和审美意义进行了深入研究。首先对虹影与杜拉斯的"跨国恋"小说进行生态叙事比较研究，分别从叙事视角、叙事空间、叙事手法等角度来分析其生态叙事策略及其文化生态意蕴，力求探寻中西文化内涵的差异；其次，从跨文化的视角对凌叔华与曼斯菲尔德的短篇小说比较研究，分析其所蕴含的审美追求或审美意蕴的相似性和东西方文化的异质性；再次，侧重从借鉴中的融创入手，对李劼人与左拉的现实主义小说比较研究，李劼人借鉴了法国"大河小说"，尤其是左拉的小说；但他在接受的同时进行了创造性的转换，并表达了对家乡乡土的热爱，为读者展示一个色彩斑斓的成都世界。

本书的内容是作者长期从事中国文学、西方文学以及世界文学与比较文学教学与研究的积累；总体上来说，这些思考和研究显得比较零碎，还没能构成一套成型的研究体系；但却希望以此能起到抛砖引玉的作用，让更多学者加入跨文化视域下的文学与文化、小说艺术审美的研究中来，共同推动文学的多维审美阐释。在本书的撰写过程中，参阅了国内外大量的研究成果，在书中我们都尽可能地做了说明，在此谨向原作者表示诚挚的感谢。由于写作水平有限，本书难免存在不足之处，恳请读者谅解，并希望提出宝贵意见，以便我们日后修正完善。

本书由陈寿琴进行统稿，并负责 1~2 章的撰写，共 13 万字；李雪松负责第 3 章的撰写，共 5 万字。

本书为重庆对外经贸学院重点科研项目"中国现当代女性小说生态叙事研究"（项目编号：KYSK202004）的研究成果。本论著的两位作者为并列第一作者，因按照姓氏的拼音顺序排序，加之线性排版之故而出现了作者排序的先后，故特此说明。

重庆对外外经贸学院

陈寿琴、李雪松

2021 年 3 月于重庆合川

目 录

第一章 多元与融合：虹影与杜拉斯的 小说生态叙事比较

生态批评作为一种跨文化、跨文明的社会批评思潮，其与叙事学理论共同建构和阐释文学在内容与形式之间的耦合机制。正如，有论者说："没有叙事的生态批评如同跨出了山峰的外沿而一脚踏空——一种毫无方向感形如自由落体的语言"[①]。目前，国内学界对于生态叙事策略的研究还比较少，而且缺少关于生态文学叙事策略的系统性分析，更缺乏对我国生态叙事策略与西方生态叙事策略的比较研究。有鉴于此，本章拟通过中西对比，进行跨国界与跨民族的生态叙事策略对比研究。

本章以叙事学理论为支撑，以生态批评的美学原则为指导，将中国当代女作家虹影的《K—英国情人》与法国女作家玛格丽特·杜拉斯（Marguerite Duras）的《情人》两部跨国恋题材的长篇小说作为主要研究对象，分别从叙事视角、叙事空间、叙事手法等角度分析其生态叙事策略及其文化生态意蕴，力求探寻中西文化内涵的差异。

第一节 多样化叙事视角的生态意识呈现

中国当代女作家虹影的《K—英国情人》和法国女作家玛格丽特·杜拉斯的《情人》都讲述了一段跨越民族、疆界的异国之恋。但是，这两部长篇小说书写"跨国恋"的视角却不尽相同，各有特点，其中，蕴含着相似而迥异的文化价值取向、生态意识和美学追求。

一、叙事视角的选择与转换

根据叙事学理论，叙事视角是指叙事文中谁在观察，即从谁的角度在"看待"故事、人物，是故事讲述或传达的依据。至于叙事视角的分类，由于分类的依据不同而分为各种不同的叙事视角，因此，学界一直以来也没有统一的观点。此处，我们采用法国文学批评家热拉尔·热奈特的叙事视角理论。热奈特在《叙事话语》中为了区别过于专门的视觉术语如视角、视点等，采用了"聚焦"一词。他根据叙述焦点对人物的限制程度的不同，把叙事视角主要分为零聚焦型、内聚焦型和外聚焦型三种；又依据聚焦点的变化，将内聚焦

[①] ［美］斯科特·斯洛维克，韦清琦译，《走出去思考——入世、出世及生态批评的职责》，北京大学出版社，2010 年，第 36 页。

型细分为固定式、不定式和多重式三种。零聚焦型，又称为非聚焦型，指"无所不知的叙事者的叙事"，即叙述者讲述的事比任何一个人物所知道的要多，也即叙述者＞人物，是传统小说所采用的主要叙述方式。由于叙述焦点超越于人物主观世界之外，与人物保持一定的叙事距离，故其叙事效果在于体现叙述内容的客观性。内聚焦型指"叙述者只说某个人物或几个人知道的"，即叙事者讲述的故事与某个人物或几个人物知道的一致，也即叙事者＝人物；其又分为三种形式：固定式（焦点始终固定在一个人物身上）、不定式（不同事件的焦点在人物间变动和转移）、多重式（多重不同视点聚焦同一件事）。由于叙述焦点与人物主观世界重合，故其叙事效果在于体现叙述内容的主观性。外聚焦型指"叙述者说得比人物知道的少"，即叙述者＜人物。由于叙述焦点回避了人物的主观世界，故其叙事效果往往能使人物神秘化。①

（一）

从热奈特的叙事视角理论来看，虹影的《K—英国情人》和杜拉斯的《情人》主要采用的是内聚焦视角，所不同的是：前者主要是第三人称内聚焦视角；后者主要是第一人称内聚焦视角。内聚焦视角主要是人物视角，属于限制性叙事视角，拉近了作者、叙述者、人物和读者之间的距离。所以，内聚焦视角，尤其是第一人称内聚焦视角很容易取得读者的信任。与此同时，由于视野的限制，叙述也显得具有主观性和个性，而且很难了解其他人的生活。因此，叙述者根据视角讲述的故事就会留有空白和悬念，那么这些空白和悬念也就增加了读者审美的长度和难度；从某种意义上来说，这就消解了作者中心或文本中心；读者取得了参与建构小说的"自由"和"权力"，换言之，读者获得了与作者平等、互动的审美创造的机会。为此，内聚焦视角的采用，就呈现出作者在叙述思维上的生态人文主义意识。

虹影的《K—英国情人》虽然主要采用了内聚焦视角；但是仔细阅读文本，就会发现小说实际上选用了两种视角：小说开头和结尾使用的是零聚焦视角，构成了整部小说的叙事框架；中间部分，即小说的主体部分则以内聚焦视角讲述了来自英国布鲁姆斯勃里文化圈（The Bloomsbury Group）的第二代"诗人"裘利安·贝尔的中国之恋以及他在中国的所见所闻和感受。

小说开头"遗书"和结尾"让我快快看到你"使用了带有限制性的零聚焦视角。小说开头的标题是"遗书"。这标题就预示了"死亡"。在零聚焦视角下，视角由远及近：西班牙的布鲁奈特战役，国际纵队伤亡惨重；男主人公"他"——裘利安·贝尔被德国飞机扔下的炸弹击中，受伤严重，身死。前线的英国主治医生签署了他的死亡证明。在主治医生的记忆中，这个年轻的剑桥学院高才生依然像个被宠着的长得太快的孩子，可是他却死了，竟然还"死而无憾"。因为他"梦想参加革命，想有个漂亮情人，她都给了"。②他死的时

---

① [法] 热拉尔·热奈特，王文融译，《叙事话语·新叙事话语》，中国社会科学出版社，1990 年，129-130 页。

② 虹影，《K—英国情人》，江苏文艺出版社，2013 年，第 3 页。

候，还希望见到她。她是否知道他已经战死？如果她知道他死了，她会怎样？小说结尾那一章的标题是"让我快快看到你"，好似给出了答案；可这是谁的期待？这个标题中的"我"和"你"指代并不明确。正因为这种模糊含混，才使得理解带有双向性和互文性。无论这个心声是出自裘利安·贝尔，还是他心心念念的漂亮的中国情人，或者说是他们共同的希望与期待，这充分说明他们很可能相互深爱着对方。既然一方已经死亡，那么另一方也会快速求死，以便"快快看到"彼此。小说结尾，先对反法西斯战争对照写，一边是西班牙的布鲁奈特战役，一边是日本法西斯的全面侵华和中国的抗日战争；然后叙事视角聚焦到女主人公闵的身上，讲述了她的英国情人裘利安·贝尔离开中国后，她的行为与心理状态。最后，她又一次自杀，成功了。由此可以想到，闵为了她的英国情人，为了她炽热的爱情，或者说为了摆脱爱而不得的痛苦，她曾多次自杀，之前都没有成功，而这次终于自杀身亡了。简而言之，结尾的故事就是裘利安·贝尔的中国情人闵自杀殉情。小说以"死亡"始，以"死亡"终，相互呼应。这样，首尾采用零聚焦视角，使得裘利安·贝尔和闵的跨国恋故事不仅有了一种圆满的交代，而且还产生了中国传统民间传奇爱情故事——梁祝"化蝶"的审美意蕴，淡远悠长。故事止于此，而文化意味和审美韵味不止。

《K—英国情人》的主体部分则变换叙事视角，采用固定式内聚焦视角，也即采用人物视角。小说的主体部分，即回叙部分，使用的是第三人称进行故事的讲述，而叙事的焦点固定在男主人公——英国诗人裘利安·贝尔这个人物身上，叙述者从他的视角讲述他在中国的见闻感受以及他的那段刻骨铭心的中国爱情故事。

小说回叙部分开始的时间是裘利安·贝尔"遗书"落款的时间——1935年9月，主要是他生前在中国经历的最后两年时间。这个部分的故事不是"回忆"，因为裘利安·贝尔已经战死，死去的人无法进行回忆。于是，小说的"虚构"意味再次显现出来，为了遮蔽"虚构"，增强故事的"真实"可信度，所以作者虹影选用了内聚焦视角。那么，虹影为何不使用第一人称，而使用第三人称内聚焦视角呢？我们认为原因有三：一是，毕竟裘利安·贝尔在小说开头就已经死去，因此，使用第一人称内聚焦视角就增加了"虚构"的逻辑表达而使故事情节产生"失真"的艺术效果；二是，第三人称内聚焦视角使得叙述者和叙事视角保持一定的距离，便于叙事视角的自然转换，便于故事讲述的自然流畅；三是，第三人称内聚焦视角拉开了叙事者、人物、读者之间的距离，这样有利于保持审美的间距，所谓"距离产生美"；适当的距离，有助于读者在人物视角观察不到的地方进行合理的想象，进而产生审美的延宕感，生发出丰富的衍生意义，产生更为强烈的审美效果。

1935年的金秋九月，裘利安·贝尔受聘到中国的青岛大学任教，教授英国文学。小说通过这个英国青年诗人的视角去看中国，去感受中国的文化、中国的女人、中国的高校、中国的城市、中国的乡村、中国的革命、中国的一切。裘利安·贝尔自然而然地，几乎是本能地，会把他见到的中国的人、事、物、景与他熟悉的西方文化、景致对照一番，将中国现代知识分子文化圈之一的新月社与他熟悉的英国布鲁姆斯勃里文化圈进行对比。尤其是与后者的对比，更加强了小说虚构的"真实"性，也使读者获得一种熟悉感和亲切感。

再者，内聚焦视角固定在裘利安·贝尔身上，有助于充分敞开他的内心世界，淋漓精致地表现他内心的矛盾、纠结和漫无边际的思绪，这也符合他作为一名充满浪漫情怀、情感丰富、感情细腻的诗人身份。他的艺术家庭的出身，他的现代知识分子的身份，他的西方文化涵养深刻地影响着他的视野、思维和行为方式，中国文化、景观又以不同的风情和异国情调冲击着他。那么，当他的东方猎奇、艳遇，他的中国情人，最终成为他难以跨越的情感藩篱的时候，有着西方现代知识分子的"自由主义"思想的他，就会为自由而抛弃可贵的生命，乃至"价更高"的爱情，完成一个西方知识分子的思想价值和精神价值的追求，从而化解现实生活中的情感矛盾与纠葛。也正因为此，以裘利安·贝尔为固定焦点的"跨国恋"故事，稀释了他的中国情人是有夫之妇的"道德"伦理评判的意味，淡化了"婚恋观"的中西文化差异与冲突，最终演化为死神唇边的一抹难以和解又经过和解的"纯粹的"爱情之血，嫣然美丽，悄然盼兮！

正因为《K—英国情人》从男主人公裘利安的视角来讲述他的异国之恋，所以也就只能凭借他的感官去看他的中国情人——闵的着装和行为。叙述者只能转述他从外部接受的信息和可能产生的心理活动，却无法深入地剖析女主人公闵的心理想法和文化思想。这样，闵没在裘利安的视野范围内的时候，比如，他去川西北寻找革命队伍期间，闵在做什么？做了什么？均不能转述出来，从而使得叙述中常常出现一些空白，令人遐想。而当他从破碎的革命之旅返回青岛大学的时候，看到闵的脸已经瘦了一圈。为何？相思之苦？他的不辞而别？一系列的疑问自然而然地就冒出来了。那么，读者想要去探寻这些疑问的答案，阅读的兴趣就被带动和牵引出来，因此，就会继续跟着叙事视角去继续阅读下去，一探究竟。此外，从裘利安的视角讲述和看待他的中国情人，使得他不能完全理解闵的行为举止以及她所代表的中国传统文化，所以，闵便成为一个带有东方神秘色彩的女性；这不仅仅体现出男女性别的差异，同时也表现出中西方文化的差异与隔膜。为此，小说衍生出来的蕴含：在跨文化交际与传播中，异质性的文化需要从平等地角度来看待这些差异，要增加相互的理解、尊重。在对待中西方文化的差异时，不能以"西方文化"中心而产生文化优越性、种族主义的偏见，而要以文化多元并存，和谐共生的人文生态意识进行跨文化交际。

《K—英国情人》从裘利安·贝尔的视角来讲述他和闵的跨国恋，所以，当他们被郑（闵的丈夫）"捉奸在床"的时候，他不得不"被迫"离开中国。由于这段带有异国情调的爱情使用的是内聚焦视角这种严格限制性的视角，它固定在男主人公裘利安·贝尔的视野内；所以，他离开中国后，闵怎样了，就无法再通过固定内聚焦视角进行讲述了。如果作者和叙述者想要给读者、人物及故事一个交代的话，那么小说就需要转换叙事视角。为此，小说的结尾就使用了"比任何一个人物都知道得多"的零聚焦视角来交代闵的后续故事，也就是她为情自杀。"死亡"为这段有点冒险的充满"危机"的爱情画上了一个较为圆满的句号，为这段超越世俗道德的情感保留了一份超越生死的幸福安宁，人文生态所追求的圆融与和谐境界便自然生成。

（二）

玛格丽特·杜拉斯的《情人》故事单纯，情节并不曲折：主要讲述了当时居住在法属印度支那（越南）的白人少女"我"和中国富家少爷之间短暂的情爱故事。这部不以故事情节吸引读者的小说，为何让中外读者倍感真实而亲切，并产生一种使人亲临其景的感觉？这或许源自该小说那"别有用心"的叙事策略，其中，内聚焦视角的选用与转换，就促使了小说的这种叙事魅力的生成。实际上，我们可以发现，小说的内聚焦视角主要包括两种形式：第一人称内聚焦视角和第三人称内聚焦视角。

《情人》以第一人称内聚焦视角为主，主要讲述了女主人公——法国少女"我"在越南西贡与堤岸的那个中国情人之间的情爱故事，同时也讲述了"我"在那个殖民地（法属印度支那）的灰色童年和家庭生活；同时又在叙事视角的变换中穿插第三人称内聚焦视角，讲述女主人公"她"与中国情人之间的情欲与情感发展，或者说两人之间关系的走向。第一人称内聚焦视角讲述的故事"真切"动人，既能深入传达女主人公的心理感受，又能使得虚构故事有种"自传"的色彩，极大地增强了小说的真实性；第三人称内聚焦视角时不时地拆解叙事视角和叙事者之间的亲密关系，解构小说力图营造的"真实"性氛围，产生一种互相排斥、互相拆解、互相渗透、互相补充的审美效果。在小说中，有时第一人称内聚焦视角"我"和第三人称内聚焦视角"她"是同一的，"我"就是"她""她"就是"我"，都是白人少女的视角；有时"我"和"她"又不一致，"我"不是"她"："我"是回忆往事的老女人，是写小说的女作家，"她"是湄公河渡船上的白人少女，是白人少女的后来形象——定居巴黎的老年白人女性；"她"也不是"我"，她始终是小说的女主人公，"我"却不一定，"我"有时是叙述者，有时是女主人公（不同年龄阶段），有时是隐含作者。"我"是"她"，"我"也不是"她"，所以，小说的视角就变幻不定，固定的中心（固定的视角）被解构，没有章法可循，从而达到变化莫测、相映成趣的叙事效果，体现出一种多元并存、交融互动的人文生态叙事思维。

大多时候，《情人》中的叙述者是以第一人称"我"为叙事焦点进行故事的讲述和对过去的回忆。也就是说，叙述者主要是由人物"我"来承担的，这样就拉近了叙述者、人物、读者之间的距离。读者在阅读小说文本的时候，不断感受人物生命的跃动，思绪的跳跃。内聚焦视角可以无限可能地敞开"我"的内心世界，因此，故事的讲述就可以不受时空的约束，可以"思接千载，心骛八极"。为此，"我"的意识和情绪影响着"我"的讲述：

"我"年老了，有个男人却对"我"说，容颜被毁的年老的"我"比年轻时候更好看，更令他喜欢。"我"回想起"我"最熟悉、最为之心动的一个形象，这个形象从未向别人谈起过。在"我"的生命中，青春过早消逝，时间回到"我"十五岁半，湄公河的渡船上。于是，一个白人少女"我"在法国殖民地（越南）那不幸的童年生活不断地被叙述，"我"在渡船上邂逅了中国富商少爷"他"，并与他保持了一年半的情人关系。整篇小说主要以"我"过去，现在的见闻、感受、所思所想为线索，将过去、现在、未来，将城市、乡村、河流，越南的西贡、沙沥、湄公河与法国、中国联系在一起。童年的贫穷、痛苦、愤怒、耻辱、孤独；那个国土炎热而单调，没有更新；父亲英年早逝；母亲的绝望症及她对大儿子的偏爱，她到死都在为她的大儿子谋划生活；大哥粗暴、偷窃、作恶多端，最后死在法国；小哥哥英俊、完美、怯懦，但小哥哥在日本占领的时间就去世了；"我"的中国情人英俊优雅、富有、很爱"我"，他在他父亲的金钱面前是懦弱的，他孤独、痛苦……由此可以看出，作为法国白人少女的"我"，家庭是贫穷的、不和谐的、缺乏温情的，"我"整日生活在绝望与恐惧之中，如同"我"周遭的环境一般炎热、单调，所有的一切都可能瞬间被卷走，荡然无存。在这样朝不保夕、度日如年的氛围中，中国情人优雅登场，爱情自然降临，成为"我"临时的避难所，成为"我"灰色记忆中短暂的快乐或一抹亮色。

《情人》除了讲述上述相互纠缠、相互隔断的故事外，还将法国白人少女的"我"曾经的写作愿望与作为女作家的"我"及"我"的写作并置，白人少女"我"的少女时期的生活与"她"或白人姑娘的后来的生活和现在的情况并置，叙述者"我"讲述的关于那个堤岸情人到巴黎打电话给他的情人"她"、写书的她、那个法国白人并置，于是，小说的人物视角（内聚焦视角）变得扑朔迷离。因此，小说的内聚焦视角既不属于焦点始终固定在一个人物身上的固定式（第一人称焦点人物"我"，不是同一个人物；同时还有第三人称的人物视角），也不属于不同事件的焦点在人物间变动和转移的不定式（相同事件的焦点在不同的"我"和"她"或白人姑娘之间变动，不同事件由同一个人物"我"的视点进行讲述），更不属于多重不同视点聚焦同一件事的多重式（兼有不同身份的"我"和"她"、白人姑娘视点聚焦的不都是同一件事），而出现了内聚焦视角的变异，产生了叙事视角的"陌生化"审美效果。

内聚焦叙事视角的变异，使得《情人》的主体故事——"我"和中国情人之间的爱情故事或情爱故事一再地被"我"的家庭生活场景或童年记忆打断、割裂，同时又相互缠绕，难解难分。所以，内聚焦叙事视角转化的灵活性，使小说的叙述在过去、现在、未来的任一时间展开与合并，又在不同时候重复交叠、变换、相互印证和相互拆解，向前发展和回到过去，枝蔓丛生，完全不受时间的束缚，形成了叙述的自在性、流动性，充分呈现了这部小说的"后现代"叙事的技巧性，颇有意识流小说的形式特征，与此同时，也呈现了人文生态主义所倡导的无中心的自由精神的追求。

细心的读者可能已经发现，小说的叙述视角开始是老妇人在回忆往事，很快就转化为一位极富才华的女作家在编织关于"自我"的故事，后又转换为一位十五岁半的法国白人少女（老妇人和女作家的回想）视点讲述"我"与中国情人的故事，时而又是由"我们"所指称的某一群体（我和我的家庭，或者我和我的情人，或者我和我的好友/同学）。所以，在故事的讲述中，小说虽然以第一人称内聚焦视角来讲不确定的"我"的故事，常常又以白人少女、女学生、白人姑娘"她"第三人称的内聚焦视角将"我"所观察到的故事进行延续，或割裂开来，从而使内聚焦视角带给读者的"信任度"大打折扣，摧毁内聚焦视角的亲切度和真实性，产生一种亦真亦幻的叙事效果。一时之间，"我"的视角也变得可疑。

因为"我"可能是老妇人、女作家、白人少女、女学生、"她"等，成为一个不确定的"形象"，从而使得"我"的视角成为一个不确定的视角，而读者难以确定多重身份的"我"究竟是谁。

《情人》在第一人称的内聚焦视角中往往突如其来地插入第三人称内聚焦视角的叙述，叙事视角与人称的随意跳跃使得叙述主体（人物）的身份更加含混；即使在第一人称的叙述中，"我"和"我们"的所指也难以确定，因而，叙述主体成了一些零散化、碎片化、难以确定、甚而是互相矛盾的形象，叙述视角的主体丧失了中心地位和固定的位置，成了一个没有任何身份的自我指涉。杜拉斯的这部小说一边强调真实性，又一边在瓦解这种真实性，使得文本在"自传"和虚构之间摇摆不定。正如她自己所说："我的生命的历史并不存在。那是不存在的，没有的。并没有什么中心。也没有什么道路、线索。"① 在她的小说文本中没有所谓的真实与虚构，一切都是不确定的。

正因为《情人》主要从女性人物"我""她"或白人姑娘的视角去讲述湄公河渡船上开始发生的跨国之恋，所以也就只能凭借"我"——十五岁半的白人少女、十七岁的白人姑娘的感官去看她的中国情人——堤岸男人"他"的着装、风度和行为，他有钱，他对我的情欲与爱情，他的孤独无奈，他的胆怯与懦弱，他的痛苦与沉默。"我"只是站在"我"或"她"的立场去看待这个男人、这段感情，"我"或"她"无法真正地理解他、他的家庭和中国文化。而且，"我"常常带着白色人种的自以为是的种族优越感，哪怕"我"是贫穷的白人，也可以在黄色人种面前体现出对他的种族偏见与歧视。"我"的家人——两个哥哥和妈妈享受着这个富有的中国人给予的豪华大餐和奢侈娱乐，却不愿意看"我"的情人一眼，也不愿意和他说一句话，忽视他的存在，漠视他的人格尊严。"我"也只知道中国情人出现在我的视野中的事情，关于他的其他的一切，"我"也只是听说，并不能什么都知道，因此，他的形象也是一个处于被半遮蔽的形象，是被言说得形象。这个中国情人形象具有很多的不确定性，或者说这个中国男人形象不够立体，还可以进行继续补充性地塑造，所以，杜拉斯后来又在1991年写了小说《来自中国北方的情人》，再次塑造了《情人》中的这个中国情人。如果通过这两部小说的互文性阅读，可以对杜拉斯笔下的"中国情人"有不同的审美感受。

（三）

虹影的《K—英国情人》和玛格丽特·杜拉斯的《情人》都主要以内聚焦视角，即以主人公视角在写西方人眼中的"中国情人"。与此同时，这两部小说通过多样化的叙事视角的选择和叙事视角的变换，使得跨国恋产生了相似而又不同的审美情趣和文化内蕴。

首先，在叙事视角的选用上，虹影《K—英国情人》选用了内聚焦视角和零聚焦视角两种视角。关于小说首尾使用零聚焦视角进行故事讲述的分析，前面已经做了阐释，在此就不做赘述。小说主要以内聚焦视角为主讲述裘利安的中国禁忌之恋，叙事焦点始终固定在这个人物身上，所以，小说所使用的内聚焦视角属于固定式内聚焦视角。正因为有相对

---

① ［法］玛格丽特·杜拉斯，王道乾译，《情人》，上海译文出版社，2005年，第9页。

固定的叙事焦点，读者阅读起来就比较自然顺畅；叙事者和叙事视角、叙事视角和人物、人物和读者之间的关系也比较融洽，而且增强了故事情景代入感，小说营造的淡淡忧伤与激情昂扬相互交融的氛围也产生审美的情感张力。再者，采用第三人称内聚焦视角，将叙述者与叙事视角进行"分离"，减弱了叙事的"主观性"和"情绪化"，强化了叙事的"客观性"和"理性"。因此，裘利安对他的中国情人的情感不单单是情欲，更是一种理性的判断与选择，他和闵的不合法的爱情就升华为灵与肉的结合，进而变得可以理解和谅解。那么，裘利安眼中的闵，也就不只是"情人眼里出西施"的主观的、盲目的或有偏见的"美"，还是带有中国现代知识女性的个性美和知性美、拥有中国传统文化丰富内涵的气韵美，这些带有异域色彩的文化"美"质深深地吸引着他。所以，东方与西方文化虽然有着很大的差异性，相互之间可能会彼此冲突、相互隔膜，但是却也可以相互欣赏、和谐交融。这充分体现了华文文学所具有的中国"和美"的超越性审美境界和追求安稳的文化精神内涵。

相较而言，杜拉斯《情人》主要采用了内聚焦视角。不过，小说中的内聚焦视角无法按照热奈特的叙事视角类型来进行划分，因为叙事焦点既不固定在某个人物身上，不同视点也不固定在不同事情上，不同视点也不固定在同一件事情上。所以，我们只能从内聚焦视角的人称来看，小说中主要有第一人称内聚焦视角和第三人称内聚焦视角两种形式，以前者为主，后者为辅。第一人称内聚焦视角的视点人物"我"也是不固定的，"我"的身份或角色常常处于变化之中；不过大多时候"我"是那个十五半的法国少女，那个家庭经济困顿的法国女孩，那个给中国富家少爷做情人而从他那儿谋取钱财的法国女孩，"我"的其他身份成为这个女孩形象的补充。各个不同"身份"或角色的"我"要么年轻，要么年老；要么有强烈的欲求，要么理性看待生活；要么有着强烈种族偏见，要么能带着偏见接纳有钱的黄色人种；要么在写小说，要么在絮絮叨叨地讲述往事。这里视点人物"我"，有可能是你，也有可能是她或他，还有可能是我们每一个人，于是，包括读者在内的我们每一个人都有可能成为这部小说的叙事视角，叙事视角变得飘忽不定，读者参与建构故事的可能性就无限增加。第三人称内聚焦视角的视点人物"她"或那个不同年龄段的白人女孩，有时候也是"我"的，视点也是不固定的，但是身份或角色的定位却是相对固定的，那就是小说的女主人公。由此可见，无论是采用视点人物不断变化的第一人称内聚焦视角，还是第三人称内聚焦视角，《情人》带给读者的阅读感受是不够顺畅的，有种变化不居的美感，同时也增加了读者解读小说的难度和参与度。这鲜明地彰显了西方文学所具有的自由主义思想和敢于冒险求新的文化精神。

其次，在叙事视角的变换上，《K—英国情人》的叙事视角的变换或转换是比较清晰的，比较有规律的。整体来看，大体上遵循"零聚焦视角—第三人称内聚焦视角—零聚焦视角"这样的一种视角变换形态，零聚焦视角构成一种框架或容器，又相互呼应；第三人称内聚焦视角形成一种强有力的支撑或丰富的内容；这样就形成有边界的变化和有规律的叙事，叙事和故事都成为可以掌握和调度的，充分体现了叙事者或作者对叙事的自信和对其文化身份的自我认同和构建。

相较而言，杜拉斯《情人》内聚焦叙事视角的变换具有随意性和无规律性，当然也很有个性。小说的叙事视角在叙事者，故事的编织者，隐含作者，不同的人物"我"——"她"、老妇人、女作家、白人少女之间不断流转，又不断地流连白人少女的视角。作者杜拉斯采用这种随机变动的内聚焦叙事视角，正是因为她对青春或童年的记忆和异域的记忆，是不可靠的记忆，也是不可靠的叙事。这样，小说中记忆的"真实性"和故事的"虚构性"并存，叙事变成无法捕捉和无法把握的意识流动，叙事视角的文化身份变得虚无缥缈而难以确认。

二、叙事视角文化偏差

从叙事视角的文化身份或文化立场来看，虹影的《K—英国情人》和杜拉斯的《情人》这两部小说的叙事视角带有明显的西方文化中心主义意识，用爱德华·萨义德所说的"东方主义"来指称似乎更为合适。西方文化的叙事视角，指的是让有着文化优越感的西方人（西方白人）来承担观察和叙事的角色，通过他们的视角去观察以中国为代表的东亚文化地区；以西方人藐视或鄙视东方文化，并任意虚构"东方文化"的一种偏见性的思维方式或认识体系，对中国、东亚文化地区作出符合他们思维方式和价值取向的审美评价。萨义德认为，东方主义是在西方的知识、各种制度中，长期积累的那种将"东方"假设并建构为异质的、分裂的和"他者化"的思维，旨在为东西建立一个明显的分野，从而突出西方文化的优越性，使得东方成了欧洲物质文明和文化的内在组成部分，成为欧洲自我得以建立的他者。萨义德还认为，这种建构及论述，与那些国家的真实面貌几乎毫无关系。即使西方人要重新认识东方，他们大都跳不出这种论调的框框。由此可见，虹影的《K—英国情人》和杜拉斯的《情人》以西方人或西方文化的叙事视角来塑造"他者化"的"中国情人"和以中国文化为代表的东亚文化形象，必然会带着某种难以剥离的"东方主义"的文化偏见与傲慢，不过由于作者的文化身份不同和叙述者的不同，使得两部小说又呈现出很大的差异。

（一）

从叙事视角的承担者来看，虹影的《K—英国情人》的主要叙事视角是人物视角。小说是从男主人公裘利安·贝尔的视角进行异国浪漫爱情的讲述。从叙事视角的文化身份来看，虹影在《K—英国情人》中以英国人—西方人的文化视角塑造了一个"他者"的形象——具有异域风情的中国女人。这个形象具有特殊的"性"吸引力，甚至是有点不顾中国伦理道德的"放荡"的东方女性。这个中国情人形象成为裘利安·贝尔的第十一个情人，成为他的一个字母"K"，一个符号，一个想象性的存在，一个陪衬，一个衬托男主人公风流潇洒、浪漫猎奇的西方文化精神贵族的能指。因此，小说中的"异国形象"或"中国想象"与"他者"相辅相成，可以被理解为萨义德所说的"东方"，即被殖民的一方，被审视的一方。

作为一个出生并成长在重庆的中国人，虹影又是旅居海外的华人；那么中国文化（本民族文化）与居住国的西方文化都会对其文化意识产生深远的影响，同时也使得她的文化身份处于一种"无根"或"寻根"的状态之中，处于被西方文化认同与否的焦虑之中。因此，在虹影的《情人》中就不可避免地带有这种文化身份的焦虑感和文化身份认同的重构，于是在"戏仿"东方主义的叙事模式中进行"他者"的非模式化叙事，"中国"成为西方主流文化的另类"他者"——带着一定主体性的"他者"。

19世纪以来，东方始终都是作为"他者"形象出现，并构成西方的参照物。在西方人的眼中，东方就是一个落后、愚昧、不开化、神秘的世界，这种观念完全是从西方中心主义的立场出发，按照西方主观意识进行想象和建构的结果。作为西方的"他者"，东方具有客体、异己、差异等特质。西方人自称自己是具有主体性"自我"，殖民地的人民则被称为"他者"。换言之，西方人把除"自我"以外的所有异于西方的事物都视为"他者"，甚至主体内部的阶级、种族、性别等。这不仅有悖人文生态思想的多元化、多样性、平等互动性等内核，而且带有鲜明的殖民主义色彩和文化偏见，并以此来显示西方及其文化的优越感和强势霸权。正如爱德华·萨义德在《东方学》中所指出的，东方并非真实中的东方，"东方几乎是被欧洲人凭空创作出来的地方，自古以来就代表着罗曼司、异国情调、美丽风景、难忘的回忆、非凡的经历"。[①] 他认为，"东方"作为一个不在场的主体，一直被西方视为一个任意被言说、被支配、处于劣势地位的"他者"，是西方"他者的他者"。在西方中心主义的视域下，中国——古老文明的东方国度，是一个完全不同于西方的异质存在。对于移居西方国家的中国人来说，其移民身份本身就决定了他们所具有的一种文化异质性。正如有论者说，这种因空间位移、环境改变而导致的文化上的"异质性"，不仅使得他们在居住国成了种族、语言、性别等方面的多重"他者"，而且作为移民在血缘和文化上遥远原乡的"中国"，也成了他们在西方主流文化影响下想象的"他者"。[②]

从文化生态语境来看，海外华人女作家虹影同时兼有东西方文化的思想意识。这种双重文化的交织使得《K—英国情人》中的"中国情人"形象具有多重"他者"的意味。第一次见到系主任郑的妻子闵，裘利安眼中的她"戴着一副眼镜，文静娴雅的女知识分子，一见他就比其他人显得高兴，使他觉得自己是贵宾：会当夫人的角色。不过她的英文好像是在中国学的"。[③] 闵待客的礼貌热情激发了英国人—西方人的"贵宾"感觉，自我感觉良好，所以，他就觉得闵那有点模糊的"异国口音"的英语听起来也很舒服。哪怕是"异国"口音的英语，由于心情和感觉好，也就没被否定和鄙视。加之，闵不仅聪慧，透出文人气息，而且具有东方女人的"文静娴雅"，因此，使得这位号称是"女性美的专家"的裘利安对这个中国女人的长相等级失去了判断力。那么，他居高临下的观察优势何在？

华人女作家虹影从踏入异域"失去自我"的"他者"追问始，便走向"寻找自我"的身份认同构建。在多元文化、多元价值观的交融碰撞中，书写中国想象已成为新移民女作家一个无法回避的问题。在纠结与审视"他者"的基础上进行中国的想象，力图在多重"他

① [美]爱德华·萨义德，王宇根译，《东方学》，生活·读书·新知三联书店，1999年，第1页。
② 马德生《想象中国："自我"与"他者"的互动融合——以新移民女作家严歌苓、张翎、虹影为例》，河北大学学报（哲学社会科学版），2019年第9期，第24页。
③ 虹影，《K—英国情人》，江苏文艺出版社，2013年，第14页。

者"的边缘境遇和西方社会对中国人、中华民族根深蒂固的偏见中突围出来，表明她重构文化身份认同与中国形象重新认识"自我"的文化身份。

《K—英国情人》中的"中国情人"闵从青岛回到她从小长大的北京，就完全变成另一个形象：旗袍、发髻使其更具有了中国传统文化的韵味。闵美得惊人，像是一幅中国仕女图。她的着装打扮完全契合中国古都的文化气息，而又真实鲜亮地呈现在她的英国情人眼中：

> 她穿着非常艳丽的服装，绛紫色旗袍，银闪闪碎花，领口、长袖口与下摆都镶有枣红的毛边，蓝绫细缎长裙，浓密的一头长发，像古时女子那样梳成大髻，前额上留着一排黑又亮的刘海。
>
> 她简直就是中国古画里走出来的女子，看着他，却又是那么活生生的鲜丽！
> 他好像不认识似的：青岛的女知识分子无影无踪，他一下看傻了。[①]

中国女人——中国文化的某种个性和主体性显现出来，中国女人反客为主的无穷魅力和强势介入，冲击了英国人的心理防线，造成了西方人猝不及防的心理危机。小说通过如诗如画的中国女人闵的反复描述，在一定程度上消解了西方文化"自我"的主体性。

小说以二战时期的中英知识界为背景，仿制"猎奇"写作的方式，虚实相生地讲述了这段跨越文化、超越生死的禁忌之恋，以此表现出东西方文化的交融、碰撞以及西方的傲慢与偏见。虹影从带有优越感的西方／西方文化视角去建构了"他者"的中国形象，中国女人便成为一个为了认同与重构自己的文化身份的镜像。虽然小说在不断地拆解"西强东弱"的观念和"猎奇"模式的写作，具有悖论意味的是，为了满足西方读者的东方猎奇的阅读期待和西方主流文化中心主义的优越感，小说中的中国情人沦为"他者"，是被裘利安观察和体验的客体，同时也是西方文化视角的"异质"形象。闵这个中国女人，在西方人眼中，似乎有着满满的异国情调，神秘而美丽，给英国佬带来了一段刻骨铭心的浪漫情爱经历。在西方视点下，不仅中国女人与中国文化是异质的；而且裘利安理解不了也不认同入相女子的民间迷信说法，不赞同中国式的革命，当然也不会为了爱情而结婚。他不是东方人，不可能跨越东西方文化的鸿沟；所以，他实际上摆脱不了种族主义和西方人的傲慢，哪怕对方是他最心爱的女人。中国女人最多只能做他的情妇，而不能做能他文化身份平等的妻子。

虹影在《K—英国情人》中对中国想象的书写，力图摆脱强势西方文化对弱势东方文化的异己化"他者"建构，摒弃了歪曲、丑化中国—东方"他者"的模式化，突破了非此即彼的二元对立的写作模式，充分展示了在种族、性别、文化"他者"的边缘境遇中的身份"错位归属"或"无所归属"；而且把中国想象放在"西方"与"东方""本土"与"异域""自我"与"他者"的多维互动与异质文化的对话融合中，超越国族疆界、伦理规约和世俗的道德评判，揭示了隐藏在历史与文化背后的人性的复杂性；以"他者"作为"自我"观照的一种反观自审的景象来进行互相解读和彼此阐释，以一种求同存异的姿态去探寻异质文

[①]　虹影，《K—英国情人》，江苏文艺出版社，2013 年，第 77 页。

化平等对话、互补融合的可能，表达了在尊重文化多元性和差异性的前提下，渴望东西方之间、人类之间的相互理解、有机融合、和谐共存的愿望。或者说，她是以全球化的开放视野和宽容心态构建全新的文化身份，不仅强化了主体意识的回归和张扬了个体精神，而且"不再拘泥于传统文化身份的束缚，不再拘泥于对身份认同的感性倾诉，而是超越族裔隔阂与文化藩篱，寻找自我价值、重塑民族自信"。①她在《K—英国情人》中讲述的中国故事、展开的中国想象，一方面注重挖掘个体女性生命历程中蕴藏的历史、文化的丰富内涵，重构不同于主流和父权话语的历史；另一方面把女性身份追求上升至文化国族的高度，赋予其民族国家文化精神的隐喻，以此来重构其"中国"文化身份，既表达了对"中国"的认同与文化自信，同时显示了想象中国的新特质。

《K—英国情人》也表现东西方文化冲突与融合的艰难。小说从一个西方人的视角来看待抗战爆发前后中国的社会、革命和爱情，重点讲述了英国自由主义知识分子群体"布鲁姆斯勃里"第二代诗人裘利安与新月派知识女性闵跨国之间浪漫传奇的情爱故事，探讨中西方文化的关系。因此，裘利安与闵之间相互的吸引或诱惑，既是异性情爱的，又具有文化寓意的，是他们各自所代表的（东西方文化）不同文化的邂逅。在裘利安的眼里，闵简直就是中国古画里走出来的女子。她服饰别致、美貌天成、气质优雅、才华洋溢，这些让他着迷；还有那些被闵引导所看到的奇特美妙的中国文化元素，如中国庭院、中国丝绸、故宫、京剧、中国画、中国菜，甚至包括鸦片馆、道家文化等，都诱使着他对"美好的、中国人的、东方的"文化想象。同时裘利安也引诱着闵去感受和想象西方文化，西方个人主义自由精神、性爱观念，这些诱发了她长期被抑止的欲望与激情，唤醒并获得了女性意识的自我实现。所以，在小说中，我们看不到弱势文化对强势文化的"仰视"，也没有看到英国人到中国后产生的种族矛盾、文化冲突等；相反，我们看到的是异质文化的"平等"交流和相互吸引。正如有论者所说："对彼岸的向往不是单向的和残缺的，而是交错的和相互的，这种互为彼岸、互相看视的双向流程体现着内在文化意义上的平等与公正。"②事实上，两个人因文化差异而吸引，也因文化差异而分离。裘利安最终离开了闵，在西班牙布鲁奈特战役中身亡；闵也在绝望中结束了自己的生命。他们的爱情结局，实际上折射了作者因寻找文化身份而对东西方文化交流、碰撞的深思。虹影以一种全球化的视野和开放的态度坦然面对东西方文化之间的差异和隔膜，以一种平等的姿态努力寻找两者之间的契合点。她认为自己"有这个义务或责任来写一本东西方可以相互沟通的书，或者在文化冲突不可调和的情况下，试图找到一个途径解决"。③这既是《K—英国情人》文本所蕴含的文化价值和特殊意义，同时也是虹影对东西方文化交流融合所表达的一种美好愿望。

① 马德生，《想象中国："自我"与"他者"的互动融合——以新移民女作家严歌苓、张翎、虹影为例》，河北大学学报（哲学社会科学版），2019年第9期，第26页。
② 陈涵平，吴奕錡，《在对称中追求平等——试析张翎＜交错的彼岸＞的文化结构》，《名作欣赏》，2007年第2期，第100—102页。
③ 虹影，《谁怕虹影》，作家出版社，2004年，第131页。

（二）

从叙事视角的文化意识来看，杜拉斯在《情人》中以西方人的文化视角塑造了一个"他者"的形象——缺乏个性的中国男人形象，这一形象是作家对特定历史时期中国文化现实的一种描述，这种描述契合了法国人及欧洲人对中国及中国人的想象，并通过文化"他者"完成了西方所谓的文明民族的文化身份的再认同。因此，在小说中，东方始终还是异己的所在；作者依然在对东方进行毫无新意的刻板化描述，并没能通过"他者"形象来完成自己的文化身份的确立与认同，也没能最终找到她心灵的归宿和栖息之地。

杜拉斯作为一个出生在殖民地的法国白人，殖民地的文化（东方文化）和本民族的文化（西方文化）都会对她的文化意识产生深远的影响，同时也使得她的文化身份处于一种尴尬的焦虑境地。所以，杜拉斯就从带有种族优越的西方 / 西方文化视角去建构"他者"的中国形象，中国男人就是一个为了认同与建构自己的文化身份的镜像。

玛格丽特·杜拉斯1914年出生在法属殖民地的印度支那（越南），她整个童年、青少年时期都是在那里度过的，18岁时才回到法国。印度支那的自然环境、文化环境、社会生活给她留下了永生难忘的印象，并根植于她的深层意识，成为她潜意识的文化之根。在当时的印度支那，充斥着严重的种族歧视和等级观念。白人当然是"高贵"的上等种族，白人中又分为很多等级、阶层。整个殖民地社会等级森严，阶层分明。杜拉斯一家处于白人社会的最底层，贫穷却使他们常常被白人社会排斥、被嘲笑、被鄙视，甚至被压迫，贫困使他们的生活更接近于当地人而非白人。但作为法属殖民地的白人，他们在种族地位上毕竟还是优越于当地人。在面对当地人时所享受到的种族优待使杜拉斯不自觉地拉开与他们之间的距离，这使得她在潜意识中认同了白人的文化身份，并有一种身为白人的优越感。所以，在殖民地，杜拉斯的家庭既处于白人社会的底层，又在当地人社会中占有种族优越的地位。法国白人的家庭背景和殖民地时代的社会价值观念以及种族主义意识都对她产生了深刻的影响。东西两种文化在她身上汇集、交流、碰撞，烙下了文化交融的鲜明烙印。这种文化身份使她面对西方时经常处于一种"失语与无根状态"，却在面对东方时又具有"西方人的优越感"。

从文化生态语境来看，杜拉斯可以算是一个东西方文化的"混血儿"，她身上同时兼有这两种文化的思想意识。这种双重文化烙印决定了她笔下中国情人形象的复杂性。《情人》中的中国情人出场时的形象："一个风度翩翩的男人正在看我。他不是白人。他的衣着是欧洲式的，穿一身西贡银行界人士穿的那种浅色柞绸西装。他在看我。"[①] 这个"他者"首先是风度翩翩的、优雅的，虽然不是白人，却打扮西化、时髦。他坐在黑色的轿车里，显然极为富有。这个形象已经完全不同于19世纪以来欧洲人对中国人的普遍的社会集体想象：有着"野蛮""贫穷""愚蠢"等特征，或有着"几乎非人的脸"。这个举止儒雅，家境富裕的中国男人对"我"是有吸引力的，因此，"我"不仅喜欢他的钱，也很可能喜欢他这个人。然而，在小说后面的情节中，尽管这位中国情人有其独特的吸引力，却因为

---

① ［法］玛格丽特·杜拉斯，王道乾译，《情人》，上海译文出版社，2005年，第21页。

是黄种人而受到"我"和"我"家人的歧视、漠视、凌辱。

杜拉斯虽生长于殖民地，受到东方文化的影响，可她毕竟是一个法国白人，不可避免地产生了西方人的"种族优势"、西方民族文化的优越感。杜拉斯特殊的西方文化身份使得她以俯视的眼光关注着异国形象（中国形象、东方形象），并且在有意无意间赋予他们"他者"的特质。异国形象属于对一种文化或一个社会的想象，也就是说，一国文学中对"异国"形象的塑造或描述，其核心是对"他者"形象的认知。当代学者非常偏重于对形象创造主体的研究，即作家是如何在作品中塑造"他者"形象的以及他们是如何理解、阐释作为"他者"的异国异族的。① 而一个作家对异国现实的感知与其隶属的群体或社会的集体想象密不可分。所谓社会集体想象物是指全社会对某一异国社会文化整体所做的阐释。西方用自己的文化价值体系去衡量异己的"他者"，通过意识或想象中的"他者"来确立自身，以体现自我的优越性，以强化自我的西方文化身份。《情人》里中国男人的形象深深地烙印上了西方对于东方社会的"集体想象物"的印记，也充分体现了西方社会或西方民族集体意识对杜拉斯的影响。

按常理，二十七岁的男青年应该是成熟稳重、刚健有力的，而《情人》中的男主人公，即那个年轻的中国男人却是一个缺乏个性，怯懦、软弱、没有行动能力、没有自主性的"异"质形象。当已经西化的中国男人在湄公河渡船上第一次遇见"我"——十五岁半的白人少女，向"我"走过去时搭讪，他是胆怯的，他的手直打战，就因为他不是白人。"我"与他相比，尽管他较"我"更加成熟，拥有着"我"无可比拟的经济优势，可他依然胆怯，只因为"我"是个白人。小说的故事自始至终彰显的殖民地上的"白人是上等种族"的这种种族等级观念，而这种观念让叙述者感觉这个中国男人有着强烈的自卑感。在这里，种族的差异，种族间的不平等性主导着故事的发展、人物形象的塑造。

在整个情爱经历中，中国男人好像始终处于一种弱势的、被动的地位；他只有勇气爱"我"，却没有勇气和能力永远拥有心上人，在家族利益和种族差异的冲突下，委曲求全，最终不得不放弃这段跨种族的爱情。在经济上既依赖富豪家庭的供给，又对这种命运唯命是从。他既优柔寡断，又胆小怕事，始终处于一种消极被动的状态之中。于是，小说从"我"这个有着白人种族优越感的文化视角，塑造了一个十分特殊而又鲜活异常的中国男人形象。这个中国男人的形象成为"我"眼中的"他者"形象，一个苍白无力、软弱无能、胆小怯懦、消极被动的中国情人，或许这就是当时的中国—东方（被殖民者）形象折射在法国的"社会整体想象物"，反衬出"我"作为优等民族的坚定果决、主动强势、充满激情和活力。

小说中不仅中国情人是"异"质形象，而且"中国话说起来像是在吼叫，总让我想起沙漠上说的语言，一种难以想象的奇异的语言"；② 中国人"就像无家可归的野狗那样肮脏可厌，像乞丐那样盲目又无理性"；从中国饭店发出的声音"在欧洲简直不可想象……任何人在这种饭店吃饭都无法谈话……我们来到最清静的一层楼上，也就是给西方人保留的

---

① 林继鹤，《"跨国恋"文学中的东方形象塑造》，《名作欣赏》，2019年第8期，第125页。
② 虹影，《K—英国情人》，江苏文艺出版社，2013年，第50页。

地方，菜单是一样的，但闹声较轻，这里有风扇，还有厚厚的隔音的帷幔"。① 这些夸张、极度蔑视性的描写，折射出杜拉斯所从属的西方优越感。杜拉斯并没有来过中国，所以，她对中国的感受和认知并不具备"真实"可信度，而只是受到了西方社会集体想象物的影响。实际上，这些被丑化和鄙视的"他者"和异国形象是一种模式化的描述，代表了当时欧洲人对中国人，甚至黄种人的普遍看法。这种社会集体想象物在中国男人请白人少女的家人吃饭时得到了更为集中的体现，"我"的"两个哥哥大吃大嚼，从不和他说话，他们根本看也不看他。他们不可能看他。他们也不会那么那样做"。② 因为大家都觉得"我"与富裕多金的中国情人交往肯定是为了他的钱，"我"不可能爱他。"我"和中国情人的爱情不会有结果，"因为他是一个中国人，不是一个白人"。③ "我"的哥哥认为，"我"对一个非白种人产生感情是无法想象的，所以，他们用对中国男人不屑一顾，在中国男人面前尽力保持着极其轻蔑的态度以维持白种人的尊严，甚至在享受着中国男人的盛宴时也无视他的存在。"我"和家人根深蒂固的种族优劣观念、等级观念让我们虽然尽享中国情人钱财给"我们"带来的物质满足，却在精神层面唾弃"他"、鄙视"他"，甚至将与"他"的交往看成一种耻辱，与"他"同时出现在人们的视野里也是一种耻辱。在种族观念的影响下，"我们"内心深处存在着一种对黄种人的偏见或者歧视。"我们"过着近似于当地人的贫困生活，而中国情人过着"我们"远远不能企及的富裕的生活——穿西服、抽英国烟、喝威士忌，曾受过西方教育，会说巴黎口音的法语，举手投足间有着几分西方的优雅，也不能改变种族等级观念。因为他毕竟是一个黄种人，这是不可改变的事实。这正是种族中心主义在西方强权社会根植的观念体现。从始至终，西方文化的叙事视角以一种居高临下的眼光塑造着中国男人。杜拉斯自身的文化局限性与种族歧视观念的狭隘性决定了她笔下的法国白人少女"我"根本就不可能真正了解中国及中国文化，"我"对于中国情人和中国文化是非常隔膜的或非常陌生的。

小说标题虽为《情人》，而实际上中国男人并不是最为重要的人物。小说中用"他"或"堤岸那个情人"来指代中国男人，他只是白人少女的一个陪衬，处于从属地位。整部小说的叙述视角、叙述语态都是属于西方人—白种人的，中国男人没有被赋予言说的权利，没有话语权，只能沉默地接受一切，只能成为"被关注""被叙述"和被审视的对象。他总是柔弱、怯懦、伤感、痛苦、优柔寡断；身为男人，却有些女性化的阴柔，自始至终由女性决定一切。从某种层面来说，白人女孩代表了西方的强势，代表了西方文化的"自我"形象塑造；而中国情人则成了中国—东方世界弱势的代表，完成了"东方文化"的"他者化"的建构。这个被剥夺了个性的沉默的"他者"形象则契合了西方社会集体意识关于中国的想象。巴尔曾经说过，"我"注视他者，而他者的形象同时也传递了"我"这个注视者、言说者、书写者的某种形象。杜拉斯《情人》中的"中国情人"是一个虚构的"他者"镜

① 虹影，《K—英国情人》，江苏文艺出版社，2013年，第58页。
② 虹影，《K—英国情人》，江苏文艺出版社，2013年，第61页。
③ 虹影，《K—英国情人》，江苏文艺出版社，2013年，第62页。

像，可以通过这个"他者"发现并认识"自我"，强化集体无意识，完成"我"的或者说是作者的文化身份的确认，使自我的文化身份、社会身份有了归属。

尽管《情人》的叙事视角时常变换，视角焦点不论是老妇人、女作家，还是白人女孩来承担，她们的文化身份却没有变换，始终都是从西方人—西方女性的角度进行叙事的。杜拉斯既没有给女主人公命名，也从未提及中国情人的姓名。小说中的大多时候都用第一人称和第三人称代词来指代"我"——法国白人女孩、"他"——"我"的中国情人这两个主要人物，"我"和"他"成为能指，可以指任何西方人和中国人。不过，小说中"法国白人女孩""中国男人"或"堤岸情人"这样的标示有国族、种族等社会身份或人物关系的词组来分别指称"我"和"他"，这就成为"我"和"他"的所指，指明了这两个跨种族的男女还有着情感关系和经济关系。暗示了以西方文化为中心的"自我"形象与异己的"他者"化的中国形象之间复杂的关系：种族差异和交际、阶层差别与超越、文化身份的悖论式归宿。不难发现，在小说中，中国形象的"他者"还处于从属地位和被边缘化的状态，而且他们的文化主体身份几乎已经消失殆尽，并由"我"创造出来。无论这个"我"是老妇人、女作家，还是白人少女，抑或者是白人女孩及其"她"，这个"自我"形象与"他者"形象构成一组二元对立与融合的形象。因此，小说同时又带有后殖民主义的视角。实际上，被殖民者在本质和传统方面应该有着丰富的多样性；作为文化的产物，他们的形象既有确定性，同时又处于变化之中。后殖民主义的视角就是要强化人们对于文化的多样性、混杂性的认识，这恰好也是人文生态主义思想的体现。

（三）

任何一部文学作品都很难摆脱它自身的文化环境而存在，任何一个作家在从事文学创作时也很难彻底割裂自身与其所处的历史语境、意识形态之间的影响。为此，在解读文学作品时，需要考察文学与文化之间错综复杂的关系。

虹影《K—英国情人》和杜拉斯《情人》两部作品在文本的叙事视角与叙述对象之间存在偏差。这两部以情爱主题为描述对象的文学作品，故事中的男女主人公的叙事地位本应是平等的，可以相互对话，但是由于"跨国恋"自身所带有的国族与文化色彩，叙述者在对故事在进行叙述时，受到来自种族和文化方面的国别差异所产生的影响，自觉不自觉地产生了角色的偏向，使得小说文本也呈现出一种具有主次的层级关系。相比较而言，杜拉斯的《情人》由于作者本身就是西方文化的言说者，所以，在故事叙述过程当中不可避免地从西方的视角——第一人称内聚焦叙事视角下的白人女孩"我"的视点去描写情爱，而将情爱故事中的另外一方——"他"，即那个中国富家少爷置于被观察、被贬抑的地位；而在《K—英国情人》当中，虽然在小说的开头和结尾采用零聚焦视角，即全知视角交代故事的缘由和结局，但无论是从情爱故事的观察点与叙事的角色地位来看，作者虹影明显是将英国人裘利安·贝尔作为整个情爱故事的视点人物去进行写作的。《K—英国情人》的书名将"K"与"英国情人（裘利安）"处理为并列、并置关系，整部小说在叙事中却被将之偷换成了"K：（裴利安的）中国情人"这样一种附属或从属关系。由此可见，两个小说文本中男女主人公的地位是不对等的，是不平等的；反而进一步强化了"跨国恋"在国族、种族／文化身份层面上形成的位阶，情爱故事中的恋人关系被解构，悄然地转化为一种殖民与被殖民关系。因此，在跨国恋生发出来的国族、种族、性别和文化身份问题，《K—英国情人》和《情人》中不平等的两性形象塑造存在相似之处：被抬高的西方想象和被俯视、被贬抑的东方形象。

以西方叙事视角来进行"跨国恋"故事的讲述，从虹影《K—英国情人》和杜拉斯《情人》表现出来的恋情来看，这两部小说中的中国情人形象实际上是在讲述以西方为主体，"对象化"和"客体化"的东方附属于西方，这样一种不平等甚至有点畸形的国族关系。两位作者笔下刻画的东方形象，尤其是中国情人的形象，显然是"立足于一种由西方向下俯视东方的审视立场，带有鲜明的东方主义色彩"。

海外华文女作家虹影《K—英国情人》对"失势"的、弱势的东方形象具有一种解构色彩。特别有意味的是，在这部小说中，虹影虽然以西方人的视角进行叙事，但却有意颠覆了过去西方作家在书写"跨国恋"题材时普遍采用的"西强东弱"模式，并塑造了一个有才情、有强烈欲望、极具征服性的东方女性形象。新文化运动之后，中国处于文化转型的背景下，20世纪30年代的中国现代知识女性闵感受到来自英国的裴利安·贝尔对自己强烈的爱意之后，便很快地冲破中国传统礼教的束缚，放下女性的矜持，主动向裴利安示好。她竟然会站在雨中三四个钟头，以求得裴利安对自己此前犹豫不决态度的原谅。虽然这场"不道德"的婚外恋的发起者是裴利安，但扮演主导者取得主动权的角色实际上是东方女性闵。在西方文化环境孕育出来的裴利安应闵的邀请来到北京。作为中国文化的"他者"，在不熟悉的文化地域中，他彻底失去了运筹帷幄、掌控全局的能力。在情爱的发展过程中，裴利安与闵分开一段时间后，他强烈地感受到，K哪里是第十一位，"K分明就是第一，他终身第一的心爱之人"；[1]K不是毫无意义的字母或能指符号，而是"神州古国"，不仅是一个能左右他生命的字母，更是他命中注定无法跨越的一个字母。

作为一个同时受到东西方文化影响的海外华文作家，虹影在一定程度上消解了西方作家在书写东方形象时常常带有的偏见以及刻板印象，塑造了一个具有独立性、主体性和强烈个体意识的东方形象，体现出东方作家的文化自觉。与此同时，在面向海外读者群体书写的过程中，虹影的文学创作又不可避免地产生上了一种"自我东方化"的因素。《K—英国情人》在讲述裴利安与闵之间的爱情故事时，在裴利安看来，他的中国情人"她是他遇到过的最痴情的女人，也是真正达到布鲁姆斯勃里自由精神境界的女人"。[2]这还是在强调东方必须以西化的方式或以西方的标准为准绳才能走入西方文化精神场域。通过对一些东方神秘主义的展示，"虹影完全将东方主义转变为一种西方对东方的消费文化，通过历

---

① 虹影，《K—英国情人》，江苏文艺出版社，2013年，第232页。
② 虹影，《K—英国情人》，江苏文艺出版社，2013年，第68页。

史语境的设置和东方主义的主题表达，将西方人眼中的东方文化高潮迭起地叙述出来"。① 极大地满足了西方读者对中国、对东方的"猎奇"想象。

杜拉斯在《情人》中所展现的中国情人形象——东方形象先是经过西化后的形象。这个中国男人被西化："他"吸着英国纸烟，穿着西装，坐着轿车，说着法语；也只有经过这种西化，东方形象才可能真正地被接纳进入西方世界中去。他也才有资格凝视或仰视"我"，"我"也才有可能尝试去接受这种凝视，才有可能因为金钱与情欲而去接纳他。

但即使是这样，小说在西方视角下的东方形象依然是扭曲变形的。杜拉斯刻画了越南那个法属殖民地下形形色色的东方人物。"其中有一些女人，十分美丽，非常白净……她们什么也不做，只求好好保养，洁身自守，目的是为了那些情人，为了去欧洲，为了到意大利去度假……"② 而男人则"鸦片烟灯一刻不离"，死守着财产度日，这些人物无一例外暴露出人性深处丑恶、堕落的一面。就算是与"我"相爱的那个中国少爷是胆怯的，一直是处于恐惧状态的弱势一方，因是黄种人而显出自卑感的一方，种族上的差异使得他在15岁的白人少女面前也显得畏缩无力。除此之外，当这个"中国情人"对"我"的家人示好，而"我"和"我"的家人只把他当作获取物质财富的工具，而在精神层面上对他予以漠视和唾弃，表现出根深蒂固的等级观念和种族上的歧视。在这场不对等的情爱关系中，中国情人形象——"东方"形象始终是一个软弱无能、消极被动的形象。由此可见，在"西方"主体面前，东方作为主体的存在价值被抹杀殆尽。

相较于虹影来说，杜拉斯虽同样受到东西方文化影响，但由于文化身份的自我确认和寻求西方主流文化的认同，她却在一定程度上延续着西方作家书写东方形象时常常带有的国族、种族和文化偏见、刻板印象，依然保留了"跨国恋"题材"西强东弱"的模式化写作，属于"惯常"化的文化思维模式，缺乏跨文化的开放性和包容性的质地。

第二节　多维叙事空间的文化生态图景展现

从叙事的空间来看，虹影和杜拉斯跨国恋小说中的"空间"所蕴含的文化生态图景值得深入探究。新文化地理学认为，空间是一个具有生成能力和生成性源泉的母体，是一个自我主体性的空间，是各种社会系统在时间和空间上的延展，是一个充满节点的区域化体系，以距离为秩序，以互动为存在主义场景，主要涉及一种空间的本体论的抗争。"这种本体论的空间使人类主体永远处于一种具有塑造能力的地理位置"，并激发对于指涉空间的物质性的"第一空间"和空间的思想性的"第二空间"的解构和重构。而在"第三空间"里，一切都汇聚在一起：主体性与客体性、抽象与具象、真实与想象、可知与不可知、重复与差异、精神与肉体、意识与无意识，等等。"第三空间"是一种既真实又想象化的存在，

---

① 林继鹤，《"跨国恋"文学中的东方形象塑造》，《名作欣赏》，2019年第8期，第126页。
② [法]玛格丽特·杜拉斯，王道乾译，《情人》，上海译文出版社，2005年，第23页。

既是结构化的个体的位置，又是集体经验的结果。这里的空间具有空间性、社会性、历史性。这种空间的理论成果为探索空间的差异性或异质性以及空间的边缘性提供了一种理论依据。①

空间是人类存在的重要方面，展示着多元的文化生态图景，因此，有着极强的理论穿透性，能够有效地介入诸如文化、身份、权力、意识形态等方面的阐释。新文化地理学认为，空间是多维存在，"其中三个维度是最主要的，也是最基本的：物质维度、精神维度和社会维度"。② 这个维度有相对应的就是地理空间（或自然空间／物理空间）、心理空间、社会空间。空间"是一个意识形态、价值观念和历史文化等社会关系的集合"。③ 从某个角度来说，人与人之间的关系作为构建空间的要素，也必然成为权力运作的场所。

本节所说的叙事"空间"既指小说文本中描述的地理空间（自然空间）和居圈其中的人物间形成的社会空间（人与人之间的关系及空间中隐含的一系列有关种族、地理、身份等权力要素），更主要的是指文本构建形式所体现的文化心理空间或精神空间。

一、地理空间承载的记忆

地理空间，也被称作物理空间，"是以物质形态呈现的、人的直觉可以感知的空间，即空间的物质基础。这个空间包括物体，也包括人本身——作为物质存在的人和人的活动"。④ 在小说这种叙事性文学作品中，地理空间不仅仅是对自然景观的描绘，更是有目的地记忆空间的建构、社会意义和文化生态的建构。每个地方（空间）代表的是一整套文化，其中包含着身份认同感，心理的归属感，时空感和精神家园。虹影的《K—英国情人》和杜拉斯《情人》从视角人物的视点来进行"异域"的空间叙事，无论是"异域"中国，还是湄公河，都不仅仅是人物的情感体验与文化身份的延宕，而且也是作者文化记忆的精神原乡和情感皈依，更是"过去"的时间在空间上的一种记忆方式和存在形式。

（一）

虹影的《K—英国情人》是作者对国族文化的记忆与想象，准确地说是她对中国记忆的表现和描述。小说虽然主要讲述的是裘利安在中国的艳遇和见闻感受，但其实描述的重点应该是"中国"——这个承载着几千年灿烂文化史的神州古国；它已经不单纯是一个地理空间的疆界，而是承载着历史文化记忆的想象性存在，是一种寄托情感的精神空间。虹影出生并生长于中国，后来漂洋过海，离开故国故土，但她依然深深地依恋着祖国。她不仅坚持用华文创作，而且"中国"也成为她创作的不竭源泉和取之不尽的宝贵财富。《K—英国情人》所描述的主要是抗日战争前后的中国文化生态图景。作为海外华人作家，虹影以开放的文化心态、独特的异域境遇和性别策略，在异质文化从冲突走向融合的全球化时

---

① 潘泽泉，《空间化：一种新的叙事和理论转向》，国外社会科学，2007 年第 4 期，第 45 页。
② 方英，《文学叙事中的空间》，宁波大学学报（人文科学版），2016 年第 4 期，第 42 页。
③ 方英，《文学叙事中的空间》，宁波大学学报（人文科学版），2016 年第 4 期，第 41 页。
④ 方英，《文学叙事中的空间》，宁波大学学报（人文科学版），2016 年第 4 期，第 42-43 页。

代语境下,在跨越历史、种族和时空界限的探索追寻中,在"自我"与"他者""本土"与"异域""个体"与"国族"互动融合中想象出来的中国,民国时期的中国。

首先,青岛就像中国的民国记忆一样。它是一座有历史的城市,是一座人与自然和谐、中西合璧的城市,是一座开放性的、具有包容性的城市:

> 这是个傍山依海的半岛城市,海水伸入丘陵,留下一个手掌之形,可进可退,非常自如。据说这山城近一百万人,有两三千年的历史,但裘利安以前却从不知道这个叫 Tsingtao 的城市。漫长的海岸线曲曲折折,岬湾相间,附近小岛或成串或散落于海水之中。整个老城区,人口稠密。人力车在栈桥上行驶,涛声夹有轮船的汽笛,一边是不同开头的海岸线,一边是欧式小房子,开着各种各样的花,山间茂密的树间偶尔会显出一个个颜色鲜的瓦屋顶,有点儿雾气,却感觉空气里的海腥味好闻。山峦起伏,中国寺院和西式教堂相衬,那金色尖顶端的十字架,在烟岚中变幻。

> ……街上市民有穿中式长衫的,有穿西装的,有半截中半截西的,各式各样。一身破烂要饭的人,也不时可见,不过好像没有伦敦东区那么多。[①]

青岛这个傍山依海的半岛城市,自然环境优美,得天独厚;历史悠久,还是中国道教的发祥地之一;晚清末年成为德国殖民地,后被日本侵占,外国人有几千人,大多经商,光是英国就有近百家公司。所以,这里的建筑也是"中国寺院和西式教堂相衬",着装也是中式、西装和"半截中半截西的"并存。而青岛所呈现出来的多元并存的文化图景,竟然没有给"英国佬"裘利安不伦不类的感觉,他毕竟是有着自由主义思想的西方文人。各式各样的存在,鲜明地体现出青岛对多元化文化兼容并包的文化精神,这也是中国的新文化精神。这个海湾城市——中国的青岛,既是一种现实存在,同时也是一种想象性的存在,是一个超越于现实之上、蕴涵深厚文化象征与审美意义的"想象共同体"。

其次,北京这座代表中国传统文化的城市在裘利安的眼中,似乎更美。他觉得,北方中国真是美得叫人难以置信!当裘利安第一次好好地看北京,他看到的是"深蓝的天,冬日的太阳,浅褐色的地,浅黄的树,竹林是橄榄青,中国的松柏有如盆景的静穆,街一头远远可望见多层屋檐的古城楼,几乎和凯旋门一样高。出租车多,人力车多,各类轿车多,但西方人明显比青岛和上海少"。[②]这幅北京冬景就是一幅庄严静穆的古都特有的自然与人文交相辉映的图画。天地之间,古都气势雄浑,色彩明丽:天蓝地褐,浅黄的树和中国画酷爱的四季常青的竹、松柏在冬季静穆地陪衬着高耸的古城楼,交通工具多样化,但"西方人明显比青岛和上海少";这说明作为文化之都,北京少了商业气息,没有青岛那么重的"西化"或"殖民地"化的色彩,更多地带着皇都的高贵气派、中国传统文化独有的气韵——优雅而华丽,端庄而富丽。难怪裘利安会感叹:"北京这个古都,怎么有点儿像巴黎,

---

① 虹影,《K—英国情人》,江苏文艺出版社,2013 年,第 8 页。
② 虹影,《K—英国情人》,江苏文艺出版社,2013 年,第 85 页。

街甚至比香榭丽舍大街还宽。"① 中西方的文化之都进行对比，没有贬抑地对比，而是将熟悉的"本土"与陌生的"异域"进行对比。文化韵味十足的北京不由得让西方人想起巴黎，于是，地理空间不经意间就进入了人物的心理空间，跨越了、超越了地理空间的现实拘囿，这里的地理空间早已演变成为移民作家虹影心中永远心醉的精神空间。

闵成了裴利安在北京的向导，他见到和感受到了故宫的恢宏、颐和园的绮丽、华丽的庭院，华美的丝绸，情趣盎然的中国画，有板有眼的京剧等；鸦片馆陈设华丽而雅致，并不像他曾经看过的关于中国的纪录片中的肮脏、可怕、拥挤。眼见为实，置身于中国的国土上，裴利安在潜意识中觉得那些关于中国的影像或许就变得有点偏激、有点扭曲变形，至少是不全面的。那么，那些失实的影像，或许只是西方中心主义为了确证"自我"形象而异化了的"他者"。古都北京之行，不仅改写了他和闵之间的暧昧关系，同时正式确立了他俩的情人关系，而且也改写了他之前对中国的认知：贫穷和苦难，西方人写的中国故事永远是悲惨的。北京的富丽远远超出他的想象，闵那典雅又华丽的富家小姐装束，让他看花了眼。他被中国文化和中国女人的魅力迷惑住了。还有就是，他意识到中国虽穷，中国的殷实人家，还是比他这种西方知识分子家族阔绰得多。裴利安在中国的情感经历、北京的见闻感受在逐渐地改变他心中的东方"他者"形象，也在逐渐确立其与"他者"不一样的西方"自我"形象。毫无疑问，在中国的地域范围和文化版图内，裴利安则成为中国文化的"他者"形象而存在，这样，就构成"自我""他者"的互动与异质文化的对话、融合。

此外，裴利安在北京会见了在北京大学当教授的艾克顿爵士。艾克顿说，北京是地球上最后一个天堂。而且，艾克顿很适应北京，生活过得有滋有味，乐不思英国；他差不多已经是一个中国通了。由此可见，到过中国的这些西方人心中的民族主义色彩和文化偏见已经不那么强烈了；但不可否认的是，他们在骨子深处还是浸透着作为西方人的文化优越感和强势心理。所以，裴利安对闵的情感以及他对他们之间关系的认同始终处于一种左右摇摆举、棋不定的状态之中。

裴利安想要加入红军，参加中国的革命；但是他没有追赶上红军队伍，却见识了中国农村的贫穷和中国革命的激烈。他不能承受中国的革命方式，革命破碎之梦时，他能理解闵作为"入相女子"的边缘化文化处境以及中国男权中心文化中的女人对婚恋的强烈诉求，不过却不能承受中国女人的中国式的狂热爱情和中国式的婚姻伦理。说到底，他终究还是一个十足的英国人，他永远难以理解中国、中国女人、中国革命和中国的一切。中西文化的隔膜使得中西文化的交融变得十分地艰难，这体现出东西方文化的交流，既是一种文化的融合，同时也是一种难分难解的文化博弈。

虹影《K—英国情人》将西方文化的自由主义文化圈与中国现代文化圈双重叙事空间的并置，凸显出文化对人的心理和精神影响的力量以及地理空间承载的文化具有差异性和异质性。所以，小说借用一个初来中国的英国人的视角看 20 世纪 30 年代的中国，增加了

① 虹影，《K—英国情人》，江苏文艺出版社，2013 年，第 85 页。

一种"新鲜感"和"新奇感"，在国人见惯不惯的事物中显现出"异域"文化的趣味。裘利安感受中国知识界对他的善意和友好，也见到不同于西方文化生态环境的中国：开放程度高、商业化强的青岛和具有中国传统文化韵味的北京有差异，中国城市与乡村的差距，因而，体现出环境与人的相互建构作用。正是因为地理空间的变化带来的地理和人文环境的改变，引导裘利安从一个"像个长得太快的孩子"到有着失败者的自我意识，逐步建立了清晰的西方"自我"，从而体现出叙事空间转向对异质文化的冲突与融合的文化生态主题的凸显和建构作用。申丹认为，叙事空间"不仅是虚构故事中人物和事件的发生地，同时也是展示人物心理活动、塑造人物形象、揭示作品题旨的重要方式"。[①] 就算是死亡，也难以抹去裘利安的"中国情节"和中国情愫，他死亡前心心念念的还是他的中国情人，遗物中有具有东方情调的黄手帕和东方文字写的诗册。在中国，他以异域中国的"他者"身份找到了西方文化的"自我"，以异域他乡为参照反观了西方人的傲慢"自我"；并以西方的自由主义文化与中国传统道家文化进行了比照。实际上，文化的中心主义意识都带有强烈的地域性和一定的片面性。因此，裘利安的形象更像是一个文化的使者，他眼中的异域中国更像是二战时期东西文化融合的"阶段"性呈现。

作为地理空间的中国，无论是二战时期，还是其他任何时期，始终都是海外华人的文化原乡和精神故乡。虹影以一种全球化的视野、文化平等的立场和构思巧妙的想象，对东西方文化冲突与融合以及性别与民族、文化等进行了书写，将对中国的历史文化记忆与文化身份的寻找和民族国家的身份认同，在谋求异质文化交流融合中创作浸润了深厚情感的地理空间、精神空间。《K—英国情人》中半殖民地的中国依然散发着强烈的中国传统文化气息，青岛和北京乃至中国广大农村的自然、人文环境都透视着二战时期中国人的生存图景。在叙事视点人物的眼中，"他者"中国在极具异国风情的神秘氛围中彰显着古国神州独特的文化魅力；西方人理解或认同与否都不重要，重要的是中国文人的温和、中国革命的激烈和中国女人的风情都自有其深厚文化的蕴涵，从而彰显了中华民族的文化自信。

（二）

杜拉斯的《情人》是作者童年异域记忆的表现和描述，准确地说是她对"湄公河畔"的童年记忆。这里，不仅仅是时间的问题，更重要的是空间的记忆，是空间所承载的文化记忆。殖民地的文化是多元并存的，也是相互影响相互交融的，呈现出复杂纷乱的特点，很难简单地说清楚。时间是纵向的线性发展的，具有一元性，具有中心主义的意味，很难容纳多元共生的文化生态图景，但是具有无限可能性的空间却可以纵向聚合这些多元文化的生态情景。杜拉斯在小说中这样写道：

> 我的生命历史并不存在。那是不存在的，没有的，并没有什么中心。也没有什么道路，线索。只有某些广阔的场地、处所，人们总是要你相信在那些地方曾经有过怎样一个人，不，不是那样，什么人也没有。[②]

---

① 申丹、王丽亚，《西方叙事学：经典与后经典》，北京大学出版社，2010年，第143页。
② [法]玛格丽特·杜拉斯，王道乾译，《情人》，上海译文出版社，2005年，第7页。

杜拉斯 18 岁以前都在法属殖民地，在那之前一直浸润着印度支那（越南）东方文化，或许这种文化弥补了她因母语文化缺失而造成的心灵空白；但她母亲灌输的"我们是法国人"的思想，又使她内心无法真正认同，甚至是自觉地抵触东方文化。因此，由于她个人不自觉的殖民意识，再加上她的现实处境：既不能融入白人圈，又不可能与当地人形成共识的边缘身份，使其本能地想要与这种东方文化保持距离。不管怎样，依然不可否认的是，越南湄公河与杜拉斯的童年永远也难以剥离开来，童年的记忆也永远不可能抹去印度支那的东方文化印记。从某种程度上来说，这种童年的文化记忆就体现在杜拉斯作品中的"印度支那"这个空间情结。童年记忆深处太平洋的海浪、水流湍急的湄公河、森林中的野兽、一望无际的稻田、海滩，总是反复出现在她的小说文本之中。在《情人》中，湄公河水奔流不息地注入大海，湄公河仿佛无处不在，早已由没有感情注入的地理空间逐渐演变成为作者心中永远流动的精神空间：

> 河水从洞里萨、柬埔寨森林顺流而下，水流所至，不论遇到什么都被水流卷去。不论遇到什么，都让它冲走了，茅屋，丛林，熄火的火烧余烬，死鸟，死狗，淹在水里的虎、水牛，溺水的人，捕鱼的饵料，长满水风信子的泥丘，都被大水裹挟而去，冲向太平洋，连流动的时间也没有，一切都被深不可测、令人昏眩的旋转激流卷走了，但一切仍浮在河流冲力的表面。[①]

这里的河水、大海，雄伟壮丽，充满着能够破坏一切的强大力量，人、动物、植物、其他自然物或人造的一切东西，在大自然的伟力面前，都微不足道，只能被其吞噬。印度支那自然生态具有强悍的破坏力，正暗示着那个东方国土上的殖民统治正无情地破坏着它自身的社会生态，衍生出了殖民与被殖民、白人的剥削与压迫、种族优劣，等等非东方的社会思想和文化意识，原有的社会生态被外来殖民者破坏而失衡。所以，在小说中，"我"感觉那个国土只有一个炎热而单调的季节，没有春天的希望，也没有更新的可能，令人感到沉闷、压抑，承载自然景物、气候的地理空间与人物的心理空间并置，自然、环境与女性这一性别形象的并置让人印象深刻。

湄公河的形象一直留在记忆深处。印度支那大自然的粗犷、神秘，生活中弥漫着的强烈东方气息，自由、快乐而又充满痛苦的童年经历深深地扎根于生于斯长于斯的湄公河畔。杜拉斯生活过的殖民地，处处充斥着不平等：当地原住民遭受殖民地白人的剥削与压迫；殖民地上层与下层白人生活在不同的等级区域，彼此界限森严，贫富差距严重；殖民地所有的人经受着比闷热天气更为令人窒息的外部空间氛围，他们的精神多是病态的、空虚的，整个社会弥漫着腐朽、压抑的气息。童年时期对社会不公正秩序的切身体会，使杜拉斯不断地为小人物、为处于社会边缘的人物呐喊。《情人》中反复地写患着绝望症的母亲因为丈夫英年早逝，辛苦地拉扯三个孩子，还尽量保持白人的尊严，但贫穷的她及她的家人还是被殖民地的白人排斥，他们又不愿意、也不屑融入当地人的生活圈，因此，他们全家都处于社会的边缘地带。母亲对生活不抱任何希望，患有绝望症不说，精神还有毛病，她是

---

① ［法］玛格丽特·杜拉斯，王道乾译，《情人》，上海译文出版社，2005 年，第 27 页。

病态的；大哥和小哥哥都不学无术，没有追求，精神上是空虚的；大哥充满着暴力、游手好闲，偷东西、不学好；小哥哥总是对大哥怀着恐惧，害怕大哥会打死他。贫困的生活境遇和充斥着家庭暴力的家庭，使得"我"感到孤独。就连"我"那有钱的中国情人，因为是黄色人种而被"我"们白人看不起；在种族歧视的殖民地，"我"那风度翩翩的中国情人也只是西方文化的边缘人。

杜拉斯对童年生活的印度支那的记忆，已然成为一种永久的影像植入她的灵魂深处，这种影像已不再是纯粹的地域、生存场域和地理空间，而是融入杜拉斯真实情感体验的文化记忆空间、精神空间。《情人》中那些边缘性的小人物反复地出现在散发着殖民地气息的环境中，在极具异国风情的神秘氛围里彰显着独特的艺术魅力。

二、社会空间的多重建构

空间从稳定统一的"容器"特征具有了多元特性，取代空间物理特性的则是空间的宗教、历史、权力及文化等社会属性特征。这些多维度的社会空间以身份的认同为核心被确认和被建构，即使当主人公的身份处于空缺状态，位于空间之内的身份替代物也会发挥作用，参与社会空间的建构。正如亨利·列斐伏尔所言，社会空间是社会的产物，空间不仅仅是一种物质环境和地理位置，而是囊括了诸如身体、家、社区、城市、地区、种族、族群和全球等概念。虹影的《K—英国情人》和杜拉斯的《情人》中的故事背景都具有特殊的时代印记，充分体现出政治、经济、种族和文化等相互交叠的多重建构，展现的半殖民地或殖民地的社会空间都具有丰富的意蕴。正如有论者认为，"社会空间是指人际空间，是各种社会性元素的关键建构"。[①]

（一）

虹影《K—中国情人》的社会空间主要是通过家庭关系、两性关系、中国革命等人际空间体现出来。小说以中国抗战前后这个特殊历史时期为故事背景，叙事中心是裘利安和闵的跨国恋，重心则落在中西文化的差异、冲突以及对话、融合上，同时也展示了对文化中心主义的解构。虹影为读者展现了那段特定历史时期的中国式的婚姻、中国式的革命、中国的社会和文化特色。

"家"既是社会空间的隐喻，也是文化生态思想的象征。《K—英国情人》没有直接写到"家"或者家人之间的关系，只是间接地描述了家及家人。关于裘利安的家庭关系，小说主要通过他自己的心理和与闵的交谈体现出来：父亲滥情和滥交，既没有道德约束，也没有履行父亲的职责，在他的成长过程中的"缺父"使得他对母亲有着强烈的依恋。母亲是画家范奈莎·贝尔，她和妹妹弗吉妮娅·伍尔芙是"布鲁姆斯勃里"文化圈的核心人物。范奈莎·贝尔崇尚自由，而且美丽、独立、有才情，有凝聚力和影响力，婚后也有男朋友，就像她丈夫一样肆无忌惮。因此，裘利安所在的家庭就呈现出自由、平等、无性别压抑、

---

① 方英，《文学叙事中的空间》，宁波大学学报（人文科学版），2016年第4期，第43页。

无专制强权、整体和谐的特征，显得比较"文明"；不过，过度开放的文化氛围似乎不太符合中国传统的道德伦理，在中国人眼中未必就是"文明"。西方道德主义的社会生态与崇尚的个性、自由、无禁忌的、开放性的文化生态也是不一致的：社会生态是强制性的"自我"，而文化生态是放任的"自我"，两种"自我"相互冲突，又互不妥协。自从尼采宣布"上帝死了"，西方人就出现了信仰危机。他们所谓的东方主义，他们所塑造的"他者"也只是一种"自我"优越性的找寻和"自我"建构。

相比较而言，已婚的女主人公闵的"家"或家庭就要分娘家和夫家了。先看她的娘家，小说是通过她写的小说对她出生的封建大家庭进行了亦真亦虚的讲述，又在北京时给裘利安进行了再次讲述。在父亲的封建大家庭中，闵虽是众多庶出的孩子（女儿）中的一个，却也得到父亲的宠爱，因为母亲受父亲宠爱，闵因此得到良好的教育。爱书成痴的父亲对陪嫁物品中有世间罕见的多种道家秘籍的母亲珍爱有加，中国古人说，买书如买妾，美色看不够。这里的比喻，女人被物化，并沦为被看的对象和客体，毫无人格、尊严可言。更令父亲惊喜的是，聪慧过人的母亲竟然对道家养生术有领会、有修养。但父亲却不准母亲以此术传女，父亲的独占和专制，意味着他在家的权力结构中占据着最高的位置，对妻妾和孩子拥有绝对的支配权，一种毋庸置疑的至高无上的权力。父亲的强势和意志，代表着父权和夫权的权威，这充分体现了中国社会的男性中心主义思想，妻妾—女人在这样的封建大家庭中处于被压抑的边缘性位置。这些女人以丈夫为天，为了争宠，为了在家庭中获得更优的生存空间或生存资源，竟然让她们自己置身于"权力"争斗之中。母亲得宠可能也是她突然去世的原因，她的这种人生结局在男权文化的社会空间下是一种必然结果，她成为夫权的牺牲品。母亲的去世说明她所代表的传统文化在男权和权力争斗中的"失势"。她无法继续参与文化转型的文化建构，被权力阻隔在历史活动之外，在权力碾压下的中国传统文化生态和社会生态危机重重。

再看闵的新式小家，从外表上来看，她多年的婚姻是成功的、是和谐的。闵是西式教育培养出来的文化人，她的丈夫郑是西化的欧美派知识分子，不信封建迷信，所以能接纳所谓"白虎星转世"的闵；"按新文化标准，她的婚姻是成功的——文学教授与文学家的结合，算是佳话"。① 但是，闵不仅仅是社会中的现代知识女性，新式诗人；而且骨子里还流淌着从父辈、祖辈传下来的中国道家传统。崇尚进步的郑却听都不想听道家的"迷信"。因此，从某种角度来说，闵的婚姻就潜藏着危机。也正因为闵在婚姻中得不到满足，才可能跨越中国伦理道德的藩篱，才可能出现"婚外恋"，进而给她的婚姻带来严重的危机，将她、她的丈夫和婚姻、她的情人都置于进退维谷的境地。闵与裘利安因为文化的差异而互相吸引、互相爱恋，而且闵在裘利安身上找到了和谐，却也因为文化的差异和裘利安的种族主义产生了思维和行为方式的分歧，难以弥合的文化之殇决定了他们的情爱结局。

婚姻家庭的关系，既是一种社会关系，也是一种文化关系。闵的娘家是有着开明色彩的封建官宦世家，她既接受了现代西式的教育，也受到传统道家文化的影响；她的现代婚

① 虹影，《K—英国情人》，江苏文艺出版社，2013年，第95页。

姻家庭与道家文化观念产生严重分歧，丈夫阻碍了她的欲望表达、压抑了她的女性意识。闵有勇气超越中国主流的伦理道德文化观念，敢于追求女性的欲望，实际上与她所受的西方文化的影响和中国道家的"超越性自由境界"的追求有关，加上裘利安的没有"禁忌"的家族观念的影响，她的女性意识毫无禁忌地释放出来。闵的女性意识还晕染着强烈的道家文化色彩，进而得以施展。道家文化的阴柔气质与闵的性别属性形成了某种"同构"，道家的以柔克刚被移用到"弱势"的中国女性闵对"强势"的英国男性裘利安的征服上，这象征着阴阳相济，强弱对举的中西文化翻转，也象征着不同种族、异质文化的差异是相对的，是平等的，它们之间存在着交流与交融的可能性。从某种角度来看，这就同时颠覆或解构了男性中心的社会思想和西方文化中心主义的文化思想。

《K—英国情人》的社会空间是 20 世纪 30 年代的中国。法西斯即将肆虐中国，中国本身也处于内战之中，革命或反革命的战事。二战前后的中国处在内战连绵的"不太平"中，正处在即将爆发更大规模、更持久的反法西斯战争的前夕。嚣张的法西斯战争即将席卷中国，裘利安想要跟着反法西斯的共产党军队去打仗，他要为非祖国的正义而战。他与学生易一起到中国内地，进入川北去找红军，没有找到红军队伍，但看到了政府军、地方军阀部队残酷地处决战俘或造反的农民。在"乱世"的中国中，因为裘利安是洋人，所以，不仅土匪和军队都没敢动他和同伴，而且还受到政府军官的特别礼遇和保护。由此，体现出"当时"中国的半殖民地社会形态。在半殖民地半封建社会的中国，西方人享受比中国人更高的社会地位。在这样的社会生态中，裘利安无须革命，更何况他的革命与中国式的激烈革命完全不是一回事。为此，他放弃了满怀着世界主义的同情来中国参加革命运动的初衷，又准备远离政治，"回归"他的情爱世界，逃避面对残酷现实。跨国恋的续曲在高调的和谐中失去现实的庇护，东西方婚姻观念和文化的差异终将导致这场"不伦"的异国恋狼狈收场。毕竟，人都是社会中的人，裘利安和闵之间的爱情或修行无法脱离外部社会空间、种族文化空间、伦理空间而遗世独立。

虹影的《K—英国情人》中的中国正处于文化转时期的中国，文化生态处于东西文化多元并存，而又相互竞争与较量的关系之中。换句话说，那是一个文化"自我"与"他者"交流、碰撞、对话的时代，异质文化之间的对立、冲突在所难免，不过小说中探索的是东西文化的对话、融合。异质文化对话的本质是互为主体的平等、和谐共存，融合也并不是异质文化的同化或消解，而是在承认差异、尊重主体的前提下，使"自我"与"他者"在平等对话、和谐互动中都能得到超越。在表达"找得到情人，找不到自己"的灵魂拷问，深刻揭示了文化现代化的背景下中华民族的现实困境和精神困境。因此，如何在跨国恋的"异域书写"中"想象中国、塑造中国形象，使中国文化以主动的姿态与世界平等对话，以获得对自身文化身份的认同感和存在价值的归属感"①，则成为虹影的美好愿望和终极诉求。在跨文化的视野下，作者虹影"正在逐渐超越东方和西方、自我和他者这种简单的二

---

① 马德生，《想象中国："自我"与"他者"的互动融合——以新移民女作家严歌苓、张翎、虹影为例》，河北大学学报（哲学社会科学版），2019 年第 9 期，第 29 页。

元对立，挖掘出民族性更加深广的世界内涵"。①

（二）

相较而言，杜拉斯《情人》中的社会空间主要是通过单人房间、家庭关系、种族和身份认同等体现出来。小说中的社会空间还具有一定的主体性，每个主体都需要特定的社会空间来区分自己与他人的界限，进行自我的身份确认，并完善自我。

《情人》中的单人房间，是白人女孩自觉摆脱现实空间渗透的权力束缚力量，享受个人爱情的隐秘场所。单人房间是她和情人的避风港，是隐蔽在茫茫人海中的爱的小屋。正是这个隔绝性的充满庇护性的空间，给予人物对抗外部空间的力量。他们在这样一个与尘世隔绝的狭小空间里，可以忽略渗透着权力、身份、种族、阶级等多元意识形态的空间界限，无所顾忌的相爱。但是，这种内外空间带来的界限模糊与冲破既定边界禁忌迸发的激情，如同海潮般难以持久。百叶窗虽能隔去外界的视线，但却消解不了外部的嘈杂。杜在《情人》中反复描写了小木屋与外界空间的这种渗透关系：

> 城里的喧闹声很重，记得那就像一部电影音响放得过大，震耳欲聋。我清楚地记得，房间里光线很暗，我们都没有说话，房间四周被城市那种持续不断的噪音包围着，城市如同一列火车，这个房间就像是在火车上。窗上都没有嵌玻璃，只有窗帘和百叶窗。在窗帘上可以看到外面太阳下人行道上走过的错综人影。过往行人熙熙攘攘。人影规则地被百叶窗横条木划成一条条的。木拖鞋声一下下敲得你头痛，声音刺耳……②

杜拉斯小说文本中"所有的围墙、领地在终极意义上都具有可渗透性"。《情人》中单人房间之门虽然紧紧地关闭着，却仍然有外界的嘈杂声和各种气味侵入。这些外部力量可以渗透进来的狭小空间可以庇护弱小的边缘小人物不受侵害，但却无法彻底脱离外部空间而独立生存，因而与外界有着无限的渗透性。与此同时，它作用时间短暂，不可能成为逃逸现实的永久避难所，无法从真正意义上满足想要逃避外界事物的人们的内心需要。这种空间与外部空间相互渗透，它所带来的不确定性其实也影响了居住于此的主人公的主体意识。这些没有明确身份，在现实中找不到自身存在位置的边缘人物，常常借助对空间界限的模糊体以进行自我身份的创造性想象，而且也常在想象中消解了自我与他者的界限。

杜拉斯在《情人》中略去"家"的外部性结构框架，侧重于对家庭中人与人之间的关系进行描述。按照《文化地理学》的说法，人与人之间的关系同样也是空间构成的要素。家庭空间绝不是日常琐事发生的简单背景，它同时还承担着生产新的空间权力关系的任务。

《情人》中，白人少女的父亲早逝，在家中貌似处于空白的位置。无法真实作用于父亲—孩子—母亲这样的家庭关系结构之中，但他的位置与作用又时时通过母亲、儿子的话语来体现。换言之，父亲缺席所带来的家庭空间位置的不平衡，可以由儿子来弥补。父亲其实

---

① 马德生，《想象中国："自我"与"他者"的互动融合——以新移民女作家严歌苓、张翎、虹影为例》，河北大学学报（哲学社会科学版），2019年第9期，第29页。

② ［法］玛格丽特·杜拉斯，王道乾译，《情人》，上海译文出版社，2005年，第49—50页。

已被大儿子——"我"的大哥所取代。母亲对大儿子的极度偏爱和依恋,说明大儿子占据了父亲在母亲心中的位置。所以,母亲生前一直供养和纵容大儿子,还要求大儿子死后和她合葬,由此可见,母亲的大儿子,也就是"我"的大哥在家庭空间内占据主导地位。这里的"父亲"已经不是指实体的父亲,而是作为经济、法律的象征,他必须发挥符合其身份的作用,才具有"父亲之名",才能在空间中占有相应的位置,来协调家庭内部的关系。从生态女性主义的角度来看,虽然父亲的缺席,是作者对父权制中父亲在家居空间内占绝对主导地位的颠覆。但事实并非如此,父权制的幽灵在室内徘徊。父亲的死亡与缺失只是暂时性的,它所指涉的法律和经济力量依然顽固地存在,只不过由大儿子作为一种替代而已,母亲一直为大儿子而活,小哥哥保罗一直害怕大哥。所以,"我"和小哥哥很想逃离这个家,逃离"父权制"的专制和暴力的统治。

小说中的男性形象总处在缺失或弱化的位置,但从本质上看,作品中代表法律、经济秩序的男权意识依然存在。"父亲"的能指充斥在家庭成员的话语之中,在空间内占据着重要的位置,充分体现了男性对女性家居空间的绝对占有。女性不能悠闲从容地处于家居空间之中,男权和男性打破了女人与生俱来的与空间、地点的和谐感。

文化地理学的相关理论表明,人们常常根据地域的不同来划分对象的身份界限。以不同群体所在的地理位置来对其进行种族身份的定义,又根据种族的不同,对他们所住的地方进行定义。种族的划分,实际上并不是以客观的地理空间界限为标准,而是涉及地理、阶级、宗教和意识形态的所有边界。在以广泛的空间边界定义某一群体的归属性时,做出定义的主体倾向于把他所认定的优秀特征赋予自身,而把自己内心的恐惧和厌恶投射到其他种族群体身上。

杜拉斯《情人》中对"情人"的身份界定,就是依其不同的地理界限为标准的。中国情人的家庭主要来自中国北方的抚顺。从人种学意义上的北方人应该身材高大。"北方"的概念已经不是现实意义上的北方,而是向我们折射了作者的种族意识。对"情人"来自北方的种性特征的强调,说明杜在有意识地缩小"情人"与白种人的差异,使他在本质上更接近她所欣赏的同类。"情人"形象的北方种性特征,生动说明了地域空间绝不仅仅是不同种族身份的人们居住的场所,而是蕴含着各种深刻的意识形态、价值判断的媒介。人们对不同地域空间的他者的界定,往往会反映主体意识,融入个人的主观情感。"情人"因具有象征白人种族性征的北方特质,不仅能够自如地进入女孩的家居空间,并且更深入地占据了少女的精神空间。

《情人》中的情人与白人女孩家庭关系的差异性有所消解,情人因其来自北方的地理种族性征被赋予了多层意义的权力。中国情人凭借优势的种性特征、殷实的财富,拥有了更为广泛的权力,因此,他能够更容易地融入女性空间。凭借他北方的种性身份,情人的权力构成范围更为广泛:不仅指经济权力,更关涉着男性权力、殖民权力等。这些权力多层面相互作用,步步侵入,最终融入女孩的灵魂(心理空间)。

综上所述,虹影的《K—英国情人》和杜拉斯的《情人》中的所描写的社会空间有相似点，都是 20 世纪二三十年代的东方国家——社会经济整体都比较落后，政治上还没有完全独立的主权（半殖民地或殖民地国家），国际地位都比较低。更有意思的是，两部小说都写到了中国的封建家庭和父权制文化，都对异质文化的矛盾冲突进行了感性探索。不过，两部小说的社会价值和生态意义指向显示出明显的差异：《K—英国情人》侧重表现在社会生态环境中去探索中西文化交流、融合与和谐相处的可能性，同时也分析中西文化的分歧；《情人》则侧重在复杂的社会生态语境中去确认女主人公西方文化身份、去进行女人精神空间或心理空间的自我建构。

三、心理空间的立体呈现

有论者认为，"心理空间是一个内部的、主观的空间，是人的情感和意志对外部世界染色、过滤、变形、编辑后所建构的空间，也是人的内心对外部世界的投射"。[①] 虹影的《K—英国情人》和杜拉斯的《情人》中的心理空间呈现出无限宽广的趋向，进而从不同角度和不同维度充分反映了人文生态的无限性，也使得这两部小说表现出强烈的主观化、情感化特点。

（一）

虹影《K—英国情人》主要以西方叙事视角进行故事讲述的，因此，小说中出现了视点人物裘利安的许多处内心独白。从中可以看到，叙事视角之所以是一个西方人，是因为只有以西方人的"他者"来建构"自我"，以中国文化的"他者"来重构自我，进而进行文明古国的文化自我的确认，这是虹影有意为之。西方人只是叙事者或作者观察的一个视角。虹影是要通过西方人来表达言外之意和弦外之音，目的是将西方人作为反观中国及中国文化自身的一面镜子，让读者体味中国文化转型的过渡时期人的精神生态的丰富性与复杂性。

裘利安作为初来中国的英国文人，是神州古国的文化转型时期的一个阶段的见证者和参与者，又有着超然于中国文化之上的疏离感和好奇心。于是，小说建构了西方视角的心理空间，俯瞰东方，寻绎中国文化之秘。诚如裘利安自己认为的那样："他自认是个世界主义者，结果只是在东方猎奇。"[②] 所以，当他在感觉自己可能对闵产生了情感时，他就很自然地就进行否定，并把产生爱情"错觉"的原因归于中国音乐，"他从来没有真正爱上过任何女人。这该死的中国音乐太缠绵了，把他弄得没有必要的多愁善感"。[③] 这也为后来的故事情节的发展做了铺垫或预示。可当他认为，闵"是他遇到过的最痴情的女人，也是真正达到布鲁姆斯勃里自由精神境界的女人"[④] 的时候，他不得不承认自己被这个独特的中国女人迷惑住了。在北京，他与闵的"忘我"爱情，他对中国古都的游览都使他感到内疚，

---

① 方英，《文学叙事中的空间》，宁波大学学报（人文科学版），2016 年第 4 期，第 43 页。

② 虹影，《K—英国情人》，江苏文艺出版社，2013 年，第 247 页。

③ 虹影，《K—英国情人》，江苏文艺出版社，2013 年，第 44 页。

④ 虹影，《K—英国情人》，江苏文艺出版社，2013 年，第 68 页。

内疚的原因是"强势"的西方人（他）竟然被中国文化和中国女人的魅力征服了。与此同时，他又觉得自己一生也不会懂中国，尤其是中国女人。所以，最终他还是承受不了中国式的狂热爱情。

裘利安对中国新文化圈的看法："这国家的人以理解为贵，以知音为最高情义。裘利安第一次觉得可能在这里交上朋友。但他们不能与布鲁姆斯勃里比，除了比英国的自由主义知识分子和气。布鲁姆斯勃里的人，一会面就唇枪舌剑地辩论或共同推进一个理论。母亲和阿姨很无情地考察客人。愚蠢的人，还有腻味的人，不会请第二次。这使他恢复了居高临下观察的优势心理。"① 这样的情感和意识的偏见建构了西方人优势心理空间，西方人的"优越感"不是没有是非价值取向，只是其价值取向与东方社会文化生态环境中的人不在同一个纬度上。西方人以"自我"为中心，其他异质文化均视为落后、愚昧的"他者"或劣等民族，这种自我优越感成就了西方人的东方主义，所以，他们难以真正超越这种带有种族歧视和文化偏见。与此同时，近现代西方所追求的自由主义，又在一定程度上具有"超越性"和"开放性"，这使得裘利安可以打破活动空间和心灵空间的限制，带领读者通过人物的精神世界，一起真切地对个体和异质文化的交融作出深入思考。

闵的丈夫郑不分明的态度使裘利安心里不快。他不得不承认，中国知识分子，从西方学来的自由主义，只是高谈阔论不准备实践的自由主义。他们缺少的就是把信念付诸行动，甚至政治行动的能力。郑面对侵略的"冷静"，闵面对爱情的"体面"，就是明证：中国还没有成熟的自由主义。② 而事实上，中国人首先讲究的体面，大家要在较为平和的状态理性地分析问题和解决问题。中国人的中庸文化和以"和"为贵的文化生态理念，英国人裘利安是不会真正理解的。所以，他才会以西方的自由主义和经验主义来审视和批判中国知识分子的自由主义或不作为。

在裘利安自我建构的心理空间里，他自己居于中心位置，西方人的优越性居于核心位置。在他心中，中国就是异域的、陌生的，他来中国就是猎奇和艳遇。他在中国看到的一切都要以他熟悉的东西进行类比，并且以优越的高姿态进行对比，将中国习俗、中国知识分子的自由主义、中国现代诗歌、中国现代文人、中国的城市、中国的女人等与西方的相应的事物进行对比。有趣的是，裘利安最初的优越感在后来不断淡化，因为他被中国女人的身体、才华征服，有一种心甘情愿的走近和走进异质文化，并开始他对东方文化的迷恋、认知之旅；到最后他为了逃避感情和伦理负罪感，他才又拉开两种文化的距离，不过最初的文化优越感在被中国文化淘洗后就变得清淡了，但文化的差异、种族的差别依然是东西方文化需要跨越的鸿沟。由此可见，裘利安的心理空间是一个动态变化的心理空间，也是一个不断扩展、不断超越、不断包容的精神空间。

（二）

杜拉斯的《情人》构建文本的方式不是线性的时间顺序，而是历经各种场景、随机引

---

① 虹影，《K—英国情人》，江苏文艺出版社，2013年，第16页。
② 虹影，《K—英国情人》，江苏文艺出版社，2013年，第61页。

发的体验，更像意识流小说的组接方式，具有明显的主观性和空间性。小说改变了故事发展的线性流程，将对过去、现在、未来进行想象性回忆的场景交错呈现，在时间和空间的暂时迂回中，营造出时空融合的共时性效果。构成对文本直线性叙事模式的颠覆，使得小说成为人物心理空间的立体呈现，同时增加了小说"空间形式"的容量。

具体来说，《情人》常常将同一时间内发生的场景交错展现出来，借以弥补由于时间序列的限制，而放弃对同时性场景、人物共时性的表现。例如，对湄公河上的渡河场景的进行反复叙述，将各种看似不相干的场景进行并置，充分体现了小说文本中的"空间关系"。从表面结构上看，小说最大的特点是各个段落间的场景跳跃。这似乎毫无章法可言，实则每一段落的场景因心理的相通性而互相交织，构成了小说内在的圆融整体。叙述者（也是人物）的心理感受统一各个场景，它可以打破今昔、生死的界限，带领读者在叙述者所要营造的心理空间里来回穿梭，一起去经历白人少女的生活和体验其情感波澜。

小说从一个男人对"我"衰老容颜的赞美开始，引发"我"对年轻岁月的追忆，湄公河渡船上的场景如照片的底片在记忆中逐渐显现出来。第一次渡船的场景，只交代了渡河河流名称和当地的气候。在这种没有季节之分的炎热的异国土地山，白人少女当下的生活单调、没有激情，内心处于焦灼状态。别有意味的是，她与情人即将相遇的场景还没有正式拉开帷幕，就中断了。小说遵从"我"的心理时间的流动，由渡河的场景、印度支那的季节，联想到当时家里、学校的情况以及母亲对"我"的期望。从这些插入的概述中，读者可以体会到白人少女当时内心的压抑与痛苦。少女一家人虽是白人，有羞耻心，却经受着与其宗主国白人身份不相称的极度贫穷。家中成员之间又缺乏温情，充满着暴力和畸形的爱。白人少女身处印度支那的尴尬处境以及压抑的家庭氛围，使得她内心涌动着逃离的欲望。所有这些场景，看似与事件发展的线性顺序不一致，实际上却充分地说明了"情人事件"发生的背景及诱发的可能性因素。

接着，小说的叙述由对家庭成员的介绍，生发到"我"个人对写作的认识。她认定自己的生命历史只存在于具体的场景之中，除了场景之外什么都不曾存在过。杜拉斯在写作中对空间的重视，恰好契合了当代空间批评理论家们的观点，在他们看来，"'空间'已经不是叙事的'外部'，而是一种内在力量，它从内部决定故事的发展"。而且，她对写作问题的强调，也暗含了文本所要表现的主题。杜拉斯就曾说过，《情人》其实是一本关于写作的小说。《情人》的唯一主题就是写作，杜拉斯通过写作来观照自我，又在观照自我中完成写作。这样，写作中的"这一个自我"与生活中的"那一个自我"，以空间描述为媒介实现了文学融合。介绍完对写作的认识之后，杜拉斯的笔触又回到那一次的渡河场景，交代了渡河的前因后果，详细描绘了湄公河的汹涌。河流的汹涌似乎暗喻着白人少女想要逃离纷扰的强烈欲望，这是一种有可能摧毁一切的情绪力量，它是由前文所述的殖民环境、家庭氛围所引发的。"汹涌"已经不是湄公河纯粹的地理景观学特征，而是融入作者情感的主观描摹。正如英国文化地理学家迈克·克朗（Mike Crang）指出的那样，"由于存在双重编码现象，地理景观的解读变得复杂了，这就是指地理景观被另一种表征方式包裹起来……因为每一种表征方式都是为了某个节目的特定目的，所以，每一种方式都使景观增添了一层晕圈"。① 在这里，湄公河原有的景观被少女所感知的印象表征所覆盖，加入了少女主观情感的晕圈。

在结合渡河场景写完少女渡河时的心境之后，杜拉斯终于将画面定格在少女渡河时的形象。在描摹完形象之后，少女与情人的故事再次被连接上，事件已经向前发展。情人所坐的黑色轿车出现，由他对少女"看"的场景，杜拉斯又联想到殖民地人们对白种女人的"看"，继而引发其对"女人美不美"问题的探讨。通过少女与那些被动等待男人来解救自己的女人的对照，凸显了少女的自我意识，她要听从自己心灵的召唤，想方设法地去激发想要实验的对象（男人）的欲望。这种成熟心理的描写，为"情人事件"的不断发展奠定了坚实基础，也暗示着少女在这一事件中所处的主动地位。

在对法国少女形象再次描摹之后，杜又描述了少女渡河的场景，湄公河水可以冲毁一切的力量，激发着少女人生实验的欲望。接着，文字转为年老的"我"对母亲的追忆，生动叙述了母亲绝望、痛苦与执着的一生。她花费所有的积蓄，仅仅因为没有贿赂殖民当局而得到了一块无法耕种的土地。现实抗争的失败，使得她对金钱有着极度的渴望，这恰恰成为"情人事件"发展的动因之一。少女渡河之后，与情人相遇的场景终于出现，情人下了黑色小汽车，开始与少女相识、相处、相恋。

由上述分析，我们可以发现少女与情人相识的过程主线总是被杜拉斯联想的各种场景打断。这些结构零散的段落，虽然割裂了情节的时间序列性发展，但从各方面巧妙地交代了故事发展的前因后果，始终围绕着中国情人与白人少女之间的故事来展开。杜拉斯的文字是对个人零碎记忆与现时场景的拼接与融合，她小说中的人物与创作者的主体情感在文本中交错重叠，构成了超越时间和空间的立体画面，塑造出小说的空间感。

《情人》中的"印象传达"更具有主观性和情感性，它"不是客观的现实，而是来源于现实的瞬间感受。人们往往将来自不同地点、不同时段的感悟，由某一特定外界激发出来，作者的任务之一就是要将作用于人们心灵感知的外物表现出来，使读者也能够置身于对那种瞬间感知的印象的体验之中"。② 杜拉斯作为一个童年生活在东方殖民地的白人，一个青年时期回到宗主国（法国），一个一生颠沛流离、更换不同写作地点的女性作家，她总是在经受着不同的空间体验。对她而言，空间体验具有特殊重要的意义，贯穿她一生的是对童年所处地理空间环境的空间意识。这种意识赋予她在组织文本时注重对空间表象与内涵的展现。她对地理空间的抒写，充分反映了她内心潜在的殖民意识；其对社会空间的描述，凸显了空间内部所孕育的权力、种族、地位等社会力量构成；其对人物心理空间的刻画，往往打破事件发展和人物塑造的线性程序，利用场景并置、印象传达的手法来引导读者去深入主人公的心灵世界；其在不同作品、同一作品、不同文类之间讲述着不同或相似人物的各种故事，体现她希冀从文学空间的整体高度去建构文本的立体化网络。据上所

---

① ［英］迈克·克朗，杨淑华、宋慧敏译，《文化地理学》，南京大学出版社，2003年，第37页。
② 邓颖玲，《康拉德小说的空间艺术》，湖南师范大学博士学位论文，2005年，第119-120页。

述，我们对"叙事空间"的研究，旨在透过小说文本中所展现的地理景观空间、社会空间，挖掘深藏在文字表里之间的多重社会意识、权力构成；通过对空间形式创作手法的探索，更好地分析作者创作时的心理流程，以期能更贴切地体会作品中人物的心灵空间；依据对多个文本横向与纵向意义上的多层次考察，全面揭示作品的深刻意蕴。

总之，杜拉斯《情人》的文本生成是她响应个人心灵的召唤，打破传统线性时间，以自我对地理空间、社会空间、心理空间含义的认知，进而对文学空间中的人物进行个性交叉融合的过程。小说的叙事空间体现了作者杜拉斯心灵世界与外部世界的和谐统一。杜拉斯不仅以自我的空间体验为叙述的基准，也同样将目光投向对人类整体的生存性诉求的表达，也同样要求接受者予以心灵体验。读者对杜拉斯文本的接受过程，也是空间叙事的重要环节。读者以自我之心与创作者进行心灵上的交流，感触文本主人公的心灵之路，充分体现了作者、读者、文本与外部世界的和谐圆满。杜拉斯借助空间叙事有力地抒发了她对欲望、死亡等人类整体性诉求的体悟，使小说的结构零而不乱，具有统一的主题归旨，共同构成了一个有机关联的文学空间和精神空间。

第三节　多种叙事手法的人文生态主题构建

虹影的《K—英国情人》和杜拉斯的《情人》在叙事策略上虽然各有侧重，各有千秋，但是却不约而同地选取与采用的叙事意象、重复叙事、反讽叙事等多种叙事策略。这些叙事策略又从不同维度上为小说文本的人文思想蕴含、人文生态主题的解读提供了切入点。

一、叙事意象：具象与抽象

何为意象？意象就是承载着情志、思想、意识的艺术形象。也可以说，意象就是人类大脑意识活动的产物，是具象与抽象的融合体。简而言之，就是借用具体可感的人物、情节、事物、场景等来表达抽象的情思、诉求和观念等。中国古代就有意象理论了，《易传·系辞上》中有"立象尽意"，王弼在《周易例略·明象》中说"得意忘象"等。中国诗学对"意象"从意蕴、思维方式等多角度进行了分析。在叙事性的小说中，意象也有着极其丰富的思想意蕴和艺术审美价值。虹影的《K—英国情人》和杜拉斯的《情人》中的河流及河流衍生的意象、异国情人、城市等意象的包含着多种象征寓意，在叙事中也有着非常重要的作用。

（一）河流意象

首先，河流是人类文明的起点，是人类繁衍生息的发源地，河流像是"地母"一样，用它温润的胸怀和甘甜的"乳汁"滋养着人类及人类文明。作为与人类生活关系紧密的自然物，河流被注入了人类强烈的情感寄托、生命和文化之思，因此，从古至今的文学作品中大量涌现出河流意象。河流在虹影与杜拉斯的小说写作中同样占据着重要的位置。虹影的童年和少女时代与长江血肉相连，比如《饥饿的女儿》《孔雀的叫喊》写的是长江中上游，《K—英国情人》中演变为海洋，《阿难》里面是恒河等。河流成为作者的一种情感体验、生命体验，更是一种挥之不去的记忆。而杜拉斯少女时代与湍急的越南湄公河难解难分，湄公河畔的沙沥、西贡、永隆等城市也成为她小说中的故事发生地或空间主角。而当河流进入女作家的文学世界时，她们便与河流融合成高度的统一体，带着强劲的生命活力，蜿蜒流淌出她们对于人生内涵、对于人情的温情、对于人文生态的丰富思考。

河流意象在虹影作品中的承载了多种含义。河流不仅推动着小说情节的发展，也成为人物个体生命、人性、文化的象征之物。在《K—英国情人》中，一方面，河流变成了海洋，而海洋则成为区分民族和国家的地理标识。裘利安从英国漂洋过海，来到中国，来到青岛这座半岛城市。他在青岛大学的住处能望见一片青蓝莹莹的黄海海水，几乎是地中海式的景致。裘利安在此处将开启一段如青岛海岸线一样曲曲折折的跨国恋，一段他生命中难以被遗忘的情感记忆和故事；另外，裘利安和闵之间如海洋般汪洋恣肆的爱情，在无所顾忌的尽情释放后，却可能会因为触礁现实而零落、流散。预示着裘利安在中国伦理思想和婚姻观念中落荒而逃，他不得不再漂洋过海，离开青岛。于是，他的中国情人变成了他生命中的灯塔和生命体验。如果再深入探究，读者就会发现海洋对于裘利安来说，是一种找寻或逃避的方式——漂泊。布鲁姆斯勃里第一代自由主义精英占据了天时地利人和的优势；作为这个文化圈子的第二代，裘利安难以超越第一代，那么怎样突破自我，充分实现自我的价值，就成为他的人生命题了。为了找寻自我价值，横渡大洋，来到即将成为世界政治漩涡中心的中国，为反法西斯而战、为人类的自由而战，为自我价值的实现而战，一种崇高的使命感给了他一种精神的归宿感。可当他对爱情和革命作出选择的时候，他又毫不犹豫地选择了前者。当他无法直面中国残酷的革命，又一头扎进了爱情的世界，借以逃避革命和回避来中国的真实目的。当爱情不得不终结的时候，离开已成为他必然的选择。他只能逃离中国，并需开始新一轮的人生航向找寻，"船漂浮在大洋上，四周全是海水，和天一样蓝，没边没际的"，[1] 大海的辽阔，带给他一种茫然的漂泊感，人生何处是归程。他就这样结束了他在中国的爱情和精神的冒险与历险。由此可见，海洋似乎已经成为连接此岸与彼岸的重要航道，帮助着人物实现自身向代表着希望的外部世界逃离，海洋的彼岸世界给主人公的人生意义带来了寻觅的希冀和动力。

其次，河流"变成"雾、雨水、温泉，见证着人性中强烈而纯粹的情欲。裘利安求爱不得，梦境中出现海湾的大雾、现实中的迷雾和丝丝小雨，都直接地展示了主人公内心强烈而挥之不去的情欲；也似乎暗示着裘利安和闵的爱情最终因为文化思想的隔阂和分歧而难以为继。

再次，河流以小水珠的形式升腾、变成了空中的"虹"。"虹时常出现，横跨海湾、山、海湾。……从来都是气势磅礴，有时从山坡直升天顶，有时是半圆形地搂抱大地"。[2] 虹本

---

① 虹影，《K—英国情人》，江苏文艺出版社，2013 年，第 247 页。
② 虹影，《K—英国情人》，江苏文艺出版社，2013 年，第 170 页。

是一种雨后的自然现象，或是一种天象，绮丽无比，灿烂而短暂。虹在天空的时候，裘利安就诗意地想那是他和闵的女儿，他觉得虹是美好的。正应和着一句俗话，美好的总是短暂的。裘利安和闵的"不伦之恋"，在裘利安是没有任何问题的，因为他在"无禁忌"的家族文化长大，西方的自由主义也是他自由观念的来源。虽然他了解中国的婚姻伦理，但是他不能完全懂得虹在中国的文化寓意中的内涵。虹意象，就预示着这段激情得"忘乎所以"的跨国恋触犯了中国伦理道德的禁忌，禁忌之恋不能在中国的土壤上长久"美好"下去，只能是冒险而刺激的短暂"偷情"或地下情，终究难以修成正果。从另一个角度来看，虹又似乎是中国（中国文化）与西方（西方文化）交流与沟通的桥梁，为异质文化之间的感情维系搭建了一个美好的诗意方式。只不过，这两种文化的隔阂太深，可随着时代精神的变化和全球化的到来，虹的跨越性象征着不同文化和解的一种诗性存在。

虹影曾说过，"几乎我所有的长篇甚至短篇都有一条河流。……河流给我生命，我赋予河流人性。从这个意义上说，没有任何一本书比得上河流对我的影响。我写任何东西，只要一沾到河流，我整个人就变了，我就是那条河。"[①]在虹影的小说中，河流以及由河流衍生的海洋、雨水、虹等意象不再仅仅只是一种自然现象与客观物态，而成为具有人生、人性、人性内涵的生命象征，承载了作者对于生命体验与人文生态、精神诉求的多重感知和诗意阐释。

河流意象在杜拉斯的作品里也承载着丰厚的情感依恋和人文之思。河流宽阔博大，具有流动性和包容性。在《情人》中，湄公河上，法国白人少女遇见了她生命中难以忘记的中国男人。首先，这个风度翩翩的富有的中国男人成了她逃离家庭的情感避难所，成了她的第一个男人、她的初恋、她的跨越种族的中国情人。无论岁月怎样变迁，湄公河轮渡上的相遇凝固成了一幅美丽动人的图画，成为一张永不褪色的青春的照片；其次，河流对于小说的故事氛围的营造也起到了重要作用。湄公河的雄壮美丽、深不可测，营造出了蛮荒、神秘的东方气息；最后，河流有着一种奔腾流淌的趋势，又同法国少女想要逃离贫穷、压抑和单调生活的精神需求相应和。

从生态女性主义理论来看，女性不仅能了解自然、爱护自然，还能与自然融为一体。该理论批判男权、父权制社会对女性的压迫，倡导人与自然、男性与女性的和谐共处、平等共生。男权制则强调价值等级思维、二元对立论和统治的逻辑。为了推翻这种父权制世界观，尝试着解放女性和解放生态危机作为理论的一种使命：批判男权制社会对自然的忽视与对女性的歧视与压迫，追求男女平等、种族平等。在《情人》中，对于湄公河，母亲曾说过："我这一生还从来没有见过像湄公河这样美、这样雄伟、这样凶猛的大河。"[②]母亲对这条殖民地的河流充满了肯定、喜爱和赞美。这条河在母亲心中有着一种雄壮的力的美，象征着生命的强劲有力，也暗示着母亲对强大的男权文化的一种心悦诚服的认同。而"我"

---

①　止庵，《关于流散文学、泰比特测试以及异国爱情的对话——虹影与止庵对谈录》，《作家》，2001 年第 12 期，第 108—109 页。

②　[法]玛格丽特·杜拉斯，王道乾译，《情人》，上海译文出版社，2005 年，第 13 页。

的感受却与母亲完全不一样:"我怕在可怕的湍流之中看着我生命最后一刻到来。激流是那样凶猛有力,可以把一切冲走……在河水之下,正有一场风暴在狂吼。风在呼啸。"① 母女俩对湄公河迥然不同的感受暗示了两人的思想隔阂和观念意识的差异。显然,"我"对湍急而又深不可测的湄公河有一种莫名的恐惧。这条凶猛有力的河流对"我"构成了一种潜在的威胁,使得"我"产生一种危机感,一种生存危机。与此同时,小说中的那个时代,湄公河好像是一个流动着的大杂烩,将一切污浊、死尸裹挟而去,冲向太平洋。当人们还没有意识到环境污染与生态保护问题的时候,它就已经存在了。从父系氏族社会开始,父权就一直存在着、延续着,而母亲悲剧的一生就在于她并没有意识到自己对男权、父权的强烈认同和维护。作为女性,"我"不想延续母亲的观念,想要反对父权所体现出来的男权中心主义思想,呼唤家庭和谐、男女平等。

最后,代表着男权、父权威严的大哥出场了,他代替了那片盐碱地,持续地折磨着母亲和家人。但是母亲却处处偏爱大哥,处处维护大哥在家中不可动摇的地位和暴力统治。因此,"我想杀人,我那个大哥,我真想杀死他,我想要制服他……非把那个由他、由一个人代表、规定的法权搞掉不可,这是一条禽兽的律令。"② 由大哥代表的父权是一种强硬的专制统治,不容置疑的压抑着家里的每一个人,让年仅 15 岁半的少女产生了杀人的冲动,这是女孩在内心萌动着反抗父权的意念,想要"弑父"、推翻男权中心主义的等级观念。在暴力的家庭氛围中,没有平等、民主与和谐,女孩生活在绝望与恐惧之中,单调、沉闷、压抑;她在朝不保夕的贫穷中度日如年,小哥哥的生存危机最终变成了大哥的淫威下的死亡确证。全家人在与女孩的中国情人相处时,都以大哥对中国情人的态度为准绳,同时又都以白色人种的种族优越感或种族歧视。贫穷的白人家庭在享受女孩的中国情人带来的物质满足的同时,却体现出一种西方文化中心主义的思想,轻视和忽视中国情人的人格、尊严。值得注意的是,不管法国少女以什么样的目的或动机,却能超越种族身份的约束与中国情人在一起,这本身就带有一种"逆反"性。但是,法国少女和中国情人始终无法改变整个的社会文化生态,结局早就注定。由此可见,无论体现男权中心主义的父权也好,还是体现西方中心主义的种族歧视也罢,都是罗格斯中心主义"等级思维、二元对立思想"的集中体现。这种中心主义思想观念导致父子、男女、种族的不平等,使得世界丧失了多元、和谐状态,而处于单调、失衡的状态,进而引发大自然的危机,人的生存危机、心理失衡、精神危机等。

而中国情人在父亲面前,也是没有话语权的。在 20 世纪初的中国家庭观念中,父权制影响无所不在。父与子相处的常态是父亲对儿子有绝对的支配权和决定权,儿子对父亲的决定不能质疑、不能反驳,即使是请求式的反驳,也是无效的。"父亲的儿子,他几乎总是跪着听他说话。"封建礼教束缚之下,中国情人作为儿子,"孝道"思想使得他只能遵从父亲的婚姻安排,遵从父母之命和"约定的婚姻",不仅不能与法国女孩结婚,就只能

---

① [法]玛格丽特·杜拉斯,王道乾译,《情人》,上海译文出版社,2005 年,第 13 页。
② [法]玛格丽特·杜拉斯,王道乾译,《情人》,上海译文出版社,2005 年,第 8 页。

结束与法国女孩的"爱情"关系。遵照父亲的计划，给贫穷的法国人一家足够的钱以还清债务，离开印度支那。总之，在中国情人父亲的操控下，母亲、大哥、中国情人、盐碱地、债务等一切不和谐因素依然在（男权）文化"中心主义"中依然故我。

（二）情人意象

在虹影《K—英国情人》和杜拉斯《情人》中，都通过异国情人——中国情人形象，即他者形象的塑造来进行西方自我形象的建构，进而在自我实现的过程中进行男女双性、东西文化和谐相处的可能性的探索。在文学作品中，异国情人的建构充分体现了作家对于异域文化的想象以及对自我文化身份的反观，从而为自我的书写提供了参照对象。"每一文化的发展和维护都需要一种与其相异质并且与其相竞争的另一个自我的存在。自我身份的建构……最终都是一种建构——牵涉到与自己相反的'他者'身份的建构，而且总是牵涉到对与'我们'不同的特质的不断阐释和再阐释"。[1]

在虹影的《K—英国情人》中，情爱的书写已经远远超越了情爱本身，而包含着更为丰富的文化意蕴。小说中表现得最鲜明的是主人公的文化思维方式和文化心理的对立与调和。"从文化相对主义出发，东西方都有不少人认为，不同源的异质文化不大可能真正沟通和互相理解，因为各自都无法摆脱自身的文化框架和思维方式。"[2]从某种角度来说，虹影的写作意图正是要探究东西方文化身份的碰撞之下两性之间如何实现最终的和谐相处。事实上，裘利安始终都是以性爱来表达他对于闵的爱情，至于闵在精神层面的需求则不以为然，强势的西方文化身份令他认为自己在爱情中的拥有绝对的主导权。此外，他来中国的目的：为了理想而奉献自身，始终带着救世主的身份优越感，因此，从踏上青岛的那一刻开始他便用西方人的眼光来观察和打量这个陌生的国度，中国人的穿着打扮、中国的风俗、城市风貌，乃至室内布置都会让他感到新奇。欧洲人成为名副其实的居高临下地看客，东方则处于被看的位置。正是这种带有优越感的猎奇观念，使得他对于闵的挑逗也就带有一种文化实验的性质，他并没有任何情感介入的打算。

很有意味的是，女主人公闵已经不同于传统的中国女性。所以，具有反讽的是，裘利安被闵给迷惑住了，宁愿在迷醉中快乐至死，毫不犹豫地忘掉了他来中国的初衷。当他结束中国革命寻梦之旅，看着闵送给他的手帕时，"心一惊，K 哪里是第十一位，完全错了，K 分明就是第一，他终生第一的心爱之人"。[3]由此，两人之间的情爱关系隐喻着闵对裘利安的彻底征服，也隐喻着东方文化对西方文化的一种征服，这是裘利安所难以想象和接受的，所以，他们的异国情只能尴尬收场。虹影对此做过这样的表述，"我这本小说，力图处理中西文化的严重冲突，指出任何定式化地看待东方人，西方人，男人，女人，都会落

① [美] 萨义德，王宇根译，《东方学》，生活·读书·新知三联书店，1999 年，第 426 页。
② 乐黛云、蔡熙，《"和而不同"与文化自觉：面向 21 世纪的比较文学——中国比较文学学会会长乐黛云教授访谈录》，《中国文学研究》，2013 年第 2 期，第 107 页。
③ 虹影，《K—英国情人》，江苏文艺出版社，2013 年，第 232 页。

人灾难性结果。"[1]裘利安的文化身份使得他难以超越文化心理的影响去思考和找寻东西方文化交流的方式,因此,他始终不能与闵达成真正的"心心相印"式的相互理解,当他在弥留之际摆脱东西方文化的地位差异性认知时,他才可能将自己与闵置于平等的文化地位,于是,不同文化身份下的双性和谐也才成为可能。

而异国情人形象在杜拉斯的《情人》中则充分体现了人物对于情感的需求。在法国少女的情感世界里,父亲的过早逝世为她留下了情感的永久缺憾,与此同时,也使得她缺乏安全感。而那个成为她情人的中国男人虽然有父亲,但是却始终处于父亲的压抑之下,他没有过真正的自由生活。因此,两人的情爱令双方都找寻到了情感的投射对象。中国情人不仅能为法国女孩提供经济上的支持,更重要的是他成为她暂时"逃离"家庭和孤独的"安全港湾",成为她的情感的慰藉和情绪的倾诉对象。而她则成为,他压抑和孤独生活中的一叶扁舟。随着交往地不断深入,双方的交流也在不断地持续深入,双方在心理上的相互依赖和情感上的相互依恋与日俱增。然而,作为自我身份确证所需的一个参照物,异国情人——中国情人实际上仍是为"我"(法国白人少女)的形象塑造服务的,中国男人并不是小说故事的主角,他不过是反"我"内心世界变化的一面镜子,印证和参与法国少女"我"对自身文化身份的建构。在《情人》中,爱情似乎已经超越种族身份而产生了,在女主人公意识到与中国情人即将走向永别之时,她哭了,因为她想到堤岸的那个男人。在克服种族文化禁忌与家庭牵绊之后,她借着这个男人的文化身份与情感,实现了自我文化身份的认同。

生态女性主义者认为,男女两性彼此是相互关联的。人类应该抛弃男权文化中构建的男女二元对立的统治与被统治的逻辑关系,在充分认识两性的差异的前提下,尊重两性的不同价值和存在的合理性,进而建立平等和谐的两性关系。因此,生态女性主义倡导建立一个真正意义上男女平等、种族平等、两性和谐、人类与自然万物和谐共生的可持续发展的多样性社会。

(三)城市意象

事实上,在叙事文学作品中,城市不仅仅是一种纯粹的物质实体,而是作为与人物、故事情节紧密联系的象征性环境,它所代表的地理位置也不只是一个简单的空间概念。文学叙事中对于空间的强调和重视正是对以往单纯的"忽视空间、重视时间之传统的反抗。空间不再是永恒、静止的背景与框架,而成为意义丰富的前景和中心"[2]。在虹影的《K—英国情人》中,将笔墨专注于青岛与北京这两座城市,这些地理空间是文化想象的载体,存在于作家的空间记忆之中,成为中国文化的形象标志和故国想象。而在杜拉斯《情人》中,出现了西贡、沙沥、永隆等具有东方(殖民地)色彩的城市意象群。诚如有论者说,"在

---

① 胡辙,《解读虹影:虹影访谈》,《世界华文文学论坛》,2006年第1期,第42页。
② 方英,《理解空间:文学空间叙事研究的前提》,湘潭大学学报(哲学社会科学版),2013年第2期,第103页。

她的生命中和在她的作品中一样，地点始终具有决定性的意义。"①

由于长久身居异国他乡，城市在虹影的《K—英国情人》中则直接体现着她对于精神故乡的想象。虹影写青岛、北京，在根本上其实讲述的就是找寻精神故土、确证文化身份的想象性书写。青岛，不仅仅是故事的发生地和衍生地，也是承载情感伤痛的家国之思、漂泊者对故土的牵挂。北京，在虹影的笔下完全化做了神州古国、文化中国、故园家园的代名词。闵承传了中国传统文化，也承受了传统文化之重。在中国传统的男权文化的观念之中，女人的边缘性处境；闵以轻盈的姿态超越了"入相女子"的文化规约，在道家文化体系中寻找到了女人安身立命的一个隐形的文化位置。在与异国情人的情爱经历中，闵找到并释放了另一个自我。在闵的身上，传达出来了中国文化的优雅、精致和内涵丰厚，仪态万方的迷人风姿。北京和闵的文化气质相容，所以，对于裘利安而言，北京俨然就是他的中国情人闵的化身，让他从这座城市得以想起险些被遗忘的故乡（西方）的文化景象，产生他乡即故乡的错觉。对于作家虹影而言，北京则意味着中国的文化形象的想象，更是对故国的深切惦念与热爱。北京（中国）不仅仅是虹影的故国家乡、文化故乡，更是精神家园。青岛、北京这些城市意象与虹影的家园记忆和文化记忆胶合在一起，所以，中国的城市也就自然而然地成为她取之不尽用之不竭的写作资源和关照对象。

事实上，杜拉斯在《情人》中对于东方城市的书写是她成长记忆的注脚。她的童年记忆和西贡、永隆、沙沥这些城市交织在一起，这里贮满她童年的喜怒哀乐，欢乐记忆则在缓慢而悠长的时光中让她心怀向往。在这块土地上，还有着她最为宝贵的初恋体验。杜拉斯对于东方的态度始终是矛盾的，因为东方是她出生地和成长地，但她不属于这片土地——殖民地；因为她的文化故乡、精神故乡在西方。尽管小说中的法国少女在轮渡离港时流下了伤感的泪水，可是在她心里，东方仍然是异己的所在。"一个'单一形态和单一语义的具象'一旦成为套话，就会渗透进一个民族的深层心理结构中，并不断释放出能量，潜移默化地影响着后人对他者的看法。"②所以，西贡、沙沥等东方城市终究落入肮脏、混乱、落后等刻板化描述的窠臼。城市郊外的自然环境也就只是被热带雨林所覆盖，洪水、暴雨等自然灾害构成的蛮荒的未开化之地。与东方相反，西方世界仍然是文明的象征。不管杜拉斯承认不承认，西贡、永隆、沙沥这些城市留下了杜拉斯成长的痕迹，成为她生命中想抹去也不去的记忆，成为她的另一个永不能忘记的文化"故乡"，同时也成为她写作的源泉，成为她建构自我西方文化身份的参照系和遥远的东方文化想象。

总的来说，河流、异国情人与城市这几个意象尽管在代表的思想蕴含上各有侧重，但其却存在着内在的联系，共同传达出作者对文化故乡、精神家园的生命体验和文学想象，构成了一个完整的意象体系。河流作为人类（个体）生命的起源地，既助长了作者自我意识的生成，同时又见证了主人公与异国情人间的情爱，同时还串联了城市、国界；异国情人在人物，尤其是主人公成长过程中的情感需求、自我身份认同、文化身份的确证等提供

① [法]劳拉·阿德莱尔，袁筱一译，《杜拉斯传》，春风文艺出版社，2000年，第156页。
② 孟华，《比较文学形象学》，北京大学出版社，2001年，第190页。

了实现的路径；城市则成为个体生命的灵魂栖居之所，并最终成就了主人公的自我认同。如果说杜拉斯在意象体系中呈现出由东西文化身份造成的情感纠葛、矛盾冲突的话；虹影则在借鉴达拉斯的写作时，通过自身文化的选择实现了主动的过滤，其笔下的意象书写淡化了冲突、矛盾、对立的意味，而充分体现出一种和谐之态。这种具有多样性和差异性的意象体系为读者营造出了不同的想象世界和文学世界，丰富着小说的情感魅力、文化底蕴、人文生态意蕴和艺术感染力。

二、重复叙述：重复与差异

在叙事性作品中，重复叙述是一种重要的叙事手段。在小说中，重复常常体现为事件、场景和意象的重复。重复这一叙事艺术在虹影的《K—英国情人》和杜拉斯的《情人》中被大量运用。这两部小说让某个情节、场景或意象在文本的不同章节中反复出现。这些重复叙述，不仅让简单的故事变得复杂化、立体化，从而达到扩展故事边界、增加小说容量的叙事效果；还可从不同侧面展现事件和人物，使小说的思想内涵更富于张力。

（一）场景重复

对于大多数人来说，生活可能就是无数重复的叠加。所以，当小说家们有意识地将这些重复多次地展现出来时，重复就变得更加意味深长。因而，重复叙述就成了构架文本的主体、凸显主题和刻画小说人物的叙事手段。

而杜拉斯的《情人》中渡河场景反复再现，则凸显了一位特异独行的法国少女形象。她穿着真丝裙衫、头戴男式帽的形象与渡河场景同框，并反复出现，这可能是因为现实中这种有特殊纪念意义的时刻与场景没有拍照，照片的缺失与遗憾只能用重复出现的叙述策略来进行"弥补"。这张不存在的照片其实是激情的完美象征，它的缺失诱发了作者对此种影像的反复追忆。

《情人》一开始，由一个男人对"我"年轻和年老时的印象进行对比，很自然地就引发出"我"对过往的回忆、对年轻时的形象进行追忆。杜拉斯把年老的"我"和少女时的"我"糅合在一起，所以，使各种印象在过去与对过去的追忆中打破时空界限，自由穿梭在自传的"真实"与小说的"虚构"之中。

法国少女形象首次出现在小说第二段，在年老的"我"的记忆中，"这个形象，我是时常想到的，这个形象，只有我一个人能看到，这个形象，我却从来不曾说起。它就在那里，在无声无息之中，永远使人为之惊叹。在所有形象之中，只有它让我感到自悦自喜，只有在它那里，我才认识自己，感到心醉神迷"。①

这一段虽然没有对该形象做具体的描绘，但几个"只有"就强化了这一形象的独特性、唯一性、持久性和情感性。那么。这到底是个什么形象？为何从来不曾说起？为何让"我"感到心醉神迷？伴随着这些这些问题，读者的阅读兴趣被激发出来，促使读者关注的不是

---

① ［法］玛格丽特·杜拉斯，王道乾译，《情人》，上海译文出版社，2005 年，第 3 页。

故事或故事的发展，而是这个形象；所以，这个形象才超越故事发展的时间顺序，并以一种延续且不断重复的方式展开。

第二次，叙述者以亲切的口吻，向读者交代了渡河白人少女的年纪、生活的环境，并没有说明这个形象是怎样的，而只是强调"在整个渡河的过程中，那形象一直持续着"。①第三次，小说仍然没有详细描写白人少女的形象，再次陈述："我才十五岁半。就是那一次渡河。我从外面旅行回来，回西贡，主要是乘车回来。"②这一形象到底是怎样的？叙述者还是没有说明白，这个形象继续被"神秘"的面纱遮蔽着。这种形象变得有点"不"真实了，好像是一种需要其他回忆作为显隐液的"影像底片"，存于叙述者心中那永恒存在的记忆，成为一种需要不断拼接和完形的形象。

第四次，在铺叙了白人少女家境和家人之后，那个穿着真丝裙衫、头戴男式帽的白人少女渡河形象终于被细致地描摹出来了。白人少女执意要戴男式帽子，使得"那形象确乎暧昧不明，模棱两可"，③这似乎暗示着法国白人少女一家尴尬的社会地位和阶级身份。少女选择男式帽子，暗示了她想要摆脱传统性别文化对女性的束缚，想要听凭自己的欲望行事。

紧接着，从白人少女形象的回忆又联想到"我"儿子在二十岁时所拍的照片："他面孔上有一种妄自尊大的笑容，又有点自嘲的神色""他喜欢这种贫穷，这种穷相，青年人瘦骨嶙峋这种怪模样。这张照片拍得与渡船上那个少女不曾拍下的照片最为相像"。④这种对贫穷似乎有着戏谑自嘲的神情，好像也出现在"我的母亲"的照片中。这三张影像貌被并行放置在一起，产生一种"家族"式的延续性和反讽的意味。

第五次，叙述者再次回到对渡船少女形象的刻画上来："看看我在渡船上是怎么样吧，两条辫子仍然挂在身前。才十五岁半。那时我已经敷粉了。我用的是托卡隆香脂……"⑤至此，那个着装有点怪异的渡船少女的形象全貌出镜，清晰地全面地出现在读者面前。作者杜拉斯对法国白人少女形象的反复刻画，强化了人物在作者和读者心中的直觉印象，进而引发读者对继续关注这个人物形象的过去与未来的印象或形象的阅读期待。

第六次，写到白人少女形象是在交代"我"对殖民地白种女人的评价和"我"当时的心态之后。文本叙述到此，人称由"我"变为戴呢帽的"小姑娘"。法国少女由叙述者追忆的年轻时的自我变为叙述者的叙述客体（她者），拉开了叙述者与叙述对象之间的距离。叙述视角的转换有利于从不同角度描摹少女的渡河形象："才十五岁半。体形纤细修长，几乎是瘦弱的，胸部平得和小女孩的前胸一样，搽着浅红色脂粉，涂着口红。加上这种装束，简直让人看了可笑"。⑥

① [法]玛格丽特·杜拉斯，王道乾译，《情人》，上海译文出版社，2005年，第5页。
② [法]玛格丽特·杜拉斯，王道乾译，《情人》，上海译文出版社，2005年，第11页。
③ [法]玛格丽特·杜拉斯，王道乾译，《情人》，上海译文出版社，2005年，第15页。
④ [法]玛格丽特·杜拉斯，王道乾译，《情人》，上海译文出版社，2005年，第16页。
⑤ [法]玛格丽特·杜拉斯，王道乾译，《情人》，上海译文出版社，2005年，第20页。
⑥ [法]玛格丽特·杜拉斯，王道乾译，《情人》，上海译文出版社，2005年，第25页。

在白人少女与情人相遇的渡河形象被反复叙述，一共叙述了六次，一次比一次描摹得详细；这就像镜头由远及近，步步推进，逐渐清晰，最后是特写镜头。因此，《情人》借对白人少女某一时刻形象的反复强调与情景的渲染，突破了线性叙事的叙述限制，产生了一种类似时间凝固的空间化叙述效果。从文字叙述层面看，作者一方面对各种场景、印象进行纵向式的展开；另一方面又通过心灵感悟的灵魂之线把依托纵向叙述所呈现的情境在横向上并列展开。同一印象、同一场景既在某一段时间内常规线性发展，又在不同时段间交错出现。故事发生、发展的横向与纵向叙述层面相互交织斗争，最后凝结在心灵真实的基点上，形成了立体化的叙述网络。杜拉斯在《情人》中对同一场景、印象共时性叙述的反复强调，表明《情人》在叙事层面上是以纵向聚合关系为主导的。杜拉斯利用这种关系结构颠覆了回忆性叙事的常规线性序列。

正因为小说文本将对少女的记忆印象进行剪裁、切割和重复，一点一点地慢慢呈现，使得读者从传统时序叙述的先后顺序中剥离出来，凭借自己的想象和联想，把相关的各种场景和零碎的印象断片拼凑起来，构建读者自己的故事框架。少女的形象、有关渡船的场景被反复凸显出来，给我们生动描绘出了一个头戴男式平檐帽，伫立在湄公河渡船上的法国少女形象。她在等待，在等待有人将她心底的欲望激发出来并付诸实践。她是身处殖民地的白人女性，她知道自己被人看，并不是因为她美，而是因其优越的白人种族特征，再加之她另类的打扮。她是白人，母亲的教导以及潜移默化的种族意识，使她根本无法融入当地殖民地人的生活，而其家境的贫穷，家人的寒酸与粗俗，又与白人身份极度失衡，她们一家人始终处于无法受到他人认同的尴尬处境。法国少女戴上男式帽子，正是想加强这种边缘的"他者"形象，如同她在西贡的身份一样，是暧昧不明、模棱两可的，与此同时，这种举动也是一种叛逆的行为，表明她想成为听从自己欲念的女人，试图摆脱以白人男权意识为主导的社会对女性的束缚。再者，这个形象的反复叙述，构成了一种生命的仪式感和隆重感：法国少女和中国男人在渡船上邂逅，有了他们的情人关系的建构，也才有了少女不被双方家人认同的"初恋"。这"初恋"最终结局是没有任何结果的各自分散，但是它却是当事人生命中最美好的记忆，最真挚而浓烈的情爱。因此，小说摒弃了传统的线性叙述手法、遵循心理意象时间的叙述方式更能强化这种"初恋"追忆的情感化叙述效果。

（二）意象重复

上一节已经对意象进行了界定，此处就不再赘述。分析小说中的意象重复，有助于理解作品的审美价值，从中挖掘出作者不断重复叙述的深层原因，进而更好地诠释作品的思想内涵。

在虹影《K—英国情人》中的意象很多，前文已经做了相关论述。在此，我们选择手帕意象的重复进行分析。重复出现的手帕意象在小说中起着穿针引线、强化情感的作用。小说在开篇"a遗书"中，第一次写到手帕时，裘利安已经在战争牺牲了。手帕是裘利安的遗物之一。在主治医生眼中，这件遗物"摸着有股舒服的厚实感。暗花是竹叶，亮闪闪，翻一面，黄色淡了些，双面丝缎，很东方情调。边角有个 K 字，像是手工绣的，深黄丝线"。①这里，传达出的关于手帕的信息主要包括：舒服的手感，颜色为黄色，暗花是竹叶，质地是丝缎，手工刺绣一个字母"K"，这些信息的指向都很东方情调。那么，手帕是谁送的？为什么要送手帕？手帕为什么是黄色的？"K"又代表什么？读者肯定会产生这样一些疑问，这就为小说故事设置了悬念，吸引读者继续读下去。

小说在"n 战争将至，拿走我的心"中写到黄段手帕。这就照应了前面的手帕的送出者是谁——裘利安的中国情人闵。手帕是闵在裘利安离开北京的时候送给他的，手帕图案与闵当时穿的衣服相同。至于为什么是黄色，裘利安也拿不准，因为黄色是中国帝王之色，代表高贵，在现代中国又被认为是色情之色。也许，闵选择这个颜色，想要表达的是他们的情欲是高贵的，而不是羞耻的。闵为什么要绣 K，到底承认裘利安给自己情人的编号，还是要强调她的独特存在和无可替代？裘利安还是吃不准。可见，裘利安迷恋闵的肉体，但是并不能真正懂得东方女性的美。至于为什么送手帕，可能 1930 年的人都应该知道。那时候，手帕是常见的，也是私人物品，是女性心灵手巧的象征，还是传递心意的信物。手帕作为信物，可以作为男女传递心意的一种方式，因为手帕的私密性和珍贵性，将手帕送给一个人，就是在表达自己对他的喜欢。小小东西也能够带来很多的妙趣，能够让人感受到它潜藏在深处的情感寄托，这是一种珍重，也是一种爱。

在"r 不嫉妒"中，裘利安和闵的关系处于冰冻时期，白俄女人皮肤的粗糙让他想到闵如丝绸的皮肤。那天他曾发疯似的找闵送给他的绣有 K 的手帕，找不到。"他突然想起，是在书桌抽屉与母亲的信件放在一起的。"②这说明，他想睹物思人，他想念她，他对闵的欲望中包含着他自己一直不愿意产生或拒绝产生的情感。手帕是信物，是情意的载体。他寻找闵给他的手帕，这就是一种情感失落的体现，恰好证明了他对闵的情感是毋庸置疑的。

在"K 是第一"中，裘利安在返回青岛的途中，想念闵，"从背包里找到闵的手帕，这柔软的质感，和他的手贴在一起，就像闵的皮肤和他贴在一起。……K 是那个能左右生命的字母"。③裘利安随身携带手帕，看来是很珍重它的。这里的重复，强调了手帕的质感，带有明显的情欲与情色意味，而字母 K 则强化了情感性。K 被裘利安赋予新的寓意，K 的地位直接从第十一跑到了第一位，其重要性就不言而喻了。K 所指代的中国情人不仅成了他心爱之人，还成了能左右和主宰他生命的人。在此，闵送手帕的心意和寓意被她的英国情人理解到了，此时他们在心里达成了一种和解，于是有一种心心相印的情感产生，并借手帕得以强化。这个能主宰他生命的人，才能在死亡中与他相会，继续一起修行爱与欲。在此，小说借手帕意象，不仅完成了故事的前后衔接，同时也完成了裘利安对闵的情感变化和认同。他不得不正视自己对闵的爱情，正视他在中国最值得珍惜的人与情。

杜拉斯在《情人》中运用了很多意义丰富的意象，前面一节已经对其中的城市意象、

---

① 虹影，《K—英国情人》，江苏文艺出版社，2013 年，第 5 页。
② 虹影，《K—英国情人》，江苏文艺出版社，2013 年，第 207 页。
③ 虹影，《K—英国情人》，江苏文艺出版社，2013 年，第 232 页。

河流意象和情人意象做了详细说明，在此我们选取"母亲"这个人物意象的重复来做分析。一看到"母亲"这个词语，大多数人都会对其所包含的温暖情感和生命的含义产生认同。在《情人》这部小说中，母亲意象真可谓无处不在，母亲之于她的孩子们，意义重大；母亲，作为女人，背负的生活压力实在太大。母亲在小说中出现的次数至少有五十次，其中直接描写母亲的都有三十余处，这几十处的重复并不是按照事件发生的先后顺序进行重复的。但不管怎样说，母亲意象的重复始终与殖民地的生活联系在一起，强化了作者难以忘怀的殖民地生活经历、童年经历和生命体验。

小说第一次写母亲：母亲受过较好的教育，她是砂沥女子小学校长。她像所有的母亲一样，规划自己孩子的未来人生，并对自己的孩子充满希望，可最终又不得不承受孩子带给她的失望。这里的对母亲的描写保持着一种距离，也保持着一种客观地叙述，写出了母亲的共性。

第二次是通过女儿"我"的心理去写母亲。母亲的种族教育，让我们产生白人的优越感；母亲对大哥的偏爱和偏袒，让小哥哥和我恐惧，于是"我"想要杀死大哥，来保护"我"的小哥哥、"我"的孩子。作为她的小女儿，"我"产生了母性的本能，把小哥哥当作自己的孩子；小哥哥是家庭中受欺负的弱者，"我"对小哥哥产生了一种保护欲。第八次概述母亲做法语教师，维持她的大儿子的生活，一直到她死去。第十次写母亲晚年在西贡或法国，她永远都是为了她的大儿子的生计而活，疯狂地活着，生着疯病。第十七次、第十九次、第二十三次、第二十四次分别写母亲以她强壮有力的大儿子感到自豪，偏爱大儿子，母亲之所以省吃俭用地活下来就是为了她那不学好的大儿子，她从不提大儿子的"恶"、从不抱怨、只有夸赞和过度的母爱。这些地方都强化了母亲对几个孩子的爱是不一致的，她始终偏爱孔武有力而作恶多端的大儿子。在第二十五次的母亲描述中，写到母亲要求大儿子死后和她葬在一起。这将母亲对大儿子的爱上升到一个极致，身前身后，她都要照顾着自己的唯一挚爱的孩子。通过以上的重复，说明母亲不是一个不偏不倚的母亲，她的种族观念和情感偏向极大地影响着她的孩子们。因为母亲对大儿子的过度偏爱，才导致大儿子的"流氓"习气和偷盗恶习，导致家庭暴力，兄弟手足互恨、相残的局面，也才导致"我"想逃离家庭的强烈欲望。一切的源头都在母亲盲目而无原则的母爱！

第三次通过照片来写母亲。从照片上的着装和神情来看，母亲是一个被绝望情绪包裹的母亲。那时候，我们都还小，母亲在殖民地买了房子，父亲病重，病得快要死了，几个月后的确是死了。母亲的处境很难，所以她显得灰心丧气，之后持续着绝望情绪的发作。第九次写债务逼迫着母亲，哭闹无助。按时间顺序来说，这次的事件应该在后来才发生，却先被书写出来。接着第三次照片上的母亲，第十一次写母亲预知丈夫的死亡。家庭的顶梁柱不在了，母亲陷入家庭危机之中。第十六次写母亲卖房子、卖地等社会谋害将她陷入绝境，她坚韧地活下来了，只为了大儿子或为了三个孩子，她活下来了，因此，她的三个孩子是都爱着她。第二十一次，母亲不懂社会规则，只得隐忍和哭叫，所以绝望的情绪时时萦绕着她。第三十至第三十二次，都写母亲拍照；前两次，在家庭经济状况不好的情况下，坚持拿钱去拍家庭照，为了看孩子们是不是正常成长，也为了回国度假时把她孩子的照片带回去拿给她的家人看；当母亲白发苍苍的时候还是依然要去照相，独自一人去照相，就像为死后的祭奠而照相。由此可见，母亲是一个处事从不半途而废的人，是一个坚韧而执拗的人。再者，这些重复中强调了白人家庭的贫穷，加强读者对殖民地的法国当局作威作福、腐败的认识，连白人家庭都遭到不公正的待遇，可以想象殖民地本地人的日子过得就更是艰难和艰辛。

第四次通过"我"的不合身的连衫裙——母亲旧连衫裙改的，来写母亲的节俭。母亲坚持让我参加数学教师资格会考，反对"我"写作。她认为写作不是工作，没有什么价值。无法更改的是，"我"永远是母亲的女儿，所以贫穷的母亲只能给予她的旧衣服给"我"，"我"无从选择；"我"继承了母亲的执拗或坚持，所以，"我"会参加母亲认为必须要参加的考试，也会坚持自己的写作意愿。第五次，母亲始终反对小女儿写作，母女依然保持着对立的姿态。"我所爱的母亲，她那一身的装束简直不可思议，穿着阿杜补过的线袜……"[①] 穿着坏了的鞋，头发梳成中国女人式的发髻，那副样子让我们感到丢脸。于是，"我"想杀掉她，想从当前的处境中脱身而出。母亲的态度激发了"我"的反抗和逃离意识。"我"和母亲显得有点针锋相对，不过，母亲应该能理解她的女儿，因为她有过幸福和快乐的时光，也年轻过。第二十次写母亲叫人冲洗房子，她难得地笑着、高兴着，忘记生活的不如意。第二十六次写母亲在西贡、在我们最后分开以前的几个月，夜里，母亲坐在"我"身边的位子上，她的容颜和神情透漏着青春、美、幸福感，那应该是母亲在回忆美好的过往。第二十八次，母亲因看到中国情人送"我"的钻戒，而说起她在父亲之前定过一次婚。母亲的过去只有她自己知道，而我们只知道她的现在和后来。但是在女儿身上，母亲应该是看到了过去的自己的某些面影，想起了往事。母亲是一个被生活逼入绝境的寡妇，她活着的理由就是孩子，就是对孩子的希望，对生活的希望。而希望总是有点虚妄，所以，母亲的情绪与生活体验，从一个侧面反映了"我"对生活的体验。作者借母亲意象的重复，反复地渲染和强化了殖民地生活的苦难和困境。

第六次，母亲从绝望心境摆脱出来，恢复常态，就比较和蔼可亲。母亲竟然没有反对小女儿奇怪的打扮，因为她的小女儿渐渐长大，有可能成为一家人有钱收进的希望。两个儿子和那块盐碱地是没有指望了。第七次，母亲在"我"和中国男人相遇之后的一年半带我们回了法国。这就回应了第六次的母亲的希望实现。而母亲的爱和阴影也一直影响着她的小女儿"我"。第十二至第十四次，分别写穿着补丁袜子的母亲在"我"与中国情人幽会的房间里闪现，"我"担心母亲可能会杀掉不知廉耻的"我"，"我"梦见（而且之前一直梦见）贫穷的母亲、无辜而不幸的母亲。在潜意识里，母亲是监管着"我"的，而"我"是理解和同情母亲的，所以，"我"和中国情人在一起，很大程度上是因为贫穷的母亲，也就是为了钱、为了摆脱令人窒息的家庭。第十五次，母亲接受"我"有钱的中国情人请客吃饭，享受奢侈的豪华大餐；但是母亲在颜面上和心理上又难以接受"我"为了钱而和

---

① [法]玛格丽特·杜拉斯，王道乾译，《情人》，上海译文出版社，2005年，第28页。

中国男人在一起的事情；所以，在第十八次的母亲描写中，母亲发疯病，无情地打骂"我"。可是在第二十二和第二十七次的母亲意象中，母亲又是鼎力支持"我"和中国情人的关系维系，为此，母亲见寄宿学校校长，为"我"能自由出入学校说话，并说小女儿是她唯一的希望。第二十九次的重复中，母亲情绪不坏，她开始为"我"未来的婚姻担忧，因为"我"有中国情人，名声不好。由此可见，母亲在她小女儿和中国情人的这件事情上是矛盾的：既希望她的小女儿通过这种方式为家庭换来金钱，还清债务，实现回国愿望；又放不下白人的颜面和伦理道德上的尊严，担心小女儿未来的婚姻。所以，她对待女儿的态度和方式也总是反反复复，前后矛盾。一个绝望无助的母亲最终选择了默认女儿与中国情人的关系，一个无私又自私的母亲，一个温情又无情的母亲形象地凸现出来。

《情人》在母亲意象的重复叙述中，不仅塑造了一个丰满而立体的母亲形象，而且丰富了小说文本的思想蕴含。母亲是平凡的、坚韧的、绝望而执着的、疯狂的、有着过度扭曲的母爱的母亲，所以，她造就了大哥那样的家中的流氓、窃贼和杀人犯，间接害死了小哥哥，助推她的小女儿的成长——读书考试、写作以及与中国情人在一起，脱离家庭等等。母亲与殖民地同在同构，母亲养育了她的孩子，殖民地养育了白人的孩子，但是贫穷的母亲和殖民地都在遭受压迫和不公平的待遇，陷入生存的困境或绝境。母亲的小女儿，也就是小说的叙述者对母亲有爱，也有不满和恨。爱之深，恨之切，因此，小说中的叙述者对于母亲的情感是矛盾的、混沌的，也是深刻的、深层的，作者杜拉斯对生养了她的殖民地的情感也是如此的。正因为此，小说借母亲意象的重复，反复地讲述母亲，用爱与恨交织的口吻讲述母亲，也是对母亲的存在和身份进行确证，进而确证作为母亲的小女儿的存在，同时也确证着杜拉斯在殖民地的成长痛感、生活经历和混沌难辨的生命体验。杜拉斯在该小说中对"母亲"和殖民地生活的反复叙述，"帮助杜拉斯从一个殖民地女孩的自卑中解脱出来，促使她重新挖掘了亚洲文化，也延续了欧洲文化传统对'异文化'的关注。"①

从生态女性主义的角度来看，《情人》中的母亲意象的重复叙事，将母亲和她的小女儿的生活并置，乃至小说中的疯女人并置，她们都在炎热的殖民地带，都同为女性，内心都充满被这个贫穷、压抑、疯狂与绝望的世界所遗弃的苦痛。她们都在苦痛中无声地挣扎、呐喊，忍受着心灵的熬煎，也幻想去对抗、摧毁压抑她们生活的社会外界力量。通过对这些女性人物意象的重复，杜拉斯讲述的不再只是法国少女与情人的爱恋，而是深刻地揭示了有关女性及其生存困境的主题。读者可通过女性叙述者、法国少女、母亲、疯女人等不同女性人物之间的多重关联性中去体悟，女性与社会环境、与伦理道德、与男性、与自我之间出现了危机，进而导致女性的扭曲和疯狂。如果要解决重重危机，只有不断地修复这一重重的关系，这是一个包括了自然生态、社会生活和精神生态的生态系统工程。

三、反讽叙事：此在与彼意

---

① 王琼，《论杜拉斯创作中的重复叙述》，《杭州师范大学学报（社会科学版）》，2014年第3期，第89页。

何为反讽？由于不同时代、不同语境下，人们对反讽的定义都不太一样，因此，至今依然没有一个固定的说法。不过，大体说来，反讽应该是形式表达与表面语义与实际要表达的意思相反或差异很大，就会造成表与里、此在与彼意的错位和失衡，从而产生奇妙的讽刺效果。在叙事性文学作品中，反讽叙事已成为一种重要的叙事策略。在虹影的《K—英国情人》和杜拉斯的《情人》中多次运用反讽来凸显社会生态主题以及关于人的自我审视和追问的精神生态命题。

（一）

虹影的《K—英国情人》采用"戏仿"的叙事方式不动声色地解构和颠覆了东方主义和中心主义，从而达到反讽的叙事效果。

小说戏仿东方主义的经典模式化写作，以西方中心的视角、以救世主和猎奇的心态来观察东方、看待"陌生"的中国。由于主人公裘利安带着西方人特有的文化优越感，以一种俯视的姿态打量他眼中的中国，并以主动、强势的攻势挑逗中国女人闵。而事实上，裘利安所持有的西方文化中心主义在面对西方纪录片中"贫穷、肮脏、落后、野蛮"的东方时，他看到的却是中国老百姓喜庆的祥和、中国殷实家庭比中产阶级的家族更富有，中国北京的华丽与优雅，他被中国北京迷住了。他想要拯救中国、献身中国革命，却一直迷醉在性的享受中而迟迟未动；当他看到中国式的革命后，又害怕革命的残酷和暴力。他想要知道和中国女人做爱的感觉，想要为性而性，因此，在性的游戏中主动出击。具有反转意味的是，他在床上却输给了中国女人，他不再是具有强烈性进攻能力的男人或动物，他被中国女人迷惑住了，而成为闵实验房中术的实验品，成为中国性文化中的一个符号"阳"。自此，西方文化的优越性似乎"烟消云散"，西方的强势被柔性地化解，男性中心主义也被颠覆了；东西方文化在交流、碰撞中逐渐淡化对立、矛盾，不平等、不和谐的状态，以一种特殊的和解方式并存。这正是社会生态在文化层面所体现出来的思想观念，在认同异质文化的差异和多样化的基础上，要以包容和开放的理念尊重各种文化，不同文化处于平等的地位，没有优劣之分，所以，要探索不同文化——东西方文化平等地和谐共处的可能。

再者，裘利安作为西方人，他是带着崇高的救世理想来到中国，想要参加中国革命。他带着对人类的悲悯与同情，想要实现拯救人类的社会价值和自我价值。很有讽刺意味的是，他在中国却陷入了一场莫名其妙的恋爱，沉迷在享乐世界，远离了世界形势，迷失了自己来中国的初衷。所以，当他和闵的关系陷入僵局时，他开始反省"我是谁""我要做什么""我要怎么做"。理性的西方人开始思考他来中国的真正目的，并准备要为他的革命理想付诸行动。他寻找革命队伍，没有找到；只看到了革命的痕迹或点滴印象，也切切实实地感受到了作为西方人在中国政府军面前所享受到的优待，除此而外，没有别的革命希望所在，可能因为胆怯或害怕而主动放弃了在中国参加革命的志愿。他没有找到实现普世价值的路径，他除了是西方人，中国人眼中的"洋人"而外，他又一次找不到自我价值实现的路径。教书上课吧，学生已经放假，他的生命变得空荡荡的，转而回到个人的世界，又去寻求个人情爱或情欲的满足，以填补生命的空虚。情场老手的他，可在性游戏中去找寻自我存在的价值和意义。于是，他找到了一个男人的情感和情欲表达方式，但是他却因此而沉溺于中国伦理道德文化的旋涡，失去了一个人、一个绅士的道德荣光。他的东方猎艳和情欲冒险使得他的身份变得尴尬了，他只能在心理上保持着西方人的文化优势和种族优越感，但是却失去了西方人的文化身份的强势，颇有点阿Q精神的味道。

裘利安作为布卢姆斯伯里文化圈的第二代诗人，在中国，他可能完成了诗人的浪漫主义情爱大冒险，成了一个性爱至上或享乐主义者的形象，但是他也失去了自我身份的多侧面确证。他的才情被卢姆斯伯里文化圈的第一代名人压制，他的革命价值破碎，他的事业发展受阻，连他最骄傲的情爱游戏也无法继续。作为一个西方人，在东方文化生态中，因为禁忌之恋，他连最起码的骄傲也不可能立得住站得稳。在内外交困的情景下，他只能从哪儿来就回哪儿去，生命就像画了一个圈，从一个起点出发，又回到这个起点。因此，如果从视点反讽的角度来看的话，裘利安的西方视角最终因为他的道德失范而失去了西方人居高临下的优势，因为被中国女人征服而失去了西方人的强势；种族歧视也因为自我的迷失也失去了其现实存在的根基，只是一个文化心理定式，已经失去了对人、对事的影响力。从另一个角度来看，裘利安在自我建构的过程中，不断地迷失或丧失自我，使得人与自我的关系处于一种不和谐的矛盾状态和焦虑之中，他与闵的情爱也处于文化错位的紧张关系之中，进而折射出人的精神生态失和在很大程度上是因为文化的差异和文化生态观念的差别。

艾克顿爵士在北京，享受着他认为的"天堂"般的北京生活，乐不思英国。裘利安在北京与闵的情爱也让他不想青岛，不思念英国，甚至淡化了对母亲的思念。中国的丝绸、中国画、中国的古都文化等从不同角度征服了高傲的西方人——英国人，使得西方人自觉不自觉地自我消解文化"优势"和"强势"。通过以上几个方面的反讽性叙事，小说对西方文化中心主义进行了逐一拆解，不仅解构和戏谑了东方主义经典叙事模式，使得人物形象的塑造更为丰满、立体，而且增加了小说的人文主义内涵和社会生态蕴含。

（二）

杜拉斯的《情人》首先运用了并置式结构反讽。小说中有两条故事主线：一条是老女人回忆在法属印度支那的成长经历，另一条是法国少女享受当下的及时行乐。两条线索并置发展，双线互为语境，相互之间构成一种叙事的压力和竞争力。

整体来看，小说第一条主线贯穿着在殖民地的痛苦、恐惧和绝望的情感基调，而第二条主线的情感基调则带有一种喜悦、快乐和享受的倾向。两条线并行发展，交替推进，相互缠绕，构成一种难解难分的复调式反讽效果。因此，在这两条线索中，"我"的身份变得游移不定，"我"到底是正在回忆的老女人、女作家、还是法国少女？不确定。如果"我"是老女人，那么回忆就是对青春、对生命、对时间的感叹，对自我存在的认知。如果"我"是女作家，那么无论是对过往的回忆，还是当下，那都是女作家在虚构故事，在进行文学写作。如果"我"是法国少女，那么"我"就是想摆脱不安全感以及时行乐来享受当下。如果这三者合一，那么"我"就是一个不和谐的"我"：即在痛苦的回忆中清晰可辨的"我"、在欲望的大海中浮沉起落却依旧孤独迷茫的"我"、在写作的时候将真实与虚构糅合起来的有才情有去处的"我"。每一个"我"貌似互不兼容却又共处于小说文本中。"我是谁"的本体追求被巧妙地体现出来。既然"我"的身份不确定，"我"的形象变得模棱两可，所以，"我"可以是"我"或不同的"我"，就像小说中"我看我自己也换了一个人，就像是看到了另一个女人"，①"我"可以是任意的一个人，"我"可以是你，是她或他。"我"可以是殖民地人眼中的宗主国的白人，可以自认为是法国人，也可以是法国人眼中的殖民地出生的印度支那人。"我"到底是谁？小说没有直接给出答案。如果小说中的"我"构成一种和谐的统一体，人也就实现了与自我的和解。因此，小说使用的并置式双线结构所构成的反讽，增加了小说的叙述张力和精神生态内涵。

其次，杜拉斯的《情人》还使用了"看与被看"的反讽式结构模式。小说的故事和人物都主要是叙述者兼人物"我"在看；从白色人种的种族优越性角度看待法属印度支那的人、事、物、景，一切都不那么尽人意；以白色人种的种族主义打量中国情人，自有一种种族自信；以同种族的眼光看殖民地的白种人，看到了种族内部的阶层差异和不平等。总的来说，"我"的视点始终带有一种人种"优势"和种族歧视的色彩，带有西方中心主义的歧视去看待殖民地的一切，这些沦为被看的对象始终被限定在"我"的认知和文化视域。有讽刺性的是，"我"作为白色人种的"看"的主体性位置往往被颠覆，而常常处于被看的地位，而且是被"我"所看的对象看。于是，"我"的主体性地位被剥夺，变成被看的客体。殖民地的人总是"盯着"包括"我"在内的白种女人看，这像是出于好奇，又像是出于无知。中国情人看我，既是一种情感，同时也是一种欲念，还带着有色人种的种族自卑感。白种男人也总是看我，这是一种男人的欲念，更是一种种族内部的阶级差异和歧视。在看与被看中，主体与客体互相转换，又互相建构和解构。所以，这种看与被看的叙事结构中，小说不仅从形式上，也从思想内容上构成对权威叙述者"我"的自我建构的拆解。

最后，《情人》中还使用了情景反讽。最典型的就是中国情人请法国少女的家人吃饭的情景。贫穷使得这个白人家庭长久没有享受过美食大餐，所以，"我的两个哥哥大吃大嚼，从不和他说话。他们根本看也不看他"。②与其说是白种人的种族歧视在作祟，还不如说是一种虚伪的倨傲和恬不知耻。那种难看的吃相就是贫贱和无教养的表现，他们死撑着白种人或西方文明的身份，非得强撑着白种人的无理的"种族自信"。他们一边享受着中国情人的物质和经济接济，一边却还要摆出一副理所当然的高姿态；这家人对中国男人的行为和态度，特别像是"当了婊子还要立贞节牌坊"一样的讽刺。自以为是的种族优势表现，却悖谬性地自然托出其虚伪、孱弱的本质，从而召唤读者对这个情景真实意指的体悟。

---

① ［法］玛格丽特·杜拉斯，王道乾译，《情人》，上海译文出版社，2005 年，第 15 页。
② ［法］玛格丽特·杜拉斯，王道乾译，《情人》，上海译文出版社，2005 年，第 61 页。

在小说中曾说"我们是白人的孩子，我们有羞耻心"。① 两相对照，完全看不出来白人的羞耻心体现在哪里！相反，在无视和模式中国情人的盛情款待时，倒是体现出了白人的无耻、无赖的习性。他们因为经济的拮据而丧失在白种人种的地位，他们虽然无所事事还在有色人种面前显示出高人一等的模样，那都是因为心理失衡，要找补一种哪怕是虚假的心理平衡。正因为这些白人在殖民地有着一种宗主国后裔身份的优越感，所以他们可以游手好闲地、无耻地寄生在殖民地。这显然有悖于社会生态思想所倡导的种族平等，多元化的种族自然和谐相处的观念。

在小说中，法国少女的大哥简直就是人性异化的代表。大哥就像是宗主国移植到殖民地生长出来的怪胎。他受尽母亲的极度宠爱，经常排挤和侮辱弟弟妹妹。大哥对小哥哥经常是拳打脚踢，兄弟俩拳脚相向，所以，"我"经常担心大哥在某一天打死小哥哥。大哥的这些过分行为，显然是被母亲默许的，因为母亲做的事情永远都是为她的这个大儿子。母亲对大哥的宠爱及大哥不学无术、无恶不作的描述均属于反讽叙事：母亲深爱的大哥却在母亲的临终时叫来了公证人，为了母亲的钱财。大哥对弟弟只有恶语相向和拳打脚踢，对母亲毫无感激，心里只有利益和私欲。这更加衬托出人心的冷漠，即使是家人之间也只有利益而无亲情。杜拉斯正是通过对殖民地生长出来的白种人的人性异化的描写来鞭挞殖民文化给人带来的负面影响。

在杜拉斯的笔下，《情人》构建多层次的叙事结构、多种反讽叙事方式。其多元化的叙事结构丰富了文本的叙事的生态伦理的建构；反讽叙事抨击了非自然态的殖民地环境对人精神生态带来的负面影响，也鞭挞了殖民文化对社会生态产生的深刻的消极作用，进而引发了人性的异化、人的身份暧昧、人的心理失衡等精神生态危机。

综上所述，在《K—英国情人》《情人》中，都运用了不同的反讽策略，无论是"戏仿"东方主义的叙事模式，并置式结构反讽、看与被看的反讽，还是情景反讽，都增强小说文本的叙事张力，使得叙事的内涵含蓄隽永，意味深长。反讽叙事的使用，本身就说明传统的线性叙事与和谐的关系已经不复存在。从某种程度上来说，这两部小说作品通过反讽叙事，关注的是人总体状态的写照：深陷自我矛盾、自我迷失、心理失衡、焦虑，甚至人性被异化。当人类自身陷入矛盾重重的身份焦虑的困境时，其身处的社会环境也会因此丧失和谐状态。说到底，人的身份构建离不开关系，而"我是谁"这一人生终极命题在这两部小说中被提出来，甚至被强化出来，这不仅是内向性的诘问，更是外向性的追问，与整体自然生态、社会生态环境（外在世界）休戚相关。人类只有勇敢地承担起人类对于生态的责任，实现人与自然、人与社会的友好共处与和谐发展，才能摆脱自我迷失、自我异化，找回和谐圆融的自我，才能在这个美丽的地球上实现诗意的栖居。

---

① ［法］玛格丽特·杜拉斯，王道乾译，《情人》，上海译文出版社，2005年，第7页。

第二章 平和与悠远：凌叔华与曼斯菲尔德的短篇小说比较

在当下，整个世界、社会、文学界似乎都有些浮躁的情绪，于是对同处于浮躁亢奋时代的中国现代女作家凌叔华和 20 世纪之初的新西兰女作家曼斯菲尔德（Katherine Manthfield）进行研究就显得有了特殊的意义。虽然她们生活在一个动荡的时代，但是她们却能沉静地观察、思考，客观而冷静地进行创作，并且以一种平和的心态去执着于现实主义短篇小说的审美探索，在平静的内里蕴藏着真挚的情感和悲悯的情怀，在理性之光的烛照下透出淡远的诗意境界。

本章从跨文化的视角，去分析中国现代女作家凌叔华和新西兰女作家短篇小说中所蕴含的审美追求或审美意蕴的相似性和东西方文化的异质性。

第一节 生平和创作比较

中西方的文化殊异，审美文化也有很大差异；但是中国作家凌叔华的短篇小说审美风格与新西兰女作家凯瑟琳·曼斯菲尔德（Katherine Manthfield）的短篇小说审美风格却颇为相似。无论是其人还是其文，她们都表现出典型的"淑女"风范来。凌叔华与曼斯菲尔德的短篇小说，都以哀婉的情调和含蓄蕴藉的美学风格著称于世。实际上，这与她们独特的出身环境、成长经历、人生经验和生活体验密切相关。本节拟对两位淑女作家的生平与创作进行梳理，希望可以从中看出她们为人为文之气度与涵养的由来。

一、凌叔华的生平及创作

凌叔华（1900—1990 年），原名凌瑞棠，笔名叔华、瑞唐、瑞棠、SUHUA、素心，中国作家、画家。她在天津直隶第一女子师范学校读书的时候，其写作才华就得以展示；在大学期间开始发表小说。她的典雅、疏淡、悠远的短篇小说为她赢得了"新闺秀派"，"新淑女"或"现代淑女"作家等称号。她在第一代女作家里面是一个独特的存在。她的短篇小说如一朵朵美丽的幽兰，在少有人注目的时代角落里散发出淡淡的清香。

（一）成长环境

凌叔华，1900 年 3 月 25 日生于北京的一个仕宦与书画世家，是其父亲的第三位夫人所生，姊妹四人，排行第三，在家里排行第十。她出身望族，封建大家庭的生活成为她小说的重要题材，她的英文小说集《古歌集》中的小说几乎都是是对儿时家庭生活的回忆与写照。凌叔华的父亲凌福彭，字润台，出身翰林，光绪十九年中举人，与康有为同榜进士，历任清朝户部主事兼军机章京、天津知府兼天津工艺局及习艺所督办、保定知府、天津长芦盐运使、顺天府代理、直隶布政使；1911 年后曾任北洋政界约法会议议员、参政员参政。他精于辞章、酷爱绘画，曾与齐白石、姚茫父、陈半丁、陈寅恪等著名画家过从甚密，组织"北京画会"，家里常有文人墨客出出进进。凌叔华自幼耳濡目染，蒙受艺术熏陶。

六岁的时候，凌叔华就表现出惊人的绘画天赋。先后从师于著名宫廷女画师缪素筠、著名山水兰竹画家王竹林、女画家郝漱玉，这使她的绘画技术有了坚实的基础。而且，她还拜当时的一代怪杰辜鸿铭为师，这又为她的古典诗词和英文奠定了扎实的基础。

当凌叔华在天津直隶第一女子师范学校读书时，就显露了她的写作才华，其作文常在校刊上发表。1922 年，她考入燕京大学预科，翌年升入本科外文系，主修英文、法文和日文，并听过周作人的"新文学"课。1924 年，她在作画的同时，开始用白话文写作，1月 13 日在《晨报》副刊上，以瑞唐为笔名发表短篇小说处女作《女儿身世太凄凉》，接着又发表了《资本家之圣诞》及杂感《朝雾中的哈大门大街》等。

（二）爱情婚姻

1924 年 5 月，印度大诗人泰戈尔访问中国。凌叔华和北大教授陈源（陈西滢）在欢迎泰戈尔的茶话会上第一次相见。之后，书信往来，讨论学术问题。1925 年 1 月 10 日，凌叔华的成名之作《酒后》在《现代评论》第一卷第五期上发表；3 月 21 日，短篇小说《绣枕》又在同一刊物第一卷第十五期发表，引起了广泛的关注。于是她的创作兴趣更浓，除在《现代评论》上发表小说外，也在《新月》月刊《晨报》副刊《燕大周刊》《大公报·文艺》《武汉文艺》《文学季刊》及《中国文艺》等刊物上发表作品。1926 年 6 月，她从燕京大学外文系毕业，以优异成绩获金钥匙奖，任职北京故宫博物院书法绘画部门。7 月，与陈源结婚。1927 年初秋，夫妇同往日本作短期旅行，后凌叔华留京都一年，研读日本的文学和艺术。1928 年春，新月书店出版了她的第一个短篇小说集《花之寺》，由陈源编定。

1929 年，陈源离京赴武汉大学任教授兼文学院院长及外国文学系主任，凌叔华也随丈夫到武汉大学任教，最初住在武昌西北的昙华林，后住在武昌美丽的珞珈山上，与另外两名在武大执教的女作家袁昌英和苏雪林来往密切，结为好友，当时称为"珞珈山三杰"。在武汉，凌叔华在授课之余，还努力创作为了"收罗华中文艺天才"，还主编《武汉文艺》。1930 年，她的短篇小说集《女人》由商务印书馆出版。1935 年，良友图书出版公司出版了她的儿童短篇集《小哥儿俩》。

抗日战争爆发的第二年夏，日寇的铁蹄威胁着武汉，她随校迁往四川乐山，两年后到燕京大学任教。由于战乱带给她痛苦和不安，所以，在 1938 年春，她将自己的苦闷写信告诉英国著名女作家弗吉尼亚·伍尔芙（Virginia Woolf），后者来信说 "Only works you can face the war"，还鼓励她写自己熟悉的生活和身边的事物。她们的通信直到 1941 年伍尔芙去世。在这期间，她写作不多，但对东方的艺术和戏剧进行了认真的研究。

（三）欧洲漂泊

1946 年，陈源受国民党政府委派，赴巴黎出任常驻联合国教科文组织代表。翌年，凌叔华带着女儿陈小滢到伦敦，与陈源团聚，从此定居欧洲。此后，她在巴黎学习法文，并研究印象派绘画多年。在伦敦，她曾给大学讲授过东方艺术与戏剧，但这时期她主要从事西方文学和艺术研究。她来到英国后，得到英国桂冠女诗人萨克威尔·威斯特的帮助，找到伍尔芙的丈夫，并从他那里拿到她在国内写于战争时期，并寄给伍尔芙用英文写的短篇小说手稿。1953 年，她将这些用英文写的短篇小说结集为 *Ancient Melodies*（译作《古歌集》，也被译作《古韵》），由英国何盖斯出版社（Hogarth Press Ltd）出版。不久，这个集子就被译为法、德、俄、瑞典语出版，在欧洲受到很大的关注。英国《泰晤士报》在 1954 年还特别撰文介绍《古歌集》。

1956—1960 年，应新加坡创办的南洋大学之聘，担任该校中文系中国近代文学和新文学研究教授，课余还热心地辅导文学青年进行创作。1960 年，新加坡星洲世界书局和马来亚青年书局，出版了她的以中国妇女和儿童生活为题材的短篇自选集《凌叔华短篇小说集》和以海外纪胜及文艺诗歌评介为内容的散文集《爱山庐梦影》。

凌叔华的绘画在国内外有着很高的声誉。她在侨居的四十余年里，曾先后在波士顿、巴黎和伦敦等地的博物馆以及新加坡、（木兵）城商会内多次举办个人画展。20 世纪 50 年代，在波士顿博物馆举办的画展，反响很不错。1962 年 12 月，塞禄斯基（Cenuschi）博物馆为了纪念已故院长、著名汉学家格洛肖特逝世十周年，她应邀在巴黎塞禄斯基博物馆举办中国文人和她自己的画展。这是轰动巴黎的一次画展。法国电视台、电台广为介绍，《世界报》《费加罗报》等大报刊均刊专文赞扬。1968 年，英国大英艺术协会也曾借出她在法国展出的文人画在伦敦展出。

1966 年，陈源辞职，其家庭生活也愈加困顿，难以维持。1967 年至 1968 年，凌叔华在加拿大任教，讲授中国近代文学。回英国后，应伦敦大学、牛津大学、爱丁堡大学邀请，曾做中国近代文学和中国书画艺术专题讲座多次。1970 年 3 月 29 日，陈源因中风抢救无效而离世。之后，凌叔华就寂寞地生活在异国他乡。1972 年至 1981 年，她先后五次回国，遍访祖国的大好河山，作画写文。

1986 年，凌叔华染上了重症伤寒，又跌坏了腰骨，加上乳腺癌的纠缠，使她痛苦不堪。1989 年末，她坐着轮椅，在女婿的陪同下回到北京，住进景山医院。1990 年 3 月 25 日，她躺在病床上，度过了九十华诞。但之后不久，乳腺癌复发、转移，她时而出现昏迷。5 月 16 日，她最后的愿望得以实现：她躺在担架上，看到了美丽的白塔，也回了"老家"——

史家胡同甲 54 号——那二十间房子是她的嫁妆，中华人民共和国成立后变成了幼儿园。1990 年 5 月 22 日的下午，她走完了她一生的路程。她的骨灰安葬在无锡山脚下，与陈源合葬。

（四）主要作品

抱有"淡泊明志、宁静致远"精神的凌叔华，既是画家，又是作家。作为作家的她，其创作整整占据了她的一生；其中，以其创作的短篇小说影响最大，另外，还有散文、剧作、札记和序跋等。

她一生创作的短篇小说有：用国文写的 45 篇，用英文写的 18 篇，共计 63 篇。她用中文写的短篇小说主要收在三个集子里：《花之寺》（1928）、《女人》（1930）、《小哥儿俩》（1935）。英文自传体短篇小说收在小说集 Ancient Melodies（中译为《古歌集》，或者译为《古韵》）中。她的短篇小说将诗意、绘画艺术融于一体，颇具中国传统写意画的神韵。

此外，凌叔华还有中篇小说《中国儿女》，散文集《爱山庐梦影》（1960），剧作 12 篇，札记和序跋若干篇。

从某种角度来说，在 20 世纪初，中国女性进行文学创作是一道亮丽的文化景观。"五四"新文化运动是一场开启时代风气的运动，它掀起了"个性自由，妇女解放"的思潮。在这个文化转型的时期，一批有才华的女性作家脱颖而出，以其独特的姿态步入文坛，与同时代的男性作家一起参与了新文学的开拓与探索。"五四"时期，中国现代女作家作为一个性别群体的文化代言人浮出历史地表，走上社会，接受新思潮，以新的观念、眼光审视周围世界，写出了许多优秀的作品，给中国现代文学史画廊增添了绚丽的笔墨。当时有冰心、庐隐、冯沉君、石评梅、凌叔华、苏雪林等女性作家出现，成为我国现代文学史上一种罕见的时代风气。这种现象是新文化运动催生的妇女解放思潮的最有力的体现，也是彻底的反帝反封建的时代精神的表现。

在新文学开拓期出现的女性小说家里，冰心带着温柔之爱写出了最早的"问题"小说，庐隐以悲哀之笔写出了有很强"自序传"色彩的主观抒情小说，石评梅的风格接近庐隐，冯沉君则大胆地写出了反抗封建礼教的浪漫抒情小说，凌叔华写出的则是客观冷静的写实小说。总的来说，凌叔华小说里透出来的淡淡哀伤比冰心小说中的慰世的微笑更能引起读者心灵的共鸣；凌叔华小说表现出来的情感比庐隐、冯沉君的小说更节制、更委婉，也更发人深省。读凌叔华的小说就如看见一个哀婉的淑女在沉静地思考。而这个优雅淑女不仅经过"五四"时代精神的洗礼，而且还是一个学贯中西的现代知识女性；其思想虽不是紧追时代步伐，但也没有游离于时代思潮，在典雅的含蓄里透出现代意识。

如果把凌叔华与同时代的男作家相比，就其对传统文化的批判而言，她的小说缺乏鲁迅小说中的那种力透纸背的力度；就心理描写而论，她的小说没有郁达夫那种"病态"和浓重的哀怨。但她的小说却在人生常态的浓郁的生活气息中见出批判的意味来，在哀婉的调子里听出不幸人生的叹息，于平淡中显出生活的永恒之美。就像沈从文曾指出的一样，

"在所写及的人事上，作者的笔不为故事中卑微人事失去明快，总能保持一个作家的平静，淡淡的讽刺里却有一悲悯的微笑影子存在"。①

二、凯瑟琳·曼斯菲尔德的生平及创作

凯瑟琳·曼斯菲尔德（Katherine Manthfield，1888—1923 年），原名凯瑟琳·曼斯菲尔德·卜香（Kathleen Manthfield Beauchamp），具有女性主义思想的短篇小说家，被誉为新西兰文学的奠基人，也被誉为 100 多年来新西兰最有影响的作家之一。

（一）成长经历

1888 年 10 月 14 日，她出生于新西兰的惠灵顿，是新西兰富商、银行家哈罗德·卜香的第三个女儿。此外，她还有一个妹妹和一个弟弟，她与弟弟莱斯利（Leslie）的感情最好。1893 年，全家迁至距惠灵顿几英里之外的卡罗里（Karori）。她的那些最优秀的小说，很多都是对那时家庭生活的回忆。

1898 年，曼斯菲尔德全家又搬回惠灵顿。在她十三岁时，她爱上了小提琴手加尼特·特罗威尔。加尼特不久获得奖学金到欧洲旅行。这时她开始从师加尼特的父亲，学习大提琴。

1903 年初，凯瑟琳·曼斯菲尔德全家起程前往伦敦，她和两个姐姐就在伦敦哈利街的女皇学院受教育。她热情地学习法文、德文和大提琴，并且常在校刊上发表短篇小说。她也就是在此时开始用"凯瑟琳·曼斯菲尔德"（Katherine Manthfield）这个名字的。1906 年底，凯瑟琳·曼斯菲尔德的父母把三个女儿接回惠灵顿。

（二）欧洲漫游

由于曼斯菲尔德认为，她的祖国不能满足她想写作的愿望，所以就一直缠着父母，让他们答应让她再到伦敦去。1908 年 8 月，她终于如愿以偿地又来到了伦敦。从此，她开始了独自的生活体验和自由的写作，也开始了她异乡的漂泊生活。

1908—1909 年间，凯瑟琳·曼斯菲尔德同热烈追求她的音乐老师乔治·鲍登（比她年长 11 岁）结了婚。但婚后不久，她就离开了丈夫，追随她的初恋情人加尼特，并且怀了孕。之后她独自到巴伐利亚去旅行。在那里，她写了许多短篇小说，为她的第一本书打下了坚实基础。后来，她流产了，回到伦敦。1910 年，她的短篇小说开始出现在 A·R·奥瑞奇的期刊《新时代》（*New Age*）上。在 1911 年，这些小说和其他几篇结集为《在德国公寓里》（*In German Pension*），这就是她的第一个短篇小说集。

1911 年底，凯瑟琳·曼斯菲尔德认识了《韵律》（*Rhythm*）期刊的编辑米德尔顿·默利（Middleton Mufry）。交往不久后，两人开始热恋，并于 1912 年开始同居。与此同时，曼斯菲尔德成了《韵律》的合作编。1913 年，由于经济原因，《韵律》濒临关闭，曼斯菲尔德和默利继续出版发行了三期，并更名为《蓝色评论》（*Blue Review*）。同年底，他们想留居法国而未成，就只好回到英国。不久，第一次世界大战爆发。

---

① 沈从文，《沈从文选集》（第五卷），四川人民出版社，1983 年，第 373 页。

1914 年 10 月，曼斯菲尔德和默利在乔里斯堡租了一所房子。从这儿走不远就可以来到戴维·赫伯特·劳伦斯（David Herbert Lawrence）的住宅，他们开始与劳伦斯交往，并成了亲密的朋友。

1915 年初，曼斯菲尔德对默利产生了不满的情绪，并与法国作家弗朗西斯·卡尔科（在军队里当兵）互写情书。2 月，在卡尔科的鼓励下，曼斯菲尔德直奔卡尔科的部队驻扎的前线格雷利。2 月底，她又回到默利的身边。3 月和 5 月，她又两次到巴黎写作。

1915 年夏，她的爱弟莱斯利作为一名军人来到伦敦，和她一起度过了短暂的生活。他俩一起回忆童年生活，这为她增加了在《龙舌兰》（后来改名为《序曲》）中使用的素材。同年 10 月，弟弟战死在比利时。为此，她非常悲痛，并起程到法国南部。默利陪同她到班德尔后就回伦敦了。她在悲痛之余，感到有责任把新西兰和弟弟一道度过的童年，用文字的形式表现出来。不久后，她的创作发生了根本的变化，开始专注于回忆和新的叙述技巧。12 月底，默利回到班德尔。在这以后的几个月里，他们一起生活得非常和谐，这也是两个人创作最多的时期之一。

1916 年 4 月，曼斯菲尔德和默利搬进了北康沃尔的别墅，与劳伦斯夫妇成了近邻。6 月，曼斯菲尔德与劳伦斯的关系紧张，于是他们又搬到南康沃尔的迈勒，还是继续去看望劳伦斯夫妇。

（三）病魔缠身

1917 年起，曼斯菲尔德患上了肺病后，医生建议她避开英国的冬天，她准备去法国南部。可由于战争的蔓延，使她的旅行变得十分艰难。默利在陆军作战部工作，不能陪她去。她的朋友艾达·贝克准备陪她去，但是起初无法得到去法国的许可。所以，她就独自一人前往班德尔。在她病情恶化的时候，艾达·贝克去那里照顾她。1918 年初，她肺结核病情严重，死亡的阴影笼罩着她。

1918 年 4 月 11 日，凯瑟琳·曼斯菲尔德回到伦敦和前夫乔治·鲍登离了婚，并于 5 月 3 日和默利结婚。由于身体状况不好，她又回到康沃尔，直到 7 月才又回到伦敦。8 月他们搬到汉普斯特德的住所。医生们一再劝告她去疗养院疗养，但她没有这样做，而一直坚持写作。1919 年初，默利得到《当代论坛》的主编职务，这为曼斯菲尔德的短篇小说的发表提供了园地。同年，她与弗吉尼亚·伍尔芙（Virginia Woolf）通信。1919 年 9 月以后，由于她的健康情况不佳，医生建议她离开英国到地中海的某地过冬。于是她离开伦敦，来到法国和意大利交界处不远的柯塞塔。

1920 年 9 月，凯瑟琳·曼斯菲尔德的身体仍不见改善，她又在朋友艾达·贝克的陪同下到芒通地方的艾索拉倍拉的别墅。10 月初，安定下来的她就开始投入写作，并为《当代评论》写书评。接下来的个 8 月，是她创作生涯很有成就的时期。她这时写的小说主要有《年青姑娘》《毒药》《布里尔小姐》《帕克妈妈的一生》《已故上校的女儿》等。1921年 5 月，曼斯菲尔德和默利离开了芒通。默利去牛津，准备去做几次演讲曼斯菲尔德则去瑞士。6 月，他们相聚；月底搬到瑞士蒙大拿的林间别墅。这之后的三个月时间，是曼斯菲尔德创作生涯最有成就的时期。她写了《鸽子先生与夫人》《理想家庭》《在海湾》《园会》《洋娃娃的房子》《第一次舞会》《航程》《已婚男人的故事》以及许多其他的短篇小说。

1922 年 1 月底，她离开林间别墅，到巴黎去医病。2 月 11 日，默利也到了巴黎。一连四个月，他们住在旅馆里，她接受治疗，而对疗效的信心与日俱减。在巴黎的这段时期，她很少创作，《苍蝇》写于 2 月下旬。她最后一篇小说是《金丝雀》。6 月 4 日，曼斯菲尔德和默利一起回到瑞士。由于产生了思想上的分歧，他们开始分居，但是每天通电话。到了 8 月，死亡威胁着曼斯菲尔德。8 月 7 日，她给默利写了遗书，14 日写下了遗嘱。1922 年 8 月 17 日，她又同默利到伦敦，并继续分居。2 个月后（10 月）她为了继续进行 X 光疗程，又来到巴黎的枫丹白露。1923 年 1 月 9 日，她的肺结核病终于夺去了她的生命。

（四）主要作品

体弱多病、个性复杂的凯瑟琳·曼斯菲尔德在四处漫游的生命历程中，唯一不变的，是她对于文学及其创作的热爱，是她对女性生存困境的深切关注。她的主要文学成就是短篇小说，另外，还有诗歌创作、日记、书信、札记和 150 余篇文学评论。

她一生共写了 88 篇短篇小说，先后结为五个集子：1911 年出版了《在德国公寓里》（ *In German Pension* ）、1920 年出版了《幸福集》（ *Bliss and Other Stories* ），1922 年出版了《园会集》（ *The Garden Party and Other Stories* ），后面这两个集子使她名噪一时，从而奠定了她在英国文坛上的显著地位。她去世后，她的丈夫默利编辑遗稿，出版了另外两本短篇小说集《鸽巢集》（ *Doves' Nest and Other Stories* ）和《稚气集》（ *Something Childish and Other Stories* ）。此外，还有《诗集》（ 1924 ）、《日记》（ 1927 ）、《书信》（ 1928 ）、《小说与小说家》（ 1930 年收入的是文学评论 ）、《集锦》（ 1937 ）。

三、凌叔华和凯瑟琳·曼斯菲尔德生平及创作比较

凌叔华与曼斯菲尔德的短篇小说，在选材上有着惊人的相似之处，即以她们熟知的人（尤其是女人）、熟悉的日常琐事来表达她们的人生观、世界观和价值观，传达她们的艺术追求和美学理想。

通过以上的对凌叔华和凯瑟琳·曼斯菲尔德的生平与创作情况的梳理，可以看出，她们短篇小说那幽远、冲淡的审美追求与她们的人生经历有着极大的关系。换言之，她们的人生经历深刻地影响着她们的小说创作，为此，我们有必要去分析一下她们平凡而又不平凡的人生和创作经历之间的关系。现在从她们的出身、婚姻、个人的艺术爱好和后期的漂泊经历等与其小说创作的关系进行比较分析。

（一）出身与"淑女"作家

凌叔华和凯瑟琳·曼斯菲尔德的出身都比较好。她们都有着优裕的家庭生活环境、较高的社会地位和良好的家庭教养，受过良好的教育。这样，她们在成年之前都没有体味过

人生的艰辛，也没有遭受过社会的歧视，早年的生活就显得快乐、美好、完满。所以两位女作家都对早年的家庭生活进行过描写，这体现了她们对无忧无虑的、美满的家庭生活的眷恋之情。也正因为此，她们短篇小说里没有大悲大痛，没有急切地呼喊与愤懑，没有酣畅淋漓的痛楚，没有志得意满的激情书写；这就使得其审美情感表现得委婉含蓄，优雅娴静；即使在对那些不幸人生进行人道主义描绘时，也只是饱含着真切的同情，发出哀怜的叹息，透出浓厚的人文气息，表现出端庄典雅的"淑女气质"。

凌叔华出生在中国一个有着浓厚传统文化的封建仕宦人家。由于凌叔华父亲爱好诗词、绘画，加上在她家里进进出出的都是当时的名流，主要是些很有学识的著名学者和画家。正因为有了这样的环境与氛围，她从小就在家庭里面受到良好的文学、艺术陶冶。所以，在她后来的文学创作中就很自然地传达出中国古典艺术的审美意趣。当然，封建专制的传统大家族中的各种复杂微妙的人际关系，也在她作品，尤其在她的《古歌集》（*Ancient Melodies*），也可译作《古韵》中有曲折的反映，于是她的作品中呈现出来的生活基调就要比较沉闷和压抑，色调就比较浑厚。与此同时，她的小说中也折射出浓烈的中国传统文化意韵。

曼斯菲尔德出生在新西兰一个资产阶级的家庭，家庭生活相对开明，思想活跃，受到的管束相对宽松些。因此，在她作品中呈现出来的早年生活基调就比较明媚和阳光，色调比较鲜亮。

因此，凌叔华和凯瑟琳·曼斯菲尔德良好的家庭出身和成长环境，孕育了她们的淑女气质和创作的淑女风范，正所谓文如其人。不难发现，两个女作家所处的文化环境不一样，一个处于中国传统文化和西方文化交汇碰撞的文化生态环境，一个处于开放而自由的西方文化生态环境；故而，前者短篇小说中体现出中国传统文人的审美趣味和中国文化转型期的文化反思，后者因为国族的游移而体现出对西方资本主义文化的反讽。

（二）婚姻与文学创作

凌叔华和曼斯菲尔德的丈夫都是文学评论家，而且都曾经当过文学期刊的编辑，这不仅为她们发表文章提供了园地，而且对她们的创作和审美风范必定也会有不同程度的影响。

凌叔华的丈夫陈源对她的创作产生过较大的影响：首先，她的处女作和成名作都是在陈源编辑的《现代评论》上发表的，而且陈源还为凌叔华编辑出版了她的第一个小说集《花之寺》。这无疑为发挥她的文学才华提供了一方园地，同时也是对凌叔华的文学创作的鼓励，从而使她迷恋上了文学创作。再则，凌叔华作品所表现出来的审美倾向和创作态度，都不同程度地受到了陈源所代表的的影响。具体来说，她的短篇小说创作远离当时的政治或者说是与主流文学拉开了一定的距离，有"为艺术而艺术"的创作倾向，明显地带有唯美主义色彩。也就是说，她的小说不以反映革命主题和时代大事件胜，而以艺术胜。正如沈从文先生所说，"叔华的作品，不为狭义的'时代'产生，为自己的艺术却给中国写了两本好书"。①

曼斯菲尔德虽然是在她出版了第一个小说集之后才认识第二任丈夫米德尔顿·默利，但是他们一起办刊物，一起写作。后来，在她生病的时候，默利还用打字机把她写的小说打出来。再后来，曼斯菲尔德去世以后，她的丈夫（默利）又为她整理遗稿，并编辑出书。这为她的作品能更多地面世、扩大她的影响起了不可磨灭的作用，而且还为研究她的评论者提供了更充足的资料。可以这么说，她的第二任丈夫对她的创作成功（大家公认她最成功的创作）是她后期的小说给予了很大的精神支持，同时也为提升她在英国乃至全世界的影响做了很大的贡献。

（三）艺术爱好与审美风格

就艺术爱好而言，凌叔华和曼斯菲尔德不但都喜爱文学，并且还对其他艺术样式感兴趣，这对她们的短篇小说文体品格的"生成"有很大的作用。

凌叔华酷爱绘画（中国画），尤其是宋元的山水画，她自己坦承，她平生用心最多的还是绘画。在她的短篇小说中，她使用了她在绘画中所用的技法，勾勒人物和描写场景也都形神兼备；不仅具有画意，而且还有诗情，这使她的作品透出中国写意画的风味。《疯了的诗人》《花之寺》《春天》等作品就很典型地体现出绘画美来。

曼斯菲尔德则很喜欢音乐，而且还学习过大提琴。于是她的小说就充分体现出鲜明的节奏感和韵律美。她追求文章内在的律动和人物内心情感的跌宕起伏，这可能都与她喜爱音乐有关。在她的某些作品中，音乐还起着至关重要的作用：或营造出情绪氛围（《布里尔小姐》），或折射出人物的心情的变化（《唱歌课》），或表现出生活的情调（《起风了》）等等。

（四）漂泊经历与审美情感

在人生经历中，凌叔华和曼斯菲尔德的后期生活都处在漂泊之中。所以，她们的短篇小说中有着一种挥之不去的"怀乡"病，带着乡愁的诗意情怀以及对平凡普通人事的悲悯之殇。

凌叔华从 1947 年到欧洲，1989 年才回到中国，漂泊了四十余年。1947 年后，她随夫旅居欧洲。在英国，她找到她（寄给伍尔芙的）用英文写的短篇小说手稿——以中国封建大家庭生活为题材的小说；并于 1953 年，她将这些用英文写的短篇小说结集为 Ancient Melodies（译作《古歌集》）出版。此举，既是对她自己作品的珍视，更体现了她对家国的思念与怀念。她后期的小说创作很少，在不多的几篇小说中表现了爱国之情。

曼斯菲尔德从 1908 年就离开新西兰，到死也没有机会再回去过，一直客居英、法、德、意和瑞士等国，因此，对故国和家人有着深深的怀念之情。反映在她的小说中，就是以新西兰为背景的系列小说写得很动人、很优美，也很成功。曾经让她很不满意的国家和家乡，在怀念之中变得更诗意化了，更美丽了。

---

① 沈从文，《沈从文选集》（第五卷），四川人民出版社，1983 年，第 374 页。

（五）审美风格相似

对于凌叔华和曼斯菲尔德小说审美风格相似的原因，有研究者认为，凌叔华受到曼斯菲尔德的影响。这可能因为凯瑟琳·曼斯菲尔德的创作稍早于凌叔华。还有一个文坛趣闻，据说最早在凌叔华发表《写信》的当天，徐志摩就称她是"中国的曼殊斐儿"（现在通译为"曼斯菲尔德"），属于"心理写实"派。可当时她却说"你白说我了，我根本不认识她！"她认为，文人写东西，写来写去难免会雷同。① 据相关资料显示，在此之前，凌叔华就已经翻译过曼斯菲尔德的短篇小说《小姑娘》（1926 年 4 月《现代评论》第三卷第七十二期）。而且沈从文、苏雪林等人也都曾说她受到过曼斯菲尔德的影响。加之，凌叔华的好友徐志摩、她的丈夫陈源都对曼斯菲尔德很有好评。因此很难否认，曼斯菲尔德对凌叔华的短篇小说创作有所启发。

此外，凌叔华和曼斯菲尔德这两位不同国家的女作家居然都私淑俄罗斯短篇小说家契诃夫。这也说明了她们的短篇小说在艺术手法和艺术风格上的相似性是事出有因的。所以，她们的短篇小说创作都呈现出现实主义的叙述风格，即客观冷静、逼真地显示世态人心，并在冷峻的生活场景和细节的描写中隐藏着作者的悲悯与微讽。如果能比较清晰地梳理出凌叔华与曼斯菲尔德的短篇小说的文化内涵与审美追求、艺术魅力，相信这不仅有助于深入解读凌叔华短篇小说和进一步了解具有"东方女性之神韵"的才女曼斯菲尔德，而且有助于进一步丰富对中国现当代的女性文学的跨文化阐释和研究。

第二节　悲剧的审美特征

凌叔华和曼斯菲尔德的短篇小说大多具有悲剧色彩。她们这些隐约可见的"悲剧"具有悲悯和沉静的审美特征。她们都用人道主义关怀去充分表现这日常生活中似无实有的悲剧，加强了小说的理性色彩：她们用女性的温和性格去进行创作，便弱化、淡化了作品中的悲剧性意味，透射出悲天悯人的况味。她们平静地叙述着人生的悲剧故事，这里有童年的孤独、少年的寂寞、老年的悲哀、以及人生的忧虑、痛苦和艰辛。从而在她们的小说中总透出一种淡淡的忧伤和隐隐的抑郁，耐人品味。

一、波澜不惊的"心灵悲剧"

"心灵悲剧"，实际上是一种几乎无事的内心"悲剧"，呈现出一种悲哀的情调。这种悲剧既没有激烈的不可调和的外在矛盾冲突，也没有强烈的内心矛盾冲突：或者是变动时代在悲剧人物内心引起的不知所措与惶惑，或者是悲剧人物在平静如水与悲哀的处境中倍感孤寂与忧伤，或者是悲剧人物体会到人生随时可能出现的幻灭感与恐惧感。文学的"向

---

① 陈学勇编，《凌叔华文存》（下卷），四川文艺出版社，1998 年版，第 960 页。

内转"是文学现代性的体现，同时也是"人"的文学、人文主义文学的体现。

（一）文化转型期的"心灵悲剧"

"心灵悲剧"，实际上是人在痛苦中觉醒的一种艺术象征。这是因为"五四"是一个在痛苦中觉醒的时代，即少数敏感的知识分子觉醒了，看到了中华民族的危机，看到了中国文学的弊端，看到了中国社会的产生悲剧的社会结构。但广大民众却还处在一种闭塞的、愚昧的、按传统文化模式去行动的状态中，整个社会还处在一种停滞的，甚至越来越糟的局面之中，所以，觉醒的知识分子觉得孤独、苦闷、彷徨、痛苦。还有一部分追求个性解放、婚姻自主的知识分子，又受到礼教的束缚，使得他们的理想成为痛苦的理想，他们有一种觉醒以后无路可走的悲哀。这种心灵悲剧，是在感情与理智、理想与现实、个人与群体、行为与文化发生摩擦和矛盾的时候产生的。①

沈从文在评论凌叔华的小说创作时说"使习见的事，习见的人，无时无地不发生纠纷，凝静地观察，平淡地写去，显示人物'心灵的悲剧'或'心灵的战争'，在中国女作家中，叔华写出了另外一种创作"。②从某种意义上来说，凌叔华的短篇小说都可以算作"心灵悲剧"的，但是为了便于分析，故进行了分类：一类是封建旧时代的传统家庭—心灵悲剧，一类是"五四"新文化运动后的矛盾冲突—心灵悲剧。现将第二类心灵悲剧，即那些更有"五四"时代色彩的小说集中地放在这里来进行分析。

"五四"新文化运动后，中国文化处于变革关头，历史与现实、行为与文化心理发生摩擦时总表现出一种难以调和的而又看不见的心灵战争。《吃茶》中的"芳影"（意即美丽的影子）是一位古典美人，常常对镜自怜，望着镜中的自己，"一时诗情画意都奔向她的眼底"，回想起洋派学生王斌与她看电影时的热情、殷勤和文雅，芳影不禁春心荡漾"如此年华如此貌，为谁修饰为谁容？"可到头来却是痴梦一场。《茶会以后》中阿珠和阿英两姐妹走出了幽闭的闺房并参加了有限的社交活动，但是她们却走不出几千年传统文化积淀下来的心理定式，在骨子里仍然还是保守地遵循传统规矩的人，没有勇气像那些文明男女一样进行自由交往。在中西方文化交互的过程中出现的生活方式的激烈碰撞，使这些大家闺秀不知所措。她们在顾虑、恐惧与羡慕、落寞的矛盾中希望、彷徨、忧伤。她们带着凌乱的心绪在中西方文化的夹缝中感到尴尬与困惑。

文化转型时期的知识女性面临着家庭和事业的角色冲突，其实这就是传统文化与现代文化意识的矛盾，是情感与理智的冲突。在《绮霞》中的绮霞本来有美满的婚姻，但她酷爱音乐。为了追求个性的自由发展，经过了多次的内心冲突以后毅然离开家到国外学琴。五年后绮霞回来，学有所成，可是丈夫已和别的女人结了婚。绮霞只得夜夜拉琴，传达那隐隐的孤独与失落。作为一个经过"五四"新文化运动洗礼的新女性，绮霞为了心爱的小提琴牺牲了幸福美满的小家庭。《李先生》应该是绮霞命运更深刻的悲剧性演绎，文中的女教师李志清人到中年，因没有情感和家庭的慰藉而倍感孤寂，只能顾影自怜。这两篇作

① 杨义，《文化冲突与审美选择》，人民文学出版社，1988年，第59-60页。
② 沈从文，《沈从文选集》（第五卷），四川人民出版社，1983年，第373页。

品中的女性处境说明在当时的中国文化语境下，女性的婚姻和事业是不可能兼而得之的；她们面临着难以挣脱的历史性的两难困境。

还有一部分识知识女性也具有鲜明的现代意识，有较独立的个性和独立行为能力。可是这些新式女性结婚后，获得了爱情与家庭，却失去了自己的人生价值，理想与现实出现了很大的落差。《酒后》中的采苕酒后希望丈夫同意自己去吻一吻醉酒熟睡的子仪。不仅因为她倾慕子仪的举止和文章，还因为子仪的家庭不如意。但当她的"一吻之求"得到同意时她却放弃了。采苕的行为无非是想借此行为来实现一下自身的另一种存在价值。《春天》中的宵音在结婚后感到生活没意思，觉得懒散、沉闷，在悠扬的琴声中想起以前的恋人君建，于是提笔给他写信。《女人》中的太太主动出击，防止了第三者的加入。《无聊》的如璧婚后整天待在家里，感到烦闷无聊，想实现自己的价值却无处实现。其他像《花之寺》中的燕倩、《病》中的玉如、《他俩的一日》中的筱和等知识女性都有采苕的影子。

这些小说中的女主人公都有了自由的恋爱、自主的婚姻，可她们还想在家庭生活之外寻找并证实自己独立个性的存在，也许这种追求和理想是那么渺小，且与现实生活又那么不符，所以最终她们不得不回到现实生活之中去。由于她们都受到个性解放的时代思潮的浸染，故她们都有着非常强烈的自我觉醒意识，主观上对传统文化有着明显的批判和背弃意识，但同时又不自觉地受制于传统伦理文化的内在规范。于是她们在叛逆与妥协、现代与传统的两难选择中进退维谷。这些小说作品体现了作者鲜明的现实感和悲剧意识。这些知识女性无疑是鲁迅笔下的子君形象的继续，但是却比子君走得更远。凌叔华从女性自身角度进行妇女问题考察，不仅没有忽略社会趣味，而且在女性解放问题的探讨上也进入深广的维度。那个时代的女人们将走向何方？这个女性文化命题是值得继续探索的文化现代化命题。

（二）人文主义的"心灵悲剧"

曼斯菲尔德继承了英国现实主义的优秀传统。在平凡琐屑的日常生活中发掘人生的真理，在有限的生活场景中反映最深刻的真实，使人生的悲剧感在她的作品中自然而平静地呈现。也许在某种意义上来说，悲剧感也是当时西方人的普遍情绪。她的作品还始终贯穿着西方的人文主义思想和人本主义关怀，在浓厚的人文气息中透出悲剧性意味，她用女性的温柔将这悲剧性意味处理得平和而委婉，但我们仍能感觉到那漫溢在她小说中的若隐若现的忧伤。其实，曼斯菲尔德的短篇小说几乎全是心灵的悲剧性体现。

理想与现实的巨大差异，使人从儿童时期或少年时期就开始产生心灵的幻灭感和无人了解的孤独感。《阳阳和亮亮》（*Sun and Moon*）中的阳阳家里正准备一次盛大的晚宴，阳阳和亮亮看见厨房和餐厅里有许多精美的糕点，其中一个特别漂亮的大布丁阳阳十分喜爱，以致舍不得离开它。可是当他睡觉醒来的时候，发现眼前杯盘狼藉的景象，美丽无比的布丁也被毁坏了。他心中美好的仙境被大人们无情地摧毁了，顿时伤心地哭起来，觉得现实"可怕"，幼小的心灵感受到了人生的第一次幻灭感。《起风了》（*The Wind Blows*）中的女主人公是个未经世事的少女，她在刮风的时候出门去学琴，然后回家来。没有什么清晰的故事情节，只有女主人公漂浮的思绪和烦乱的情绪，她在现实的生活中找不到心灵的慰藉。我们从中看见了少女那躁动不安的心灵深处的寂寞。

在曼斯菲尔德的作品里不仅有中产阶级家庭中的孩子们的幻灭与寂寞，还有生活在社会底层的孩子们的忧虑与孤独。《女主人的贴身女仆》（*The Lady's Maid*）中的女仆爱伦，现实给了她寂寞的童年。在她十二三岁的时候陪主人的小侄女去玩，看着她们骑驴子，喜欢极了。可是这个愿望却不能实现，直到晚上，大家都入睡了，她才装着说梦话似的，扯开嗓门叫道"我真想骑驴子，我真想骑啊！"[①]生活在社会之中，却被人为地排斥在特定的生活圈子之外，在寂寞中度过自己的童年。在《萝莎蓓尔惊梦记》（*The Tirdness of Rosabel*）中，现实的萝莎蓓尔独自躺在伦敦凄寒的阁楼里，无人陪伴，依靠做梦来实现自己的生活理想。在故事的结尾处，曼斯菲尔德加上淡淡的一笔，也是最具悲剧性的一笔：没有叫女主角哭，而让她在似睡非睡的状态下，嘴角儿"神经质地颤动一下，漾出了一丝笑意"。[②]这更增添了萝莎蓓尔境况的凄凉和内心的寂寞。

在发达的资本主义社会中，人与人之间的感情变得淡漠，人与人之间的距离变得遥远，于是人与人之间总显得那么的隔膜与陌生；有着丰富感情的人类在这里所感受到的似乎只有被隔离起来的孤寂。这真应该算是人类的一大悲剧。《布里尔小姐》（*Miss Brill*）中的布里尔小姐在周末观赏着公园里充满生活气息的景象，在优美的乐曲声中浮想联翩，觉得自己也在人间大舞台上扮演着一个角色。可就在她感觉很好的时候，一对正在谈恋爱的年轻人用无情的话把她所有的美好想象和憧憬一下子击得粉碎，刹那间她明白自己在旁人眼中不过是一个多余的可怜人，现实生活带给她无可弥补的幻灭感与更深的孤独感。《金丝雀》（*The Canary*）中的女主人公为了消除孤独和寂寞，她真心实意地喜爱上了一只金丝雀，并且与它相依为命，因为她要证明"我究竟还不是完全孤零零的"。在这里，我们看到了隐藏在其中的人间悲剧。在冷酷的资本主义社会中，人情多么淡薄，人的内心有着多么深重的孤独。《图画》（*Picture*）中的莫斯小姐形影相吊，有苦无处诉，有泪无处流，世上没有任何人同情她，她只好对着镜子和自己说话。作者巧妙地用镜外人与镜中人的对话去发掘女主人公那极其孤独的内心世界。在《夜阑》（*Late at Night*）和《启发》（*Revelation*）中同样能让我们看到主人公内心的伤痛与压抑的失落感。在她们的生活中没有多少令人快乐的因素，而几乎全是些看不见的心灵悲剧——深深的孤独与痛苦。

再如，《帕克大妈的一生》（*Life of Ma Parker*）中的帕克大妈含辛茹苦一辈子，老年时却痛失心爱的小外孙。她一边帮人打扫房间，一边却沉浸在巨大的悲痛中。她忍不住想哭的时候，却找不到哭的地方。曼斯菲尔德饱蘸着深深的同情去叙写帕克大妈悲剧性的一生，去表现主人公凄苦的处境与哀伤。而《理想家庭》（*An Idea Family*）中的老尼夫在公

[①] [英]凯瑟琳·曼斯菲尔德，陈良廷、郑启吟等译，《曼斯菲尔德短篇小说选》，上海译文出版社，1983年，第55页。

[②] [英]凯瑟琳·曼斯菲尔德，陈良廷、郑启吟等译，《曼斯菲尔德短篇小说选》，上海译文出版社，1983年，第35页。

司忙碌了一天回到家，但他没有感到家是他感情的归宿，而只是迟迟地待在家门口犹豫不决，这深刻地反映出他对所谓的"理想家庭"的态度。由此我们也能感受到老尼夫深深的孤独感。所以，他觉得家人好像都是陌生人，他便自我异化为一只小小的老蜘蛛，孤独地、不停地编织着那张与外界更加隔绝的网。从中我们可以看到资本主义社会里人与人之间的冷漠，已经侵入家庭。这样，人与人感情交流的绿洲已变成了一片荒漠，爱的浪漫时代已随着"一战"的飞机、大炮与现代化从人们心中消失殆尽，唯一剩下的是自己爱自己，人只能是孤独的人。

经过以上的分析，可以看出凌叔华的心灵悲剧侧重于将人物放在特定时代与文化历史背景中去，以表现传统与现代的剧烈冲突，以反映中国"五四"时期的普遍心理矛盾；同时把淡淡的悲剧意识融合在平淡而冷静的叙述之中；故读者能在她不动声色的描述中，品味出时代的悲凉、体味出人物的无可奈何和难以言说的酸楚。而曼斯菲尔德受西方文坛上的各种现代派文学以及关于人类心理意识的新学说的影响，所以，她在展示人的心理悲剧时总是直接深入到人物的内心世界，体贴入微地表达人物的切身感受，并通过人物的内心感受来揭示人生的悲剧和令人称道的资本主义文化背后的情感荒漠，透视生命个体深层的孤独感。

二、哀婉蕴藉的平凡悲剧

"平凡悲剧"，也即"平凡的悲剧"，鲁迅称之为"看起来没有事情的悲剧"。[1] 也可以说，平凡的悲剧就是一种契诃夫式的生活悲剧——写小人物的日常生活、平凡的甚至是不尽如人意的人生经历与处境，所有人都是不快乐的、痛苦的、幻灭的、悲哀的，可他们都还活着。这种悲剧不仅带有微讽，也带有一种"永久"的关于"人性"或生命启示的超越性，而不完全受制于时代或文化的囿限。

（一）哀而不伤的悲剧

20 世纪初期，各种西方思潮涌入中国，冲击着中国传统的文学观念和民族审美意识，日益严峻的民族、社会、个体的生存危机，使"五四"作家开始认同尼采、萨特和叔本华等人的哲学思想，并形成了对现实人生的悲剧性认识。由于"五四"文学是觉醒的文学，新文学作家用现代的意识观照社会、文化及人们的行为模式，从而发现了其中的不合理性。在观察时，他们在习以为常的文化中看到了悲剧因素。[2] "五四"时期的作家借鉴了一些外国文学中的悲剧观念，并大量译介过文学的悲剧作品，从而加强了我国文学的悲剧意识。

"五四"女作家凌叔华以和缓的叙事节奏演奏着一曲哀婉而空灵的动人曲子，以平和淡远的笔调批评现实人生或者历史因袭的灰暗面，或进行"道德批判、文化批判"[3]来展现文化转型期的时代侧面风貌。她对笔下的人物没有任何尖刻的批评，没有任何辛辣的讽刺，

① 杨义，《文化冲突与审美选择》，人民文学出版社，1988 年，第 59 页。
② 杨义，《文化冲突与审美选择》，人民文学出版社，1988 年，第 57 页。
③ 陈学勇，《论凌叔华小说创作》，《中国文化研究》，2000 年第 1 期，第 125 页。

而只是带着一种"悲悯"的态度、温和而平静地展示他们内心深处的忧伤、悲哀、失落、无聊、苦闷、寂寞和孤独。沈从文先生曾评价过凌叔华"悲剧"小说的特点，他认为，"作者在自己所生活的一个平静世界里，看到的悲剧，是人生琐碎的纠葛，是平凡现象中的动静，这悲剧不喊叫，不呻吟，只是'沉默'"。①

《绣枕》中的大小姐呕心沥血地制作绣枕，因为她希望用一根小小的绣花针绣出自己的幸福，绣出自己的未来。两年之后，大小姐才从下人张妈的女儿那里偶然了解到那对绣枕的下落。她怎么也想不到自己花了半年功夫绣成的绣枕在送到白家的当天就被一群酒客玷污了。污秽的呕吐物，残酷地践踏，这就无情地踏碎了大小姐心中的美梦，而她内心难言的悲戚只化作了"默默不言"和"摇了摇头"。《绣枕》中"深闺"的主人并不能掌握自己的命运，她的行为和价值取决于闺房外的男性世界。《绣枕》的字词之间渗透着浓浓的悲剧意味。此外，在《我哪件事对不起他》《女儿身世太凄凉》中也充分体现出作者对美丽温柔、克尽妇道的传统典雅女性的不幸命运的哀叹。《中秋晚》中敬仁太太把夫妻失和的原因归于丈夫中秋节没有吃团鸭。女主人公用迷信禁忌这种仪式化的意识形态来解释夫妻之间的爱与被爱，这就预示了他们的婚姻也必将会是一个不和谐的存在，必会是一个悲剧。小说结尾时敬仁太太与自己的母亲的对话更是让人觉得凄苦——"娘啊，都是我命中注定受罪吧！"直到最后她也没有清醒。这位太太又可笑又可悲可叹。为此，我们知道女主人公的悲剧命运是她个人迷信造成的悲剧，同时也是封建传统文化的悲剧。那陈旧的文化心理机制使敬仁太太无法作出另一种选择，正因为如此，就是不出现干姐姐的死讯，她的生活也注定是一个悲剧。

《有福气的人》中，在章老太太的一生里，她见过阔气的排场、她蔑视新式的结婚礼节，她大度地对待丈夫的几房妾，她应该是旧时代封建女性的典范。可是"仅仅一天之间她已由子孙满堂的福气人、德才兼备的受爱戴的家庭权威，这样一个被别人也被自己尊重的位置上突然坠落下来，成了被儿媳们欺骗和剥夺的对象。换言之，她从封建社会人情理想所构筑的完美的自我幻想中突然跌进另一个社会的价值网络，在这一以金钱利欲为核心的价值网络和人际关系中，她那一贯充实令人羡慕的自我形象突然被掏空了。不仅她信奉的理想完满性遭到践踏，而且她本人也不过处在一个玩偶地位，一件别人牟取到利益后便会抛弃的工具"。②凌叔华以矛盾而复杂的情感，以悲悯的态度去温和地揭示"同一性别的个体在整个历史中遭受的命运，毕竟是唯有女性才可能体验的一种挫败——悲剧"。③

《送车》中的白太太和周太太在客厅里说长道短，议论琐碎的家事管家的事情、怎样防止佣人揩油，等等，揭别人的短，互相攻击，评论时髦女性的生活方式。《太太》中太太成天沉迷于和其他太太打牌而无暇顾及家中的一些事情。为了保住牌桌上的面子，她不管儿女的生活和丈夫的前程。太太以打牌来消磨时间、打发人生，毫无追求，她那庸俗的

①　沈从文，《沈从文选集》（第五卷），四川人民出版社，1983 年，第 373 页。
②　孟悦、戴锦华，《浮出历史地表》，中国人民大学出版社，2004 年，第 83 页。
③　孟悦、戴锦华，《浮出历史地表》，中国人民大学出版社，2004 年，第 83 页。

虚荣心甚至变得有些不可理喻了。这些都表现出太太们的自私、虚荣、庸俗。在这些世俗的日常生活图景中，我们更能真切地接触到女性世界中的阴暗角落。

就形象而言，《中秋晚》《有福气的人》《送车》《太太》中的女主人公她们是难以叫人同情的，因为她们几乎都是毫无个性、毫无追求的庸常女性。"她们的谈吐、境界、悲痛、苦恼是如此平庸，以致谈不上是悲剧，她们的心胸天地是如此堕落、狭少，以致毫无价值。似乎这些太太没落的、狭小的庸俗心理比起男性社会中的市侩更令人不屑一顾。比男人的庸俗更庸俗的生存，暗含着女性自身未经描述的悲剧或悲哀。她们在改造国民灵魂、崇尚人道的时代是如此可鄙，因此也如此可悲。"① 所以，在这个意义上来说，凌叔华的小说完全可以列入国民性批判的传统。

另外，凌叔华还从不同角度、不同侧面委婉地表现她在对女性性别进行反思时所生发出来的悲剧意识。从孩子的视角去写旧式女性的哀伤、苦闷和无奈。《小英》中的小英对三姑的婚姻生活感到困惑不解，天真的希望三姑不要结婚；《一件喜事》带给孩子们的是快乐，所以，凤儿就无法理解五娘的悲伤；在《八月节》中的凤儿为"开月饼店"而高兴，又为被欺负而伤心痛哭，不愿长大后去"换饼子"；凤儿不了解受了委屈的母亲为什么必须隐忍着去陪嚣张的三娘打牌。而《杨妈》中的女仆杨妈那"痴愚的母爱"和不幸生活，主要是通过具有新思想的女主人高太太以及杨妈的堂妹的双重视角来展开的。杨妈的悲剧意蕴在于她失去了自我，只留下了传统意义上的"母性"，只有在对堕落儿子无限的溺爱中才能感受着自己的存在意义，只有"他者"才能确定自己的生活价值。如果说《小英》《一件喜事》《八月节》写出了生活在封建上层社会的女性的内心悲苦与无助，那么《杨妈》就表明作者将眼光拓展到"平民的世界"。这样，凌叔华就把旧中国女儿的带有悲剧色彩的阴郁生活进行了全景式的呈现。

更有时代色彩也更发人深省的作品是《小刘》和《转变》。《小刘》写一个具有一定新思想的女孩，后来自觉认同传统的伦理道德文化，成了一个平庸、琐碎的母亲。小刘是个颇有些新思想的新女性，因此，她的沉沦更具悲剧性意味。《转变》中的宛珍原本是一个自强不息的女子，不满包办婚姻而主动提出退婚，然后努力工作还钱。可是后来她还是充当了"花瓶"式的太太，让年老的丈夫保留了他的两房妾，她只在大宅子里"享受"阔太太的孤独生活。在艰辛的世道上，没有多少发展的机会留给女子，所以她不得不在现实生活面前低头。

凌叔华对人物的刻画无不带着微讽、悲悯和同情的混合心绪，因为这些女人们的困惑、迷惘、痛苦、无知、麻木是实实在在的，怎么能不令人痛心！而作者却以冷静、恬淡的笔触写自己熟悉的那个世界的日常生活中的悲喜。她作品中的批判色彩（现代思维的批判意识），不仅不以政治意识形态来消解生活，而且表现了被当时的启蒙主义者有所忽略和遮蔽的传统审美理想——哀而不怨、悲而不伤的情感态度，客观理性而又不失温情，批判而又宽容，体现出一种优雅的现代淑女风范。她的作品既没有时代的浪漫主义的感伤情调，

① 孟悦、戴锦华，《浮出历史地表》，中国人民大学出版社，2004 年，第 83-84 页。

又超越了极端反传统意识形态的否定态度，在平和的氛围中自有一种超拔。

（二）委婉幽怨的悲剧

曼斯菲尔德的另外一些"心理悲剧"则更接近凌叔华的"平凡悲剧"，也可称作"人生悲剧"或"生活悲剧"，即通过外在的行为或者生活小事来表现内在的心理矛盾冲突、压抑、痛苦、孤独寂寞，从而将人生或生活的悲剧意味蕴含其中。

《疲惫不堪的孩子》（The Child Who Was Tired）中的累妮儿从早忙到晚，一刻也不能闲着，还要挨打挨骂。晚上，尽管她疲惫不堪，可是还得看护主人的婴儿。她劳累不堪的人生何时了何时休啊！没有人理解她，也没有人重视她；她只能在梦中去寻求模糊的人生之路。《花园茶会》（The Garden Party）中的车夫为生计而丧生，留下老婆和五个嗷嗷待哺的孩子。《一杯茶》（A Cup of Tea）中那个又黑又瘦的年轻姑娘，穷困得连喝一杯茶的钱都没有，只好向人乞怜。《蜜月》（Honey moon）中的老歌手为了生存，不得不在休闲、娱乐场所卖唱。《娃娃房子》（The Doll House）中的凯维尔姐妹俩在阶级观念分明的社会中，被周围的人孤立，只能远远地站在圈子之外；她们还不得不压抑那强烈的愿望——看一看那精美的洋娃娃房子。这些作品都展现了作者所生活的那个时代的社会真实和人生的不幸遭际。作者带着无限的悲悯谱写了这些小人物的悲剧性人生。

如果说曼斯菲尔德带着同情在写那些生活在社会底层的人们的痛苦、悲伤与孤独，那么她则带着无限的理解与包容去写中产阶级被殷实生活遮蔽下的内心压抑与精神追求，这是一种分裂的人生，一种可悲的人生，同样也渗透着幽幽的悲剧色彩。《序曲》（Prelude）与《在海湾》（At the Bay）中的年轻母亲琳达生活在一个看似和谐而快乐的大家庭中。虽然她衣食无忧，可单调的生活却使她内心却感到无聊和孤独，还有些压抑与憋闷，想放弃眼前的一切而逃离家庭。可是在现实中又不可能这样做，所以，她只好在梦中去幻想。这实际上是行为与心理的矛盾，现实与理想的冲突，最后还是理想让位于现实。在《时髦婚姻》（Marriage a la Mode）中的伊莎贝尔将琳达的想法部分付诸了行动，她不再满足只有孩子、丈夫的生活，而有了自己的朋友和生活圈子。可是她还是觉得这样做不太好，她表面的豁达开朗，却掩饰不了内心深处的忧虑与彷徨。而《陌生人》（The Stranger）中的珍妮虽然有了"婚外恋"，但她还是回到现实中的丈夫的身边，可是深爱着她的丈夫因无法忍受她移情别恋而离开了。在《幸福》（The Bliss）中的贝莎·杨一直都生活在虚幻的幸福生活之中，一次家庭聚会揭开了她心中的"美满"人生的真相——丈夫哈里居然和自己最喜欢的朋友富尔顿小姐暗中勾搭。这些作品都充分反映了现实生活与理想的人生无法和谐统一，这种落差与分裂常常使人物在矛盾中倍受煎熬，痛苦、抑郁和恐慌也就如影随形。

另外一种可悲的人生就是完全丧失自我的人生。在《已故上校的女儿们》（The Daughters of the Late Colonel）里的两姐妹，已经人到中年了，可是在专制的父亲去世后失去了生活的坐标，对眼前生活中的任何事情都不敢做主，对未来也充满恐惧与迷惘。她们也许根本就没有想到自己还是一个独立的个体，还有独立的行为能力。这些司空见惯的平淡无奇的小事情、小情景后面正隐藏着严肃的人生悲剧。

人生中的死亡总是一件令人伤感的事，而作者在表现"死亡"这个沉重的话题时，总是含而不露地把"死亡"推向神秘的远方。《旅程》（The Voyage）中小姑娘失去了母亲，而她自己却对死亡没有多少概念，连模糊的印象都谈不上，所以也没有很浓重的悲痛，只在别人的眼光里感受到隐约的哀伤。在《花园茶会》（The Garden Party）中虽有对死亡的直接描写，但也写得那么平和那么恬静，丝毫感受不到死亡的痛苦与恐惧。而在《苍蝇》（The Fly）中写一战结束好几年后，老父亲还在心中悼念自己那在一战中牺牲的儿子，不仅从侧面反映了战争的残酷，战争带来的死亡给人造成深重的心灵伤痛；而且还写出了老父亲从儿子的命运中想到的人类悲剧——人最终都逃不出死亡的圈定。

综上所述，凌叔华和曼斯菲尔德的短篇小说都善于从浩瀚的日常生活中截取素材，通过描绘这些看似平淡无奇的日常生活去揭示蕴藏其中的生活本质与悲剧蕴含，传达生活体验。通过分析，我们可以发现，在凌叔华和曼斯菲尔德的小说世界中没有其他作家那些震撼人心、可歌可泣的事情，也没有悲天悯人的大痛、呼天抢地的呼告，也没有英雄人物的悲剧命运；她们只是平和地轻描淡写，透过普通人物的平凡生活去展示社会、文化和人生的真实底蕴与悲剧意味。她们用一种理性的恰到好处的节制，含蓄地写出了同时代人的心灵，自然而没有突兀感。而且在她们的小说中总能传递出一股淡淡的忧伤或孤独感。她们创造出了一种摇曳多姿的艺术氛围，营造出了一种平和淡远的意境。相比较而言，凌叔华的悲剧小说是在人生的悲哀中寄予她对时代和文化的感叹，并体现出中国传统"哀而不伤、怨而不怒"的审美范式与审美追求；而曼斯菲尔德的悲剧小说，则是带着西方人文主义情怀、在现实与梦境的交接处挖掘生命本体分裂的痛楚和人生的悲剧性意蕴。

第三节　矛盾的文化溯求

凌叔华和曼斯菲尔德都以短篇小说闻名，她们对日常生活的观照，更重要的是体现出了一种文化功能或文化无意识。这种文化无意识是与个体生命、民族历史融为一体的。所以，她们的小说不仅是个体生命对人生和生活的体悟，同时也熔铸了民族历史感。尽管她们都表现出对传统文化的疏离与认同的矛盾，对人类文化的溯求。但由于两位女作家生活的国度不同、时代背景不同，所属的文明体系不一样，因此，所展现出来的具体文化内涵仍有比较大的差异。

一、文化批判与认同

文化是人类对于世界、对于自我的认识、改造或创造的一切活动及其产品的总和。文化是智慧族群的一种社会现象与群族内在精神的既有的、传承的、创造的、发展的总和。

基于此，文化不仅具有人类性（共同性），同时也具有群族性、国族性和地域性（差异性），进而使得人类文化呈现出多样性。文化具有稳定性，所以文化也就具有传承性。族群文化决定了族群的文化心理和思维方式，同时也影响着族群的生活方式和行为方式、价值观念、审美情趣和精神诉求。文化的发展性使得文化具有时代性、变化性、多元性、融合性。每一种文化不仅仅是抽象的思想理念和价值观，还通过文化心理机制制约着、并体现在人们的衣食住行、学习工作等活动之中。我们通过分析属于不同文化体系的凌叔华和曼斯菲尔德的短篇小说创作，去挖掘她们小说中的人事所蕴藏着的东西方文化的共同性与差异性、文化无意识以及小说中体现出来的矛盾的文化诉求、性别文化倾向和审美张力。

（一）伦理文化的批判与眷恋

凌叔华生活的时代，中国的传统文化正在延续着、经历着一场巨大的新旧文化的裂变。鸦片战争打破了我国的国门，同时也就意味着打破了我国传统文化格局的和谐，中西文化观念的撞击已渐进开始，到"五四"就发展为对我国本位文化全面的、激烈的、毫不留情的进击。"五四"开始了中国文化史上一场真正意义上的、大规模的文化冲突。从西方输入的科学理性精神和自由民主观念极大地促进了民族的觉醒。觉醒的人们要改造"吃人"的旧文化体系，重建科学与民主的新文化。"五四""文化革命"浪潮中的文学也开始了自身的重建。"五四"文学首先提倡以白话文为正统，从而取代了古文的正宗地位。新文学白话文正统地位的确立也意味着文学家个性的解放和自我实现的完成；其次，"五四"文学重建了人学本体观，否定了"文以载道"的传统文学，使儒家思想对文学的维系功能发生了裂痕。"五四"新文学革命的旨归是张扬个性、解放自我，重建崭新的"有价值、有生命"的文学。"五四"文学本体的重建意味着从形式到内容都对传统文学的彻底否定和全面反叛。正是在这种时代语境下，凌叔华才拿起笔来，用新鲜自由的白话文进行创作，以表现她对人生的看法以及对沿袭了几千年的封建伦理文化的理性思考。

就凌叔华个人的成长经历而言，九岁时随父亲旅居日本近两年，接触了近代西方的文化思潮和迥异于中国封建专制的西方人文意识，现代文明的新鲜空气促使她敏感到半封建半殖民地中国社会对人性，尤其是对女性的压抑和窒息。后来她在北京大学读外文系，主修英文、法文和日文，这对她的人道主义思想也一定有很大的影响。在"五四"新文学运动倡导"人的文学"，有着先觉意识的知识分子们以姿态各异的艺术触角不约而同地抨击现存社会制度的传统思想意识对中国人个性的摧残。而凌叔华则带着丝丝惋惜之情对传统文化进行理性的批判反思。这使她作品中的批判透漏出纤细的、温柔的气质，折射出新型知识淑女的矛盾心理，既对传统文化有着难以割舍的无限依恋，又对其进行理智的批判。

凌叔华写的日常生活，带有比较明显的时代色彩和民族历史感。她主要描写的是中国封建家庭和新式的知识分子小家庭中的生活琐事，并通过它们来表现"五四"以后的中国人，尤其是中国女性的复杂的生存状态，并对传统文化进行追问和反思。20世纪初叶的中国，处于新旧交替的时代，也是中西文化碰撞很激烈的时代。这是一个觉醒与苦闷，追求与迷惘互相交织的时代，中国人，尤其是觉醒了的知识分子，开始寻找对于自我、社会、世界的重新阐释和重新建构。凌叔华加入了这一寻求新价值与新信仰的时代潮流，但是她一点儿也不浮躁和激进，而是深沉、持重、温和地审视人生，并用她的人道主义之笔去表现中国人在历史转型时期面对文化交替时的尴尬与困境。她立足于她最熟悉的日常生活，并把它放在中国传统向现代转换的特定民族历史情景之中，去透视承传了几千年的民族传统文化对国人的深远影响以及深层的民族文化心理对建构民族新文化的阻碍作用。

在凌叔华的早期作品《我哪件事对不起他》中的胡少爷留洋时爱上了同在外国留学的王小姐，于是开始暗地里和王小姐恋爱了。为此。后来还要和与他结婚已经多年的妻子离婚。贤德的胡少奶奶在不知情时就隐忍丈夫对自己的冷淡，而当丈夫提出要和她离婚后，由于"近年离婚的妇女，多受社会异眼"，她竟含怨离开了人世。这就把胡少奶奶的死置于特定的时代背景之中，增强了作品的现实性。看来，不仅是胡少奶奶一个人被丈夫和时代遗弃，还有很多个"胡少奶奶式"的旧式女子遭受着同样的不幸命运。在这里，恐怕更重要的原因还在胡少奶奶内心的传统思想，比如，"好女不嫁二夫"的贞节观念；为了保持贞节，她毅然地选择了死亡，而不是离婚。在现实舆论和传统思想观念的共同作用下，她没有出路、没有更好地选择，她只有也只能作出这样的选择——"死"。中国的传统价值观念中素有"杀身成仁""舍生取义"的说法。于是，人们在乎的不是生命本身，更在乎生命的意义和人生的价值，而这种意义和价值的评判标准就是传统伦理文化的道德标准。也就是说，按照传统的文化意识，人的生命意义和人生价值就在于道德的彰显。从这个意义上来说，胡少奶奶是"死得其所"，是舍身取"义"，因而也是值得人们赞扬的。从这里，我们也能看见在那个时代，绝大多数的人都还在遵循着传统文化模式，对那些不幸的被遗弃的女性给予异样的眼光，而不是同情。

那么，我们从胡少爷的角度来看，则充分反映了当时"个性解放"的时代思想；况且他留过洋，受到像"恋爱自由""无爱的婚姻是不道德的"等西方文化观念的一些影响。所以，他和同在外国留过学的王小姐相恋，也就显得"正常"了，"合符"时代的潮流了。但是他也是在中国传统文化中孕育出来的人，所以，他也想过要尊重"父母之命、媒妁之言"的婚姻，可是贤德的妻子和自己很隔膜，不容易沟通。从某种意义上来说，他的自由恋爱让妻子含怨，让恋人含愁，让自己在困守和突围（传统与现代）的艰难选择中尴尬度日。胡少爷的思想与行为正体现出"现代与传统"共存的现实状态，这就是那个过渡时代的典型思想和生存状态。胡少爷也是在中西文化交锋的罅隙里的彷徨者。凌叔华在轻巧的写实中表达了她自己对胡少奶奶的同情和对胡少爷的理解，与此同时，她也是在对传统文化进行不动声色的批判。"胡少奶奶"之死是小说最有意味的一笔，含而不露的将封建伦理道德隐性杀人的本质道了出来。

凌叔华所描写的大多"闺秀"女儿和少妇困守传统，被"现代"的时代潮流忽略了、淹没了。在《女儿身世太凄凉》中的婉兰是典型的大家闺秀，虽然她对自己处境有比较清醒的认识，但她还是没有勇气摆脱这种命运，只能在无奈和心酸中继续扮演传统伦理文化所规定的角色。事实上，她依然无法摆脱传统文化的历史宿命，她明明知道自己未来的夫婿品行不好，但是她却不愿意退婚，自觉不自觉地认同"父母之命"的传统婚姻和传统封建伦理道德，出嫁后谨遵"妇德"去行事。婉兰还是在按照旧的社会文化模式去行为，因为找不到新的行为方式。而《绣枕》所写的是养在深闺中的大小姐。大小姐把她对朦胧而美好的爱情寄托在精美绝伦的刺绣上，可是两年后她却仍待字闺中。《中秋晚》中的敬仁太太一直迷信旧传统中的某些愚蠢的观念，以为传统的中秋节丈夫不"吃团鸭"是造成他们夫妻失和的原因。愚昧、迷信的敬仁太太成了丈夫仇恨和放荡的牺牲品，但她居然还认为，这是"命中注定的"。夏志清先生曾经高度评价过《中秋晚》的批判性，认为"在揭发旧传统的某些愚蠢观念上，《中秋晚》是可以跟鲁迅的《祝福》相媲美的"。[1] 显然，凌叔华是沿着鲁迅开辟的"改造国民性"的写作道路在走，后来的《杨妈》《旅行》仍然继续了这种创作方向。

总之，这些小说表现了旧式女子的生存困境，她们的思想依然传统保守，她们的生活圈子狭窄、地位卑下，时代新风似乎根本就没有吹拂到她们的心田。她们被时代遗留在了文化的历史格局中，她们的不觉醒或觉醒后仍然认同传统道德是她们悲剧命运的重要原因。

《茶会以后》《吃茶》等小说作品则将人物的故事放到中西文化背景下加以思考"很巧妙地探究了在社会习俗变换的时期中，比较保守的女孩子们的忧虑和恐惧"。[2] 那个时代的阿英、阿珠和芳影们，虽然走出了闺房，进入有限的社交圈，接触到一些"文明的空气"，但内心深处的传统思想依然故我。这些保守的闺秀们受传统伦理道德的影响，认为两性交往中，"男女授受不亲"。如果一个青年男子主动服侍年轻女子，就会被理解为钟情对方了。所以，《吃茶》中的芳影在与留过洋的王斌交往中，错把王斌的热情和殷勤当成对她"有意"而坠入一厢情愿的单相思之中，却不知道而这是"外国最平常的规矩"。此外，该小说还为我们勾勒了一个时代背景，即拐角的黄家小姐也误会了王斌的洋式礼节，竟示意王斌去求婚。由于东西文化的情爱观存在巨大差异，故使深闺少女产生一次次误会。这就为我们展示了传统文化禁锢下的女性群像。芳影们要与异性建立正常的社交关系，还必须卸下多么沉重的文化心理负担。几千年的民族传统思想早已经在她们心中扎了根，这些传统观念不会轻易地就被西方的文明之风带走的。有关生活方式和社会习俗的传统思想观念已经内化为她们的一种文化心理机制，顽固地影响着制约着她们的言行。她们熟悉那因袭了几千年的生活方式和社会习俗，而对新的生活方式却十分陌生。于是，她们在新与旧的交替中徘徊，在传统向现代的过渡中忧郁的观望、迷惘地思考，但她们的深层心理始终还是没有走出传统思想观念所划定的"警戒线"。这些小说对民族文化心理机制的开掘不仅有历史的纵深感，还有现实的穿透性。从这里，我们可以想到"女性解放"是多么艰难，又将是一个多么漫长的过程。

《送车》中的白太太和周太太虽然羡慕别人自由恋爱，但同时她们又以自己是"明媒

---

① ［美］夏志清，《中国现代小说史》，复旦大学出版社，2005年，第60页。
② ［美］夏志清，《中国现代小说史》，复旦大学出版社，2005年，第57页。

正娶的"来维护自己传统婚姻的价值。而她们的丈夫虽然不大厌烦他们的太太，但是他们还是固守自己的旧式婚姻。这无疑表现出他们对传统文化的伦理价值的认同。《小刘》中的小刘从反对"三从四德""贤妻良母"等传统观念的"军师"转变成旧式的家庭妇女——履行"相夫教子"的天职，更形象地说明了传统文化心理机制对人的行为模式的规约作用。而《女人》《花之寺》等作品中的新式婚姻，其家庭组合模式差不多就是旧式大家庭的缩影，丈夫们依然在家庭中处于支配地位。虽然这些新式太太有现代女性的某些特质，比如：独立的思想和个体人格，《女人》中的太太主动出击，很巧妙地让"第三者"自动退出。她有独立的思想和行动，并取得了成功。《花之寺》中的燕倩则假借"第三者"的口气给丈夫写了一封信，来试探丈夫，从而保持爱情和婚姻的新鲜感。这两个新式太太都有比较独立的个体人格，但是从某种意义上来说，她们似乎还是无法完全把握自己的命运。她们的努力只是为了维护一个完整的家庭或幸福的婚姻。也就是说，现实婚姻带给她们的仍然是旧秩序中的"家庭妇女"的归宿，她们在家庭中仍然处于边缘性地位。民族文化心理仍然在潜意识中规范着传统家庭模式，仍然承袭的是"女主内，男主外"的历史分工。此外，在《酒后》《春天》《无聊》《他俩的一日》等作品中都充分反映出新式婚姻中的传统文化观念的内在和外在的深远影响。

值得注意的是《酒后》《春天》两篇小说中所表现出来的"现代与传统"的心理冲突。《酒后》中女主人公采苕在酒后表露了她对子仪的爱慕，并且向丈夫提出了"一吻之求"，可是在她走近子仪时，她又不要吻子仪了。这是因为中国传统的伦理观念一直强调女性的贞操意识，即婚前贞洁，婚后忠诚。因此，采苕的"要求"在传统道德看来，就显得很"出格"，这无异是对丈夫的"不忠"。她作为承载着千百年传统文化重负的大家闺秀，无法突破那早已在女性心中沉淀为一种常规的文化心理定式。虽然她渴望打破传统观念，实现自我欲望，但她同时在潜意识中又以传统的道德价值来约束自己的行为，"发乎情，止乎礼"，最终放弃了丈夫不忠的"荒唐"冲动。同样，在《春天》中的霄音由于凄恻的音乐声引起她对以前男友君健的怀念。想到君健正躺在病榻上，不禁心里很难受，于是便写信给他。正在写信时，丈夫回来了，她就把信纸搓成团子来擦桌子。从采苕和霄音身上，可以看出传统文化意识给人（尤其是女性）造成难以跨越的心理障碍。凌叔华的笔触可谓入木三分地把潜隐的文化心理给挖掘出来了，其冷静理性的思考、从容而沉着的表达，在她那个时代是一种别样的存在。小说让我们看到了旧女性们被时代抛弃的凄凉景观，看到了曾经是"新女性"的女人们如何或隐或显地回落到传统文化的窠臼里。

凌叔华在抗战时期写的英文自传体小说集《古歌集》（又译作《古韵》），依然与时事和社会现实保持着一定的距离，与民众保持着一种疏离感。相对于她早期的作品而言，抒情的成分就大大增加了。这个集子中的每一个故事都是她对童年生活的独特印象和感受，因为对她而言，"儿时的一切都是有味的"，这些儿时的印象与感受便成了她人生中特别珍贵的记忆。凌叔华自己也曾说"我有个毛病，无论什么时候，说到幼年时代的事，觉得很有意味"，①她觉得童年生活是"美梦"。这可见她对逝去的童年时代的无限眷恋和美好情思。虽然作者回避的是她写作时的当下时代背景（抗战时期），但是在作品中却又表现了中国另一个时期的时代特点，那就是清末民初的中国封建大家庭内部生活——具有中国传统民族特色的家族生活状态。在这个家庭里面，有一个爸爸、四个妈妈、十多个兄弟姐妹以及文案、账房、佣人、丫鬟、家丁、花匠、厨师、门房等人，他们这几十个人组成了一个等级观念鲜明的封建大家庭。这里还有"说不清到底有多少个套院，多少间住房"。②父亲是家庭权威，他在家庭中的地位是至高无上的；其他人与他关系的亲疏远近就直接决定着他们在这个家庭中地位的高低贵贱。这是个父权专制社会的家庭缩影，所以，家庭中的兄弟（父亲的儿子）的地位就是仅次于父亲的第二级。儿子是家族香火的续接者，所以，父亲的儿子的地位远远高于父亲的女儿。"母以子贵"的观念仍在封建大家庭中依然存在。因此，父亲的妻妾们是否拥有儿子和拥有儿子的多少，就决定着她们在妻妾们中的地位的高低。而且，奴仆们也会因为哪个太太地位高就更尊重或者讨好哪个太太，甚至连侍候地位较其他太太高的那些丫鬟和佣人也似乎显得比其他仆人的地位高一等似的，有时还会表现出对其他女主子的不敬。

宗法制的旧家庭无疑是对女性的青春和生命的变相摧残。在温情脉脉的面纱下，用传统的伦理纲常禁锢着她们的生命活力，使他们成为一个个精神压抑、心灵寂寞的人。这些女性长辈们被灰色高墙围在家庭这个有限的天地之间，过着惨淡经营的枯寂人生。这里有她们难言的辛酸和无言的悲哀。③"我"虽然是个性情柔和的孩子，可是由于"我"是母亲的第四个孩子，家里的第十个女儿，于是经常受到冷落。"我"只能和小动物、小昆虫为伴，只能到四婆、老花匠那里寻求人间的温暖和生活的乐趣，到穷孩子那里去寻找友谊……正因为在这个有着复杂关系的大家庭里面，无人注意"我"的存在；所以，"我"才能从从容容地、比较超然地自得其乐，才能在家庭关系的"夹缝"中自在自为，去感受和观察人和自然，并从中获得有关人和自然的特殊感悟。经过若干年后，当凌叔华重新回顾那一段早已逝去的童年时光时，她感到的是宁静与超脱，还有淡淡的喜悦和哀伤。凌叔华回忆的是受封建传统伦理纲常锁定的中国大家庭的繁复的生活图景，这里有庭院深深、房屋重重、灰色的高墙……是一个沉闷而单调、凝重而压抑的世界，家里有威严的父亲、相互挤兑的母亲、依仗人势的丫鬟……这些就是作者经历过的有着浓重封建传统色彩的大家庭生活，它同时也是作者童年时期的成长记忆，在平静的内里有淡淡的忧思，也有着不尽的眷恋。

凌叔华将现实生活和人物思想意识放在特定的历史背景中去展现，并进行深刻的文化思考。所以，她的日常生活描写是现实与历史的交叉，是社会和心理双重层面的叠加，是日常生活体验和文化集体无意识的交融。这也是作者在自己熟悉的日常生活中，将文化历史内涵和现实情景相结合，实现文学对现实的呼应，揭示现实所蕴含的历史和文化内涵。

① 凌叔华，《<小哥儿俩>自序》见陈学勇编《凌叔华文存》（下卷），四川文艺出版社，1998年，第785页。
② 陈学勇编，《凌叔华文存》（上卷），四川文艺出版社，1998年，第452页。
③ 王庆华，《在寂寞中歌唱——读凌叔华自传体小说古调》，《世界华文文学论坛》，1995年第2期，第42页。

20 世纪 20 至 30 年代，中国正处于文化的转型时期，也就意味着传统文化不仅在进行自身的反思和改进；同时西方文化的输入，使其和中国传统文化相互渗透、相互交融，也相互冲撞，所以，新文化最终定型将会有一个长期的转换过程。而在这个过程之中，构成传统文化的内核部分依然会保存下来，依然在实现主体自我的内化和外化。① 由此可知，文化的转换也是一个心理改造的过程。必须经过心理世界的转换，新的文化系统才能真正确立。凌叔华的短篇小说正是从文化批判的层面，冷静地反思传统文化的深层心理机制对民族新文化建构的影响。虽然凌叔华无论对中国的传统，还是对西方的现代文明，始终都抱着一种宽容的理解与温和的质疑。但是，由于文化无意识的作用，她的小说作品又若有若无地透出对传统文化的认同与依恋的情感倾向。简言之，凌叔华常常选取一个很精巧的叙述角度，将情感与理智的矛盾"淡化、软化"了，并以一种同时代女作家难以达到的平和心态去表现文化转型时期那些温顺女子的生存状态和文化心理机制。

（二）文化的疏离与寻找

曼斯菲尔德则经常用日常生活去表现她对生活的体验和对人生的理解。她从不同的维度去思索"生命哲学"和"文化归属"问题。她笔下的日常生活常常是一种氛围和感觉，传达的是现实生活中与生命、生存相联系的深切感受。因此，她小说中的感性的东西就明显多于凌叔华。

由于曼斯菲尔德从 1917 年染上肺病，就一直在病痛的折磨下过活，死神的身影随时都追随着她。这使她比别人更珍爱生活，更珍惜生命，而日常生活就是人的"此在"的最鲜活的明证，也是海德格尔所说的"诗性存在"。其实，在曼斯菲尔德所描写的日常生活的背后隐藏的是她对死的恐惧和对生的眷恋。这就是她执着于表现日常生活的根本原因：她希望以此来表现她对生命的体认和对生存归属问题的探索。加之，第一次世界大战带给她伤痛和困苦，使她更懂得日常生活的价值。因此，"一战"后，她不仅感到了"死而复生"的欣喜，而且加深了对日常琐事和生命的理解，她觉得"一日常生活中那些普遍的事物"和生命都在"放射出新的光彩"。② 她对生活的感情和感受是"随时间的流逝，我对生活似乎更加热爱而不是淡漠。生活从来就没有成为我的习惯而是一个奇迹"。③ 于是她带着新奇的眼光去捕捉日常生活的每一个闪光瞬间以及存在于其间的生命之光，用满心的热情去发现生活中的奇迹。她还要展现出生活"并非井然有序"的状态和"生活的多样化"，并将"生活永恒的美"充分地表达出来。

在《花园茶会》中有欢乐与悲伤、幸福与不幸、富裕与贫穷、生与死，这些不同样态的人生同时并存。这是完美人生和有缺陷的人生的相互交织。《已故上校的女儿》中的已

---

① 张奎志，《文化的审美视野》，社会科学文献出版社，2005 年，第 233—235 页。
② ［英］凯瑟琳·曼斯菲尔德，陈家宁等编译，《曼斯菲尔德书信日记选》，百花文艺出版社，2004 年，第 98 页。
③ ［英］凯瑟琳·曼斯菲尔德，陈家宁等编译，《曼斯菲尔德书信日记选》，百花文艺出版社，2004 年，第 142 页。

到中年的两姐妹在处理父亲的遗物时的错综复杂的心绪：为父亲的死而悲伤失落、对现实生活感到不知所措、对新生活充满希望、对未来感到迷惑……这里是蕴含丰富的生活体验。《在海湾》描绘了一个典型的新西兰家庭在一天内的生活画面，这是幸福美满的家庭生活的呈现，充满了浓郁的生活情趣。这些优美的小说作品将各样生活的状态和蕴藏其中的"永恒的美"真实生动地展现了出来。是的，她要在生命的律动里去感受、去理解真实存在着的生活，去思索、去感悟人生的潜在意义。所以，曼斯菲尔德描绘的日常生活里面没有恐怖的、阴森的死亡，即使有死亡，也是安然的、恬静的。在她的生命哲学中，"存在"与"生活"同在，是生之美好的所在；死是未知而神秘的梦。她在《花园茶会》中对那个死了的赶车人的描写"他的头陷在枕头间，眼睛闭着，在合拢的眼皮下，什么也看不见。他把自己交给了梦。"[1]他好像在酣睡，只是永远也不会醒来了，所以，还是让罗拉"不能不哭"。她也没有描写灰暗的死气沉沉的日常生活，恰恰相反，她笔下的日常生活是充满光彩、充满生机与活力，哪怕是人们已经习以为常吃吃喝喝也别有一番情趣。在《序曲》中，斯坦利·伯内尔回家的路上，"他把手插在兜里掏着，吃起樱桃来，一口就吃三四颗，一边吃一边把核扔出车外。这樱桃真好吃，颗粒饱满，凉丝丝的，上面一点儿伤痕也没有"。[2]伯内尔吃得满足，吃得香甜。曼斯菲尔德常常用出家庭琐事来营造一种浓厚的家庭氛围，或者酝酿一种和乐幸福的家庭生活情调，从而表达她对家园的向往和思念。这对于18岁就离开家，在英国和欧洲其他国家漂泊的曼斯菲尔德来说，安宁、祥和而美满的家对她有着特殊的意义，故而，她表达的不仅是对故乡家园的怀念，更是在异乡的孤寂和病痛中对家的渴望。在曼斯菲尔德的短篇小说中，读者总能时时地感受到她对生活的特有的温情与欣喜，却丝毫也感受不到其对死亡的深深恐惧。

曼斯菲尔德还客观地描绘出了西方文明社会下种种不合理的现象，带着深深地同情和理解来描写下层不幸人们的辛酸人生和悲苦命运，这表现出她对不公平的社会、对战争的批判。《萝莎蓓尔惊梦记》中的萝莎蓓尔是一个贫穷的店员，她看见和她同样年轻貌美的女孩子可以享受美好的爱情和丰裕的物质生活，而她对美好生活的向往和对爱情的憧憬却只能在梦中实现。《疲惫不堪的孩子》中的累妮儿从早忙到晚，一刻也不能闲着，于是她总感觉疲惫不堪。《帕克大妈的一生》帕克大妈辛苦了一辈子，到老年时却痛失小外孙。她还得强忍巨大的悲痛帮人打扫房间。《女主人的贴身女仆》中的真诚善良的女仆爱伦，现实给了她寂寞的童年，自私虚伪的女主人又无情地让她放弃了她和开花店的小伙子的爱情。《莫斯小姐的一天》中的莫斯小姐在音乐学院受过正规教育，并且还得过演唱银质奖章的女低音。她一次又一次地经受找工作的失败，最后无路可走，为了生存，就只好放弃人格尊严而沦落为妓女。这些作品均反映了社会现实带给生活在社会底层的小人物们的是<u>不如意的</u>，甚至是痛苦的生存处境。而另外一些作品则从不同的侧面表现出社会底层人们

---

① [英]凯瑟琳·曼斯菲尔德，陈良廷、郑启吟等译，《曼斯菲尔德短篇小说选》，上海译文出版社，1983年，第16页。

② [英]凯瑟琳·曼斯菲尔德，陈良廷、郑启吟等译，《曼斯菲尔德短篇小说选》，上海译文出版社，1983年，第303页。

的不幸遭遇:《花园茶会》中的车夫为生计而丧生;《一杯茶》中那个又黑又瘦的年轻姑娘,穷困使她向人伸出了乞怜之手。《蜜月》中的老歌手为了生存,不得不用沧桑而嘶哑的嗓子在休闲、娱乐场所卖唱。这些作品都展现了作者所生活的那个时代的社会真实和现实人生的真相。这也为我们了解 20 世纪初的欧洲资本主义社会掀开了其朦胧面纱的一角。

凯瑟琳·曼斯菲尔德生活在 19 世纪末 20 世纪初,这正是资本主义社会内部矛盾日趋尖锐的时期,在矛盾激化的时候就导致了第一次世界大战。"一战"的影响是巨大的,不仅极大地损坏了欧洲物质文明,而且还对欧洲人的精神造成损伤。而对于战争的描写,曼斯菲尔德只在《一次鲁莽的旅行》《苍蝇》等为数极少的作品中得到间接体现。《一次鲁莽的旅行》写"我"在战争期间的一次旅行中的见闻感受,间接表现了战争带给人们的许多困扰与不幸。《苍蝇》则写两个老父亲在心中悼念自己在战争中牺牲的儿子,从侧面反映了第一次世界大战带给人的心灵伤痛是深重的,影响是深远的。作品里面有婉转而柔和批判,也有深深的思索。战乱带给人们的是流离失所、饥荒、流血,甚至死亡,还有就是恐慌、不安与无尽的痛苦。这促使人们不得不重新审视现实世界、审视人类的生存环境、审视人类文明和人类自我。人们惊魂未定地开始怀疑,否定这让人不安的现实社会和世界,对处于一切待定的未来感到渺茫,开始感到个体的渺小和无助,同时也在迷失中开始寻找人类的精神家园。

曼斯菲尔德的出生地是新西兰(当时还是英国的殖民地),她在那儿度过了人生最美好的童年和少年,为此她要"还债"。所以她在日记中写道,"我要让那个默默无闻的国家跃入旧世界的视线,哪怕只是一瞬间,它应该是神秘的,仿佛在漫游,它应该使人惊叹……"[①] 她要让她的祖国——新西兰在她的笔下"复活"。虽然她的祖国还是英国的自治领(新西兰完全成为一个主权国家是 1947 年),而且曾经因为不能满足她的写作要求离开它,但她还是在心中酷爱着她出生的岛屿,酷爱着她的祖国。1922 年,她写给父亲的信中这样说"一个年轻的国家就是一份真正的遗产,但是一个人需要有一段时间才能认识这一点"。[②] 这就意味着她的作品不仅是在表达对祖国的眷恋,更要把被宗主国遮蔽的年轻的祖国用她的作品展现给世人,并将它作为一份遗产留给后人。这里表现的是一种很鲜明很真诚的民族责任感。她很有名的作品,如《序曲》中那清新而又充满鸟鸣的黎明,《在海湾》中晨雾缭绕的月牙湾迷蒙、缥缈,《花园茶会》中那温暖和煦的天气与那可爱的卡拉卡树,《起风了》中那风中的海滨和大风掀起的浪花与波涛,《航程》《陌生人》中的上空有白雾的海港,《逃避》中的小峡谷和色彩分明的海岸线等等,都在表现"那带有小岛的闪光、小岛的情趣的一个个瞬间"。[③] 曼斯菲尔德对童年的回忆始终离不开新西兰明媚阳光

---

① [英]凯瑟琳·曼斯菲尔德,陈家宁等编译,《曼斯菲尔德书信日记选》,百花文艺出版社,2004 年,第 22 页。

② [英]凯瑟琳·曼斯菲尔德,陈家宁等编译,《曼斯菲尔德书信日记选》,百花文艺出版社,2004 年,第 168 页。

③ [英]凯瑟琳·曼斯菲尔德,陈家宁等编译,《曼斯菲尔德书信日记选》,百花文艺出版社,2004 年,第 39 页。

照耀下的惠灵顿。这里有蓝色的海、柔软的沙滩、五色的贝壳……是一个清新又绚丽多彩，飘逸而又灵动的世界。家里有慈爱而又勤劳的祖母、终日在外奔波的父亲、生活在回忆中的母亲、爱幻想的姨妈、活泼好动的姐妹……这些便是作者情之所牵、心之所系的温暖的、充满希望与生机的生活。她不仅是在展现新西兰的美丽与美好的生活，更是在表现一种特殊的民族情结。作为一位殖民地的作家，她处在文化流亡的两难境地，所以她作品中"故事的历史联系也很模糊，似乎只能在记忆中析出"。①

除了直接或间接对新西兰进行描写外，曼斯菲尔德还在早期的创作中表现出对宗主国——英国的疏离感。尤其在她的第一个短篇小说集《在德国公寓里》，那个带有作者影子的"我"，既是叙述者，又是人物，就常常表现出对自己"英国人身份"的回避，总是带着几分神秘感。在《就餐的德国人》中叙述者的一句话："我感到我——一个每天早晨一边系着衬衫纽扣，一边喝着咖啡的人——正承受着这个民族乖戾早产的全部罪名。"采用"这个民族"，而不是"我们的民族"，拉开了叙述者与英国民族的距离。在《现代灵魂》中，在回答拉特先生的问题："你们英国有燕子吗？"时，"我"回答："但对英国人而言，毫无疑问燕子不具有完全相同的象征价值。""对英国人而言"暗示了"我"是有意在避免与英国人扯在一起。对于英国人来说，"我"是"他者"。含蓄地表达了叙述者"我"对英国民族的保留态度及其情感距离。在《日光浴》里，面对"蔬菜"女士的"你是英国人吗？"的问话，叙述者兼人物的"我"的回答是："嗯，几乎不是——"其模棱两可的语气暗示"我"对英国人身份的游离态度。对英国人身份持保留态度还体现在"我"对德国人攻击英国人时所采取的回避态度。在《开明女士》中，那位女士和拉特先生对英国文学和大文豪莎士比亚的贬低和亵渎没有激起"我"的反驳。在《男爵夫人的妹妹》中，多克多太太对英国女孩的行为举止进行了刻薄的评论，但并没有引起被视作英国人的"我"的愤慨。这应该就是她潜在的民族意识的表现，或者说是她的新西兰身份的隐性体现——带着新西兰特有的神秘。

曼斯菲尔德借日常生活描绘她心中的美丽的田园梦和表现她对生活、对社会现实的感受，其实也是她在工业文明的社会中重新建构和寻找自我的精神家园，这实际上也是当时西方的时代精神的体现——人类试图找到新的精神家园。

从上面的分析可知，虽然凌叔华和曼斯菲尔德都在她们的作品中熔铸了她们的文化溯求，突出表现了对民族文化的矛盾态度。但由于中西文化体系的不同，所产生的文化无意识向度不一样，使她们看取生活的角度就产生了很大的差异：一个表现出中国传统伦理文化的道德色彩，一个体现出西方理性科学文化体系的哲学色彩；一个是对生命的意义和人生的价值的文化反思（传统人伦道德标准），一个是对生命本体和生存归属的思索；一个是在中西文化的冲突中探索民族新文化建构的出路，一个是在自己建构的田园梦中寻找自己的、也是人类的精神家园。

---

① [英]埃勒克·博埃默，盛宁、韩敏中译，《殖民与后殖民文学》，辽宁教育出版社，1998年，第151页。

二、文化困惑与超越

凌叔华和曼斯菲尔德的短篇小说不仅体现出一种文化的无意识，其更深一层的用意还在于探讨人类文化的底蕴，即人类文化对个体生命的压抑，对人的全面和自由发展的限制。文化是人类意识活动的综合反映，人类文化的核心内容就是对自我存在的确证和关注。无论是西方文化还是中国文化，都是对个体感性生命的压抑，都是男权文化对女性的压制。她们用细腻的笔触在探索文化的内涵的时候，以一种平和的心态去进行文化剖析，力图超越时代的局限，但是却不可避免地产生了许多困惑。

（一）文化悖论

整个人类文化有一个传统，即对生命个体的个性发展的过多过死的限定与约束。就中国的传统文化来看，儒家的"仁""礼"是从外在的道德角度限制人的追求和欲望，道家的"无为""虚静"讲究自我内心的修养，是从内在的角度压抑人的感性欲求。而"存天理，灭人欲"则从根本上否定了个人欲望存在的合理性。从中国传统的儒、道两家的文化特质可以看出，它们都强调对个体生理欲念的抹杀，因而也都表现出对感性自我的压抑。

中国文化是封建政治伦理文化，它为每一个人进行了角色定位，长幼尊卑井然有序，缺乏自由和平等。正如前面分析过的凌叔华的小说集《古歌集》中那等级分明的封建大家族一样，人生活在这样明确的"秩序界定"之中，根本就无自由、平等可言。《女儿身世太凄凉》中的婉兰这样说过"别死心眼的讲平等自由，自由平等非但不是女儿家可以讲的，就是大爷们也不能呢"。[①] 这一句很平常的话，却道出中国几千年来的道德人伦文化的实质特征之一。实际上，这也是作家自己在思考中国传统文化时候表现出来的困惑与迷惘。中国传统文化造就的是顺从、循规蹈矩的"良民"，或者说孕育出了严重缺乏个性的中国人。《有福气的人》中的章老太太、《中秋晚》中敬仁太太、《绣枕》的大小姐等无不是一个个不敢越雷池半步的循规蹈矩的人；《吃茶》中的芳影、《茶会以后》中阿珠和阿英两姐妹等虽然走出了幽闭的闺房，但是仍然还是遵循传统规矩的人；《杨妈》中杨妈简直就是一个带有明显奴性的人物，这些人差不多都保守、温顺，毫无独立的人格可言。即使像《酒后》中的采苕、《花之寺》中的燕倩、《春天》中的宵音、《病》中的玉如、《他俩的一日》中的筱和等这样的具有现代意识的女性，可以说是对儒家文化的一种超越；但仍然逃不出传统文化的深沉而潜在的规约。她们表现出的是中国传统文化性格——或温和、柔顺，或富有牺牲精神，或只为他人着想。无论从传统意义的角度还是从现代精神文明的建设的角度来反观中国的这些"传统美德"，无一具有其独特的价值。但如果我们换一个角度来看的话，这些性格特征仍是缺乏个性、回避个人意欲的表现，是被现代意识遮蔽下的传统"回归"，这其实是一种悖论式的文化存在。

而"理性压抑感性"一直是西方文化追求的目标。文化或者文明的高度发达，使人类

---

① 陈学勇编，《凌叔华文存》（上卷），四川文艺出版社，1983年，第4页。

的生存世界变得高度规范化、秩序化，造成社会对个体的限定和挤压。于是，个人成了社会的异化物，造成自我在本原上的分裂和残缺，甚至自我异化，自我内在本原和外在表现都丧失了统一性，个体与社会的统一性也彻底失去。[①]

曼斯菲尔德生活的时代，西方的哲学界也发生了不同传统的哲学观的变化。随着德国哲学家尼采宣布"上帝死了"，西方人就出现了信仰危机。人的主体性得到显著的提升，但是进化理论又证明在变动的宇宙中人的渺小和无助。《在海湾》中的乔纳森在面对不如意的现实处境所表现出来的颓废，贝里尔的人生理想和愿望没能得以实现时所表现出来的"人格分裂"；《已故上校的女儿》中上校的两个女儿失去了自己独立的个性，缺乏个体生命活力，与社会生活严重脱节；《娃娃房子》中的凯维尔姐妹俩由于社会地位低下而不得不压抑她们那强烈的希望——看一看那精美的洋娃娃房子；《女主人的贴身女仆》中艾伦对美好生活的愿望被无情的现实压制在内心深处；《布里尔小姐》里面的布里尔小姐只想在星期日坐在公园观察别人的生活以驱散内心的孤寂，但是她的这个小小的愿望却被冷酷的现实击得粉碎，冰冷的社会和文化使女主人公的生活变得更孤苦；《主人与狗》中波茨先生完全丧失自己的个性而被同化为一只忠诚的狗；《郊区童话》里面的小 B 被同化成了麻雀；《理想家庭》中的老尼夫在充满异己的家庭中自我异化为一只蜘蛛……曼斯菲尔德所描写的日常生活，深刻地揭示了人类文化对社会个体的感性生命、人性的深度约束和压制。创造文化的主体反被自己创造的文化所限制，这本身就是一种悖论。

（二）男权文化

从某种角度来说，人类文化就是一种男权文化。"母系氏族"的结束，就意味着专制的男权文化的确立。无论是西方文化还是以中国文化为代表的东方文化，对"人"的界定似乎都有忽视女性的明显倾向。男权文化对女性的压迫是隐性的，也是显在的。女性应该是一种历史存在，但是，她们却被排除在社会政治历史的领域，甚至在家庭中的地位也处于劣势地位。更可怕的是，大多数女性把"男权文化"对女性的限制，当成了天经地义的事情。之所以会出现这种情况，是因为男权文化统治了女性几千年了，她们早就已经不自觉地把这些对女性的"规定"内化为一种不可更改的思想观念，形成一种性别文化的思维定式，自觉约束自己、压抑自我，从而"巩固"了女性边缘化地位。故而，不同国家的女性却有着何其相似的人生定数！她们的生活空间被限定在狭小的家庭里，她们的价值就在于她们有生养孩子的生理功能，她们的社会地位和家庭地位卑下，她们的独立人格和主体意识受到严峻的挑战。在男权文化占据主导优势的人类文化的限定下，她们自愿或者被迫过着封闭的生活方式，整个生活主要围绕家庭和家庭成员展开，父母、丈夫、孩子和家务，生活内容单调而缺乏色彩，继续着历史悠久的传统生活方式。

在对人类文化男权化的问题上，凌叔华和曼斯菲尔德都不约而同地采取了温和而含蓄的写作态度，这凸显出她们作为新型知识女性的淑女气度。她们很少描写社会表面现象，

---

①　张奎志，《文化的审美视野》，社会科学文献出版社，2005 年，第 72—74 页。

甚至没有去追随时代的革命思潮，而是关注影响女性命运的内在文化心理机制，含蓄之处自然地显现出一种睿智的从容。她们的写作似乎并不是要为女性争夺什么政治大权，也没有为"女性解放"摇旗呐喊。而只是在沉静地、持重地表现女性在特定民族和特定时代的生活状态、生存处境。两位女作家通过对日常生活中的女性的描写，从这些人物身上折射出各个民族文化对女性思想、性格和人生命运的巨大影响。作为人类半数的女性，被人类文化边缘化。她们的情感、理想、人生追求等被世界忽略，她们的自身价值的实现变得十分困难，她们也难以得到整个社会的认同。这就是女性的生存困境，同时也是人类生存状态的另一种样式。而两位女作家在作品中所表现的民族文化因素还是有所不同。

凌叔华于 1923 年 9 月 1 日致信周作人，她这样写道："中国女作家也太少了，所以中国女子思想及生活从来没有叫世界知道的，对人类贡献来说，未免太不负责任了。"① 凌叔华正是带着这种文化的责任感在进行写作。她既没有沉溺于个人感情的抒写，也没有从阶级斗争中寻求精神依托，而是依凭中西兼具的教育所带来的独特的文化品格、意识形态和思维方式，试图超越阶级政治的局囿，一方面远离阶级政治的权力中心；另一方面又自觉地保持着与中国大众的距离，在文学中表现为以一种冷静、客观的叙述视角关注时代角落里的一群女性在文化夹缝中的尴尬生存。通过对这一群"高门巨族的精魂"的舒适、闲淡生活的描写，深刻地呈现了女性深层意识的守旧，道出她们生命的停滞，人性的枯竭，精神的窒息和个性的泯灭。作者理性地审视传统宗法制社会的荒谬和冷酷；以对卑琐平凡的日常生活的客观写实，挖掘出高门巨族女性枯寂的心灵世界。②

凌叔华笔下的女性虽然生活在 20 世纪 20 至 30 年代，但由于特定的封建伦理道德规范了她们狭小的生活空间和卑下的地位，就像《女儿身世太凄凉》《中秋晚》《有福气的人》中的女主人公。《中秋晚》中的敬仁太太对不幸的婚姻和命运的顺从。《有福气的人》中的章老太太作为深受传统礼教熏陶的宗法大家庭的女主人，她恪守妇道、贤惠大度、精明能干。因此，在她治理下的家庭井然有序，人丁兴旺，可谓"儿孙满堂、母慈子孝"。但她一生只不过是在为家庭、丈夫、儿女们以及其他家人活着，她的价值就体现在这个表面"和睦"的家庭之中。所以，当她知道儿子和媳妇的"孝顺"，只是为了她的钱财时，她苦心经营的家和无私的母爱就失去了精神依托。实际上，章老太太在传统文化的规范下，已经丧失自我，没有了自己独立的人格，到老却落得个让她难堪的处境。而在《杨妈》中，在高太太的现代女性人格独立立场与杨妈堂妹的民间女性生存观念的双重观照下，使杨妈在显现传统女性忍辱负重、含辛茹苦的母爱牺牲精神的同时，也显露出其人格依附、痴顽愚昧的人性异化。另外，一些传统女性还要利用传统的伦理道德来捍卫她们既得的地位，如《太太》中的太太、《送车》中的白太太和周太太之流。这些旧太太或绝望，或痛苦，或顺从，或麻木，或庸俗，不仅来自封建礼教的戕害，而且来自她们根深蒂固的奴性意识。这就是旧式家庭中的已婚女子的生存状态和现实处境——逃不出命运轴辘的生存图景。

① 张彦林，《凌叔华·周作人＜女儿身世太凄凉＞》，新文学史料，2001 年第 1 期，127—128 页。
② 崔涛，《凌叔华小说叙事视角透视》，《常州工学院学报》，2004 年第 4 期，第 52 页。

而那些可爱又可叹的闺秀们，如《绣枕》中的大小姐、《吃茶》中的芳影、《茶会以后》中阿珠和阿英，她们均摆脱不了紧紧束缚她们的传统礼教，只能在迷惘中体验与现实脱节的忧虑和恐惧。她们没有与命运抗争的勇气和力量。由此可见，中国女性背负着多么沉重的传统伦理文化的包袱；如果她们要摆脱封建传统的束缚，争取独立自主的命运又是多么困难。

"五四"毕竟是一个转型的时代，一个过渡的时代，完全的新和纯粹的旧都不能作为时代的典型画像，半新半旧才是这个时代的普遍生存状态。所以，在凌叔华的短篇小说世界中，没有"新"与"旧"对立的惨烈悲剧，而是半新半旧间的尴尬，如《茶会以后》中阿珠姐妹俩的内心隐忧、《吃茶》中芳影的莫名的哀伤、留洋的王斌的尴尬际遇。即使是写"新女性"，仍然表现的是她们身上的"新"与"旧"的奇妙组合，《酒后》《春天》中女主人公最后的举动都是"发乎情，止乎礼"。《花之寺》中的燕倩主动调适夫妻关系，是一个聪明、有独立思想的新女性。但是，她在家依然操持家务，绣着女红，想丈夫所想、急丈夫之所急，俨然一个温顺的新式"传统太太"。《绮霞》中的她不满足拥有爱情生活，同时还渴望事业的成功。现代女性在争取恋爱自由、婚姻自主后，追求女性自我价值在更高层次上的实现。但是历史还不能够为女性的这种双向发展提供足够条件，大多女性只能选择其一。《小刘》中的小刘从一个具有一定新思想的女孩变成一个平庸的家庭主妇。小说描写她少女时代经常带着同学对结了婚的小媳妇来学校读书冷嘲热讽，虽也表明她对"三从四德"不满，但同时又流露出她对传统礼教的认同：她认为，结了婚的女人就应该待在家里服侍公婆、侍候丈夫和孩子、打点家务。正是这种埋藏在深层意识中的传统观念使她后来沉溺于传统的家庭角色。小刘的可悲既是她个人的，也是时代的。在祖祖辈辈沿袭下来的强大、完整的价值观念和伦理道德面前，新的思想和新的价值观念显得非常脆弱，并没能成为大多数人反封建、反压迫的有力武器。作者正是在对世相人情的细致观察与客观描绘中，再现出了特定历史阶段中的真实的"现实"，道出了潜隐的文化深层心理机制的顽固力量，体现了中国传统文化对中国女性的性格、行为和命运的内在的、隐性的"规范"作用。[①] 凌叔华"放弃带有强烈性别对抗色彩的妇女解放主潮，转而探索女性自身和两性世界和谐的可能，可以说是对妇女解放这个时代主题的开拓和深化"。[②]

女性，不仅是一种性别标识，更是一种文化符号。所以，我们就从分析曼斯菲尔德塑造的女性形象来探究她展示的性别文化内蕴。她所描写的资产阶级女性主要有两类：一类是严格遵守男权文化所限定的生活方式的"保守者"；另一类是不愿恪守男权文化规约的"不安分"的"探险者"。前一类女性中，有的还在演绎着几千年来的西方文化对女性的生活方式的规定，如《娃娃诞生的一天》中的安娜平时做很多家务，四年内养下三个娃娃，还得任劳任怨。她为了丈夫所盼望的儿子和继承人而继续生育，最后牺牲了自己的生命。

① 汪雨涛，《<花之寺>：五四新女性神话的消解——凌叔华小说浅议》,《江西社会科学》,2004年第9期，第126页。

② 韩仪，《浮出历史地表之后——凌叔华女性观发展轨迹探寻》,《北方论丛》,2003年第5期，第101页。

《土耳其浴》中矮胖的德国女人结婚六年生了五个孩子，她鄙视那两个漂亮而打扮入时的金发女郎，她认同她丈夫的观点，即丈夫、孩子和操持家务才是一个妇女所需要的。有的除了生儿育女，就只有待在家里无所事事，生活空虚寂寞，如《理想家庭》中的夏洛特、《花园茶会》中的谢里丹太太、《一杯茶》中罗斯玛丽·费尔、《序曲》中的琳达等。其中，琳达虽然过着传统的家庭生活，延续着由来已久的生活方式，但是她却厌恨生育，渴望逃出家庭，为此她整天沉迷于回忆或者幻想之中，徒劳地伤感。她的生存状况在很大意义上代表了当时许多年轻太太的生存状态，很具有时代性和代表性。而《启示》中莫妮卡·蒂勒尔在家庭生活中感到孤独、窒息，渴望自由，希望自己不属于任何人，只属于生命。这显然是女性意识的苏醒。这些传统式的女性，要么已经自觉接受了文化对性别分工和性别地位的界定，要么想冲出家庭而又不敢冒险，最终她们只能在家庭里过着庸常而平静的生活。虽然她们中的一些人对自己的未来感到迷惘，却只能在传统的婚姻里感觉丧失自由的郁闷，没有追求、没有理想地活着。文化的惰性和惯性发展，使这些女性的思想观念仍受到男权文化的主宰。

如果说"保守"女性还固守着无趣的婚姻生活，而那些敢于"冒险"的女性就显得比较另类了。《黑色便帽》中的太太不满足于为丈夫服务，也不满意丈夫的冷淡，为了追求热情和自由以及美好的生活而离家去会见自己的情人，可是由于讨厌情人的黑色便帽而没有了好心情。虽然她最后还是回到了家里，但是毕竟她走出了家门，去寻找自己向往的自由。其实，这是作者在探讨女性在性别文化的突围过程中的困惑与尴尬。《陌生人》中的珍妮在回家的航程之中移情别恋，表现出对婚姻的不忠，实际上是女性在用逆经叛道的方式向男权文化（压抑女性个性欲求的文化）发起挑战。当然，论者并不是在提倡背叛婚姻，而是从对文化的遵循还是叛逆的角度来谈这些女性的"大胆行为"的时代性和对传统文化的超越性。在《时髦婚姻》中的伊莎贝尔追求时髦，有了自己的交际圈和朋友。她能自主选择时髦的生活方式，这分明地透出一种新时代的文化气息——对沿袭了数千年的男权文化的背离，有勇气选择自己独立的生活空间。而《在海湾》中的哈雷·肯柏太太是海湾上唯一吸烟的女子，而且她吸烟连续不断，说话时也照样叼在唇边；她生命中的每一天都在打桥牌；她缺乏虚荣心，出言粗鄙，对待男人的方式俨然也是男人一分子；毫不关心家务。她没有孩子，也不大理会自己那个漂亮非凡的丈夫。海湾的妇女们都认为她过于放荡。她的叛逆行为解构了男权文化对女性的评判标准。这些带有文化叛逆色彩的勇敢女性只有在西方文化体系中才有可能出现，在凌叔华时代里的中国肯定是不会出现的，所以，在凌叔华小说中主要的女性人物形象是中国儒家文化培育出来的优雅而文静、温柔而贤惠的女性，是难以走出性别文化的内在视阈的。

人类（尤其是女性）的一种历史的生存状态被凌叔华和曼斯菲尔德定格在这些短小而精致的作品之中，一种人类文化的深刻思索被她们开拓性地贮存在具有现代意识的叙述之中，一种时代精神、时代的底蕴被渗透在含蓄隽永的诗意表达之中。她们锁定日常生活细节来进行文化的透析，以文化精英的姿态展示特有的理性的胸襟与高雅的气度，以典雅的淑女风范去进行艺术创作。

第四节 淡远的诗意境界

凌叔华和曼斯菲尔德的短篇小说都透漏出独特的艺术魅力和审美情趣，即含蓄隽永、柔美动人的情韵，平和冲淡的意趣，和谐的诗意境界。具体体现在对自然之美的描绘、对生活的诗意撷取、对含蓄蕴藉的意境的营造之中。

一、优美的景物描写

凌叔华和曼斯菲尔德都对美丽的大自然倾注了真挚感情。她们用绘画的技巧将自然景致描绘得优美动人，富有情韵。她们善于选取特有的意象，构成她们心中纯美的意境，在情景交融的氛围中去凸显人物品格、描写人物心境、点染情绪。这使她们的小说于客观冷静的叙述之中不乏诗意。

凌叔华对大自然怀有画家特有的审美感情。在她的短篇小说中，她融入了中国传统写意画的手法，尤其是在她的写景笔致上体现最为明显，这些景物描写总能透出中国传统水墨画的朦胧淡雅的意境，颇富诗情画意。她小说中的大自然特别富有绘画美和诗意美。如《绮霞》中有这样一段景物描写：

> 这时在旧红墙上的夕阳渐渐晦淡消灭，余光升上树梢。对岸的几株挂着病叶的枯柳，迎着晚寒的风无力的摇曳，城墙上时时有三几只背着暮色的乌鸦飞回，喊着衰颓凄凉的调子，莲池上的暮霭慢慢地从荷叶飞上笼住岸边柳树。只有几十株古柏仍然稳立在游椅左右，现出饱经风霜、睥睨一切的庄严老练神态，不但衰柳残荷见了自形愧怯，即使园中挺风载雪之假山石亦似乎惭愧不如蜷伏着不动。[1]

这里，仅寥寥数语，就描画出一幅萧瑟的"秋日晚景图"来。"枯柳""残荷""日红墙""夕阳余光""乌鸦""暮霭""古柏"，意象生动，作者把这些意象的色、姿、态、神、韵都充分表现出来了，形成空灵、冲淡的意境。这里尤其突出了那"饱经风霜"的古柏，它们"稳立"寒秋，有"睥睨一切的庄严老练神态"。古柏是画面的主体部分，其他景物是陪衬，以凸现出古柏的高贵品格。这实际上暗示着女主人公绮霞也具有相似的独立的高贵品格，也可作为她精神的物化。与此同时，柏树也是中国古代的文化意象，象征一种坚强不屈，无畏无惧的精神品质；所以它常常是中国画家们所钟爱的描画对象。

同样是写秋景，可是在《中秋晚》中却是另一幅图景：

> 月儿依旧慢慢地先在院子里铺上薄薄的一层冷霜，树林高处照样替它笼上银白的霞幕。蝙蝠飞疲了藏起来，大柱子旁边一个蜘蛛网子，因微风吹播，居然照

---

[1] 陈学勇编，《凌叔华文存》（上卷），四川文艺出版社，1998年，第35—36页。

着月色发出微弱的丝光。①

一幅显得有些凄凉的"秋日月夜图":"银白"的月色像"冷霜",还有笼着"霞幕"的"树林""蝙蝠""蜘蛛网子"和"微弱的丝光"。这简直就是一幅典型的水墨画,没有设色,只有"黑与银白"两种最基本的色彩,却把凄清、寒冷的秋夜活画了出来,透出沁人的凉意,从而构成了一种破败、荒凉、凄楚的景象。敬仁太太的婚姻和家庭带给她的最后"宿命",在这凄美的画面里定格。她以后的生活就不言而喻了,那是没有希望的未来,也许她永远也不会认清自己的现实困境。

《疯了的诗人》中人与景和谐统一,里面的山山水水与人物时时涌动的诗情交相辉映,描画出了自然纯净的诗意氛围;《春天》中的情与景相互交融,文中的春景、凄美动人的琴声与人物的心情的变化融为一体,简直就是一幅优美的少妇闲适、寂寥的愁春图。这样的小说,可以说是"写景抒情压倒写人叙事"。此外在《吃茶》《花之寺》《他俩的一日》《倪云林》和《古韵》集里的一些篇什,都很明显地表现出这种诗情画意的特点,形成情景交融的和谐境界。凌叔华的生活写意中渗透着她真情实感,凝结着或浓或淡的诗意。她对人、对事都均体现出一种宽容的理解,对美而纯真的自然与生活却有着发自内心的向往。

曼斯菲尔德对"永恒世界——即自然世界"的爱使她希望成为一个能传播光明的"太阳的孩子"。新西兰是她心中神圣而美丽的国度,这里有自然的光、色、味,有独特的情致与韵味。于是,她远离的殖民地国家——新西兰几乎成了她魂牵梦绕的所在,那也是她最为熟悉、最为留恋的地方。这种既恨过又爱过,既痛苦过又快乐过的怀念情绪,正是最容易打动读者的地方。她的那些艺术上最成熟、最成功的作品大都是以那里为背景写成的,并且在这些作品中弥漫着一种浓浓的思乡之情。她在美好的回忆中将新西兰城市——惠灵顿独特的景观和人情习俗描述出来,使惠灵顿的风光和情韵变得优美动人,散发出令人神往的魅力。她不仅把这里的描绘得"带着一种神秘,一种光耀,一种余晖",②还在这"世外桃源式"的生活环境中寄寓着对此的深深眷恋。

曼斯菲尔德善于从成千上万的生活细节中精选那些闪光的片段,并赋予其典型意义。《序曲》第五节开头对伯耐尔一家迁到新居的第一个早晨的描写,每一个字,每一个词都精心推敲,以再现自然界原本的轻灵、空寂。这里有早晨最初的一丝颤动和一声鸟鸣,于是,一个未经人类染指的世界便跃然纸上。"淡淡的天空""朵朵白云""片片花瓣和叶子""晶莹的露珠""低吟的微风""阴暗的灌木丛""微弱的星星""潺潺的泉水""赤色的石块""长满黄花和水芹的沼泽地"……短短的一段文字便糅合了六种颜色,十几个意象,却丝毫没有堆砌辞藻之嫌;相反,读者感到一股清新的气息扑面而来。在她的笔下,新西兰成了具有田园牧歌色彩的国度。③

又如典型的"新西兰小说"《在海湾》中对故乡的描写,能让读者真切地感受到新西

① 陈学勇编,《凌叔华文存》(上卷),四川文艺出版社,1998年,第90页。
② [英]凯瑟琳·曼斯菲尔德,陈家宁等编译,《曼斯菲尔德书信日记选》,百花文艺出版社,2004年,第22页。
③ 张金凤,《曼斯菲尔德·<序曲>·新文体》,《解放军外国语学院学报》,1999年第6期,第83页。

兰的独特韵致。这里的早晨是完美无缺的：晨雾笼罩着的海湾，晶莹透明的露珠，老牧羊犬悠闲赶着羊群，羊群咆哮，牧羊人安详地走着，晨风中的金翅雀迎着朝阳梳理胸前的羽毛，荡漾闪光的海水，树叶和潮湿的黑土气味还有强烈的海水味混杂在一起……清新、美丽，一切都沉湎在朝阳的光辉中。作者把惠灵顿早晨的风光描写得轻灵、飘逸，如童话世界一般迷人。再看：

> 海水相当温暖。奇妙绝伦的透明的蓝色，配上银光点点的细沙，而海底的沙又是黄澄澄的颜色。你用脚踢一下，一团松散的金沙就会冒出来。①

十一点钟，妇女和孩子们要洗海水浴。这里有着光和色的和谐。

> 日光下射，火热地照射在细沙上面，炙烤着那些灰色的、蓝色的、黑色的和带白纹的卵石。日光还把贝壳凹窝里的小水珠吸吃干净；并使沙丘内盘来盘去的粉色牵牛花看上去浅如白色。万物静止，唯有小沙蚤除外，噼——噼——噼！它们跳个不停。②

这是中午的景象，海藻发出浓郁、潮湿的气味。一排排平房的绿色百叶窗都是关闭着的。游廊四周，围场地面，篱笆架上，到处都搭晾着游泳衣和粗条纹浴巾。灌木丛在炎热的雾气中抖动不止……光、色、味俱有，动与静同在，一幅宁静的海滨午休图。尤其是里面的细节描写，是在捕捉和记录生活中闪光的瞬间，增强了柔和雅致的色彩和神秘朦胧的气氛。

这里的夜晚是静谧的，像梦一样飘逸：

> 一小片浮云，从容不迫地飘过来把月亮掩住。在这一切昏暗的片刻里，大海的涛声深邃而恼人。浮云飘逸过去，海声又复成为空虚的低诉，宛如刚从幽暗的梦中初醒过来。万籁一片寂静。③

在曼斯菲尔德的其他新西兰小说中，也都从不同角度、不同时刻描绘出了惠灵顿的风景与情韵，如，在《起风了》《鸽子先生和夫人》《花园茶会》《布里尔小姐》《时髦婚姻》《逃避》《陌生人》《航程》，等等里面，都有对惠灵顿优美的光与色的生动描绘。曼斯菲尔德再现的是心中的惠灵顿优美的情与景，是回忆中的故乡，她以自己过去的感觉和印象写出来，但在有意无意之间，给自己的故乡罩上一层温馨、甜美的、古朴的、亲切的薄纱，充分表现了故乡山水田园的美，风俗人情的美，省略了故乡那些曾经使她苦恼过、困扰过、悲伤过的事物，把故乡的一切都述说得如梦境般，很有诗意。④

由上观之，凌叔华和曼斯菲尔德短篇小说中的景物描写具有绘画美。所不同的是，前

---

① [英]凯瑟琳·曼斯菲尔德，唐宝心、王嘉龄、李自修译，《曼斯菲尔德短篇小说集》，天津人民出版社，1982年，第56页。

② [英]凯瑟琳·曼斯菲尔德，唐宝心、王嘉龄、李自修译，《曼斯菲尔德短篇小说集》，天津人民出版社，1982年，第61页。

③ [英]凯瑟琳·曼斯菲尔德，唐宝心、王嘉龄、李自修译，《曼斯菲尔德短篇小说集》，天津人民出版社，1982年，第91页。

④ 童庆炳，《文学活动的审美维度》，高等教育出版社，2001年，第205页。

者具有中国山水画的审美趣味，后者具有西方绘画的美学特点。凌叔华短篇小说中那平实、疏淡，浓淡相济的色彩，那富有中国山水画的空蒙、悠远的意境，透露出淡雅而迷人的韵致。她的作品具有了空灵之感，并使其文章蒙上了一层朦胧永恒的色彩，增强了淡远隽永的艺术效果。她温柔含蓄的个性，娴静优雅的气质，加上中国山水画、古典诗词那幽雅静穆的意境的熏染，使她具有古代文人淡泊、宁静的情怀，在小说创作中自觉追求温婉、雅淡的美学风格。徐志摩就曾经这样评价她的小说"最恬静最耐人寻味的幽默，一种七弦琴的余韵，一种素兰在黄昏人静时微秀的清芬"（《新月》第一卷第 20 号）。而曼斯菲尔德则使用了西方印象画派的技法，捕捉瞬间的光与色的变化，捕捉动与静的典型的瞬间印象，并对景物进行印象式的描摹，有水彩画一样的鲜亮、晶莹的魅力，使其作品在明亮的光与色的烛照下变得通体透明。

二、委婉含蓄的叙述

凌叔华和曼斯菲尔德在短篇小说中经常使用诗一样的有着丰富蕴含的意象，而意象构成的含义都远远超过了形象本身。这些意象的象征性内涵，大大地丰富了作品的容量，增强了小说艺术表现张力。在这些意象中渗透了作家的感情，并凝结着或浓或淡的诗意，从而使小说叙述更为含蓄隽永。两位女作家都擅长用看似闲淡的笔调去从容地描画平淡生活中的美，用极简约的语言勾勒人物以传出人物的精神与气韵来。

（一）含蓄隽永的风格

凌叔华的短篇小说秉承了"五四"时代的抒情氛围的建构，但她抒情不是冯沅君、庐隐等人的如郁积火山爆发式的内心激情倾吐，而是大家闺秀式的，很有古典气韵的风范：含而不露，欲语还休；其人物形象也不似莎菲、子君那般大胆追求婚恋自由、勇敢地与封建势力斗争，而是那些高楼庭院、豪门巨族中的既忧愁、烦闷又贤淑温顺的太太小姐们。凌叔华小说中的大多故事都发生在"闺房""客厅""庭院"里面，这就是那个时代的绝大多数女性的主要生活空间，在"家"的"温馨"面纱下却掩藏不了其视阈狭窄的规约与限定，一个完全或相对封闭的空间里的千年家庭文化的延续。"闺房"应该是对处于封闭和枯寂状态中的未婚的旧式女子生活的一个空间象喻。从某种意义上来说，"客厅"和"庭院"是"闺房"的拓展，是已婚的旧式女性或新的知识女性的生活象征。这些特定的空间意象从整体上丰富了作品的内在意蕴，增强了作品的含蓄性，增加了小说艺术的表现力。

凌叔华的许多小说从题目到具体形象，都具有象征性。《绣枕》中的"绣枕"本身就是一个象征。绣枕，美丽绝伦，是大小姐不辞辛劳精心绣制的希望，即对美好婚姻的向往；然而，却在送到白总长家的当天就被吐炕、遭践踏。温顺柔媚的大小姐两年的闺阁等待竟化成了失望与忧愁。这本身就是一个有力的象喻，不仅暗示着男性社会对女性的粗暴蹂躏；而且也表现出了一个旧式优雅闺秀的悲剧性命运的必然性。夏志清先生认为，绣枕就是女主人公的象征。他说："《绣枕》是中国第一篇依靠着一个充满戏剧性的讽刺的象征来维持气氛的小说。在它比较狭小的范围里，这个象征与莎剧《奥赛罗》里狄斯特梦娜的手帕是可以相媲美的。"① 凌叔华用"哀其不幸"的笔调叙述故事，使文中弥漫着作者对女主人公的深深叹息与怜悯。《吃茶》中的主人公芳影，她的名字就具有很强的象征意味，即美丽的影子是虚幻的。芳影也与大小姐一样是一位古典闺房美女，虽然她比大小姐幸运，走出了"闺房"去参加一些社交活动，但是由于不了解东西方文化的差异而对殷勤、文雅的王斌产生爱慕之情，最后陷入欲说还休的烦闷之中。

《有福气的人》在庆寿的祥和氛围里，章老太太无意中得知儿媳们的孝顺全是为了哄骗她的钱财，如梦初醒，但"老太太脸上颜色依旧沉默慈和，只是走路比来时不同，刘妈扶着，觉得有些费劲"。老人所受精神打击和内心的痛苦，未给予正面浓墨渲染，只是藉刘妈觉得扶着费劲，仅此举重若轻的一笔，却暗示出老人精神面貌已经发生了巨大变化。紧接着用刘妈的一句话结束全篇"这个院子常见不到太阳，地下满是青苔，老太太留神慢点走吧。"② 话说得极其家常，可是其中蕴含的象喻却耐人寻味。"太阳不照"暗示这个院落人伦失常，而"慢点走"正是女仆对老太太今后人生之路的劝告，既不失忠心又不点破。《绣枕》《茶会以后》《小刘》《搬家》都有类似的精彩结尾，使其小说创作在结束时候产生含蓄隽永的艺术效果，让读者回味无穷。从这些小说作品里，我们都能体会出凌叔华在温馨的情愫中混合着的幽雅悲哀。

凌叔华经常以平和从容的笔调描绘慵懒平淡的家居生活，如，"火炉旁坐着一对年轻夫妇，面上都挂着酒韵，在那儿窃窃私语；室中充满了沉寂甜美的空气。"③（《酒后》）和"诗人幽泉与他的爱妻燕倩同坐在廊下，他手里拿着一本《词选》有意无心的翻看，她低头绣一张将近完工的窗帘子。"（《花之寺》）④ 在这些素淡的画面氛围中，都会给读者身临其境的感觉，感受到生活平常状态中的美。小说作品中均弥漫着平淡自然、细致清新的生活气息。

凌叔华善于用闲淡之笔叙事，让若淡若疏的有限情节从容呈现；用简约之言就勾勒出人物的外在形象，真切地传出人物的气韵与精神来。《花之寺》中的幽泉在春天感到烦闷，于是他双手托着后脑勺，哼着"良辰美景奈何天……""流水落花春去也，天上人间……"幽泉是一个诗人，脱口而出的伤春诗句出自他口，也就不觉得有酸腐气了；相反，与他的诗人身份正符，又暗合他那个时候的心境；而且还增加了小说的诗意氛围。《再见》中的筱秋要离开时，骏仁又提到要她的照片，她很委婉地拒绝了，于是他就说她心变得很快。而"她微微笑了笑，眼望着窗外。停了一回，说道，'那个雷峰塔在那里站了一千多年，现在不见了……'"⑤ 以雷峰塔倒掉的事例，来含蓄地说明一切都会变的，骏仁不是与四年前的他不一样了吗？只一句未说完的话，点到即止，含而不露，言有进而意未尽；这不仅说明知识女性的言语巧妙，同时把人物内心的失望和她温柔含蓄的性格也充分表现出来了。

---

① ［美］夏志清，《中国现代小说史》，复旦大学出版社，2005 年，第 58 页。
② 陈学勇编，《凌叔华文存》（上卷），四川文艺出版社，1998 年，第 107 页。
③ 陈学勇编，《凌叔华文存》（上卷），四川文艺出版社，1998 年，第 47 页。
④ 陈学勇编，《凌叔华文存》（上卷），四川文艺出版社，1998 年，第 91 页。
⑤ 陈学勇编，《凌叔华文存》（上卷），四川文艺出版社，1998 年，第 73 页。

凌叔华极善于从日常家庭生活中捕捉到一般人体察不到的意象，有效表达人物的内心感受和作家的主观情感，写实性极强的小说却常常让读者感到诗意化的特征。这样，既使得小说读起来含蓄隽永，同时又拓深了小说的意蕴，自然浑成而又不同凡响。所以，她的短篇小说于细致精巧中，追求诗意的抒情，酿出一种情调，写出一种感受，描绘出一种抽象的思绪；不仅以少胜多，于有限中见出无限，还虚实相生，神余言外。朱自清也认为，凌叔华写小说像她作画一样，"轻描淡写，着墨不多，而传出来的意味却很隽永"。①

（二）婉转凝练的叙述特色

曼斯菲尔德的短篇小说中常常运用象征性的意象和暗示手法，使其叙述呈现出诗歌的特质，即含蓄凝练的特点。她小说中的意象清新、随意，语言诗化，力图营造一种诗意氛围。象征是"一种形象作一种概念的习惯代表"，以一种相似物质借助于想象和灵活含蓄的手法来解释复杂事物。曼斯菲尔德通常把焦点对准某一自然景物，然后展示人物面对此景物时不自觉的反映和感受，从而暗示此景物代表人物潜意识中被压抑的情绪，一个普通的事物因此被赋予了新的意义。

《序曲》中借助丰富无比的想象，为读者创造了一个神秘含蓄的象征世界。文中的"龙舌兰"——"那棵茎干粗壮、叶片锋利的肥大植物，似乎一动不动地矗立在空中，却又牢牢地长在泥土之中，它似乎没有根而只有爪子，那卷曲的叶子里似乎隐藏着什么；没有花朵的茎干伸向天空，似乎任何风都毫不畏惧"。②对少妇琳达来说，龙舌兰象征其独立的人格。琳达对它的钟爱，暗示着她渴望摆脱作为男人附属品的地位，像那棵龙舌兰一样，作为一个独立的个体静立于生活之中。

另一个具有象征意义的意象是鸟，不同的鸟的形象揭示了不同人物迥然不同的内心世界：琳达对怀孕的厌恶，外祖母强烈而由衷的母爱，贝里尔小姐对独立自由生活的向往等。曼斯菲尔德并不对这些意象做任何的解释，而是让读者自己去领悟其中包含的象征意义，她只把客观事物和人物的主观真实并列于读者面前。在她的其他许多小说中都有丰富的意象，其中的一些典型意象具有深刻的象征意义。如，《幸福》中那开满花朵的梨树是贝莎苍白无力的幸福的象征，《萝莎蓓尔惊梦记》中的紫罗兰是萝莎蓓尔对美好爱情和生活的象喻，《阳阳和亮亮》中的美丽的大布丁代表阳阳的理想境界，《鸽子先生和夫人》中鸽子夫妇的关系预示着年轻的男女主人公的爱情会有美好的结局，《陌生人》中的那件黑色礼服暗示了女主人公与船上的某个旅客的暧昧关系，《唱歌课》中的歌词则暗示了音乐老师的心情的变化，《已故上校的女儿》中那经常敲击地面的手杖是权威和震摄力的代表，暗示着上校活着时的专制以及他在家庭中具有至高无上的地位。在《序曲》第二节中，小姑娘凯齐娅在空房间中徘徊，为了突出空寂的感觉。作者运用了几个意象"窗帘上的树影""苍蝇""小红线球"读者似乎身临其境，可体验到那种旧房子被搬弃一空的荒凉冷落之感。

---

① 朱光潜，《朱光潜全集》（第九卷），安徽教育出版社，1993年，第215页。
② [英]凯瑟琳·曼斯菲尔德，陈良廷、郑启吟等译，《曼斯菲尔德短篇小说选》，上海译文出版社，1983年，第313页。

曼斯菲尔德一般不直接说出她要表达的意思，而总是通过细节或意象暗示出她的隐含意义。例如，《我不会说法语》（*Je Ne Parle Pas Francai*）中的毛斯（Mouse）努力控制住令人疲惫的紧张，很少开口说话，她只是抓住她那双小小的灰色暖手筒，默默地敲打着它，把手紧紧地藏在里头，仿佛它是世界上唯一可以依靠的东西。这个细节很生动地表明了毛斯的孤立无援和柔弱无依的处境。《没有脾气的男人》（*The Man Without a Temperament*）中的塞尔斯拜先生（Mr. Salesby）总是不停地转动着手上那枚图章戒指。对这个细节的反复描写，突出表明了男主人公一直在犹豫是否要取下这个戒指以摆脱使他失去自由和欢乐的婚姻。《莳萝泡菜》（*A Dill Pickle*）中的维拉（Vera）突然起身离去时，她的前恋人"从桌上抓住了她的一只手套，紧紧地握着它，仿佛那样就抓住了她似的""他抚摩着那手套……""突然迅速地把手套还给了她，坐回到自己的椅子里去"。这些细节表明了他的悔恨与无可奈何的情绪。

曼斯菲尔德还经常用不同的叙述语言来重复同样的意思，或者使同一句话在小说中不同时刻出现，以造成诗歌似的一唱三叹的艺术效果，在间断的反复中营造出蕴藉含蓄的意境。例如，《帕克妈妈的一生》中先用直接引语"我一辈子真命苦！"[1]充分展现帕克妈妈的内心想法接着又以街坊邻居们的话语"她真是一辈子命苦，帕克妈妈真命苦！"[2]来进一步突出直接引语的音响效果，紧接着用一个有力的短句又重复"苦命啊！"很含蓄地表现出叙述者的感情。而且在故事的结尾部分，叙述者再一次重复"是的，的确命苦！"同一句话反复出现，这不仅使叙述语言达到了一唱三叹的音响效果，还将老人的悲叹、街坊的议论和叙述者的同情交织在一起，突出地表现了主题。在结尾部分，当帕克妈妈真想痛哭一场，她再也受不住了。"她能上哪里去呢？可是到哪里去，到哪里去呢？"[3]三个疑问句，三次重复，而且重复的频率越来越快，相隔的时间越来越短，将人物想急于找到一个地方哭一场，将一时又想不到一个合适的地方的急切心情表现得淋漓尽致。接着以三个否定句，使用了语法结构整齐的三个句子将她想到的地方一一否定了："她也不能坐在任何地方的凳子上……她不可能再到那位文人先生的寓所里去……"再以两个反问句进一步突现出她无处可去："难道真没有可以让她……难道世界上就没有一个地方可以让她……"故事在"她依然没有去处"中戛然而止，却含不尽之意于言外，让读者去思索、去回味。在这里，同样的意思，以不同的形式重复叙述，不仅使叙述语言的节奏变得低沉缓慢，使叙述调子变得有些沉重，同时形成了很强的艺术感染力。加之对人物情态和环境的描述："帕克妈妈站在那里，上上下下地看着。冰冷的风把她的围裙吹得像个气球似的鼓起来。这时又下

---

①　[英]凯瑟琳·曼斯菲尔德，陈良廷、郑启吟等译，《曼斯菲尔德短篇小说选》，上海译文出版社，1983年，第71页。

②　[英]凯瑟琳·曼斯菲尔德，陈良廷、郑启吟等译，《曼斯菲尔德短篇小说选》，上海译文出版社，1983年，第71页。

③　[英]凯瑟琳·曼斯菲尔德，陈良廷、郑启吟等译，《曼斯菲尔德短篇小说选》，上海译文出版社，1983年，第72页。

雨了。"①孤立无助的情态与凄风苦雨给故事增添了几分悲凉的气氛，而这气球似的围裙则暗示着帕克妈妈在外孙夭折后失去了生活乐趣和精神依托。叙述语言的重复、环境的烘托，这种音、情、景的融合，把帕克妈妈孤独、寂寞、极度悲伤而不能自拔的心境充分地表现出来了，并且很能引起读者的情感共鸣，对帕克妈妈一生的遭遇充满同情。此处的语言有疏淡素雅之韵，优美的文笔中饱含着作者真切的同情与怜悯。

曼斯菲尔德非常重视"气氛和情调"，善于用艺术激情去创作一个永恒的美的艺术世界。她经常以诗一样的意象、极其微小的印象主义似的细节和叙述语言的重复来强调她所描绘的色调分明的世界、生动的形象，给读者以深刻的印象。她在平淡的叙述中营造出一种韵味无穷的含蓄的诗意氛围。

显而易见，凌叔华和曼斯菲尔德都常用具有象征意蕴的意象和细节的暗示构成一种含蓄的艺术特色，在清新、疏淡的文本中给读者留下很美、很深的印象。她们的短篇小说使用优雅、恬淡的笔调，含而不露地委婉传达她们的人生体验、生命思考、文化反思、审美意趣；仿佛是一帧帧生活的写意画，是一首首无韵的诗。

三、平和淡远的意境

凌叔华和曼斯菲尔德在小说里叙写普通事平凡人，总透出"淑女"那温柔、含蓄的个性和优雅娴静的气质，用她们雅淡的笔致创作出一种平和淡远的意境。

（一）清淡幽远的境界

凌叔华选取的题材是平和的。即使写到一些时代性强的题材，也故意淡化故事发生的时代背景。她的短篇小说中，"很少有强烈激越的悲剧，也很少有横眉怒目和剑拔弩张的气氛"。②在《等》中写到北京大学生向执政府请愿并遭到屠杀的时事，而作者却避开事情本身，把冷酷的背景逐渐推向远处从侧面写去，只写阿秋母女俩的漫长等待与知道事情真相后的巨大伤痛，没有写到请愿的场面，也没有写到残酷的屠杀现场。在文中没有激愤的控诉，仅表现为压抑的内在悲愤。事实上，这种处理却在淡远中发人深思。

有时，凌叔华故意用轻松的笔墨，或借不懂事的孩子的眼光来看待人与事。如《一件喜事》和《小英》都用孩子稚嫩的眼光来写传统婚姻制度对女性的裁害。《一件喜事》中的凤儿不明白为什么在娶新姨娘的时候五娘哭了一整天，而且还想到死。作者以孩子的困惑来间接表达对不合理的旧式婚姻制度的批判。《小英》中的小英从希望三姑姑做新娘、羡慕三姑姑做新娘时候的漂亮衣服并盼望自己也快做新娘，可是当看见三姑姑回娘家的伤心状，便天真地希望三姑姑不做新娘子了。凌叔华从孩子的视角来叙事，"钝化"和"淡化"了对旧文化的批判，于平淡中见韵味。而作者在《小刘》的结尾时只轻轻落笔：

　　我走向大门去，她母子二人跟着，到了门口，我告了别，听她教孩子说，"阿

① [英]凯瑟琳·曼斯菲尔德,陈良廷、郑启吟等译,《曼斯菲尔德短篇小说选》,上海译文出版社,1983年,第73页。
② 严家炎,《中国现代小说流派史》,人民文学出版社,1989年,第237页。

姨，再会！"

这阿姨两字的声音，又清脆，又娇嫩，分明什么时候听见过，我惘惘地一边想着一边走。①

点得很轻，但却在沉思中流露出隐隐的悲哀，这种感情和怜悯相混合，又显得温厚蕴藉。这种美学效果就酷似典型的京派风度。这也许就是严家炎在《中国现代小说流派史》中把凌叔华列为京派小说家的原因。正是这样一种审美追求，形成了其小说平和淡远或接近平和淡远的境界。正如挥向所说"至平、至淡、至无意，而实有所不能尽者"。②

她以女性温婉轻柔的笔触，用闲淡秀逸的叙述，淡雅清丽的景物描写，营造一种清淡幽远的意境。以《疯了的诗人》中的一段为例：

> 到了山脚已是太阳要落的样子，往南行了一里看见流势汩汩的浑河，附近河边的是一些插了秧儿没有几天的稻田，望去一点一点韭苗似的新绿在杏黄色肥沃的地上，河岸上一排不过一丈高的柳树，薄薄地敷了一层鹅黄，远远的衬上淡紫色的暮山，河的对岸有四五个小孩子，穿着旧红的袄子，绕着一棵大柳树捉迷迷玩，可爱的春昼余晖还照在他们小圆脸上。③

新绿的稻秧，杏黄的土地，旧红的袄子，鹅黄柳芽，淡紫暮山，春日的田园风光被描摹的层次分明，色彩丰富和谐，意境恬然悠远，充分展现了作家那小说家兼画家的艺术气质。

凌叔华在平常事普通人中，创造出一种意境。以客观写实的态度展现生活，平静而淡泊，以女性温柔的气质贯注于作品中，又出之于轻婉、细腻的笔致，不为故事中卑微的人和事失去作品的明快雅洁、气氛的清妙空灵。的确是"以素淡笔墨写平凡故事，如云林山水，落笔不多，而意境自远"。④

（二）轻淡哀婉的境界

曼斯菲尔德的短篇小说放弃以往作家以厚重生活事件所支持的写实小说表达方式，在呈片段状的叙述中营造了轻淡哀婉的境界。以其独特的视角观察描写生活、自然，使生活素材形象化、诗化。

《花园茶会》的开头：

> 天气终究是恰如人意，就是预先定制，也不会有更完美的天气来开花园茶会了。温暖和煦，没有风，也没有云，蓝天上笼着淡淡的金色的雾霭，像初夏时节那样。天刚黎明，园丁就起来修剪、清理草坪，直到整片草地和种矢菊的深色平坦的玫瑰花坛都似乎在发亮。至于玫瑰，你禁不住会觉得，它们是了解这一点

---

① 陈学勇编，《凌叔华文存》（上卷），四川文艺出版社，1998年，第158页。
② 李泽厚，《美的历程》，中国社会科学出版社，1984年，第229页。
③ 陈学勇编，《凌叔华文存》〔上卷〕，四川文艺出版社，1998年，第214页。
④ 唐强，《晦庵书话》，三联书店，1980年，第188页。

的……①

整个段落在客观描写与主观感受之间跳跃，弥漫的情绪是轻松、愉快的期待，期待一个意料之中的完美的花园茶会。以富有诗意的场景渲染，写出萝拉家的欢乐气氛，以有钱人家举办园会的喧闹气氛反衬苦难邻居不幸的凄凉处境。以巧妙地叙述结构，通过欢乐和悲伤、富裕和贫穷、幸福和忧愁、冷漠和同情的对比来深刻而含蓄地揭示现实生活的冷酷，并以细腻的心理刻画展现萝拉难以言说的心境以及对人生的思考和领悟（亲眼看见了人生的不幸、穷困和死亡）。而小说的结尾却是这样的简洁：

> "不"，罗拉哭着，"简直是神奇。不过，劳利——"她停住了，望着哥哥。"人生是不是——"但是，人生是什么，她没有说明白。没有关系。他很明白。
>
> "不是么，亲爱的？"劳利说。②

在结尾处采用简短的简单句，两个破折号，却没有任何的解释，只是只言片语的对话，却更为含蓄地暗示出主题来，让人回味无穷。在看似平淡的对话中却包含了多么深刻的人生真谛。

曼斯菲尔德的小说大都描写一天之内的事情，虽然篇幅不长，写到的时间很短，但却浓缩了人生的各样图景。她能在有限的场景中极自然地推出生活的真实，在素朴的描述中发掘人生的真谛；她能把握特殊以获得一般，创造出极富感染力的气氛；她还善于用象征和暗示手法给读者大片想象的空间，意味深长。《幸福》中反复出现的"火"这意象传递出贝莎内心那"燃烧的激情"，而开满花朵的"梨树"则传递出宁静清冷的意蕴。贝莎虽然内心似火，但她却把苍白的梨树作为自己生命的象征，从中我们可以进一步意识到她悲剧的鲜明暗示性。《序曲》中的标题就有多重含义，既意味着曼斯菲尔德的创作转变的开始，同时又意味着文中的人物在新的环境里新生活开始，还是人物生活方式的另一种开始。《花园茶会》在短短的一天时间里，就有富有与贫穷、生与死、快乐和悲伤，用对比的手法将人生的各种存在样态展示出来，大大增加了小说的容量。《起风了》则借"风"这个中心意象，用几个生活的场景把少年时期的凌乱与烦躁情绪表现得极有韵致，像一首无韵的诗。《帕克妈妈的一生》则将帕克妈妈不幸的人生浓缩在短短的一天之内，读者随着女主人公那跳跃的思绪去理解她的悲哀，虽然没有人物的大悲大痛，但是读者却能更真切地感受到人生的变化无常。在《夜阑》《毒药》《苍蝇》等小说中都蕴含着作者或浓或淡的人生感叹。

曼斯菲尔德把故事放在遥远的背景下去表现那份莫名的伤感与无奈，而表现的态度却总是那么平和那么轻淡，同时也营造出了一种哀婉、悠远的意境。就如徐志摩在《夜深时》翻译后附记中说，"我们所得的只是一种印象，一个真的，美的印象，仿佛是在冷静的溪水里看横斜的梅花影子，清切，神秘，美"。③来形容他读曼斯菲尔德小说作品的感受。陈

---

① [英]凯瑟琳·曼斯菲尔德，陈良廷、郑启吟等译，《曼斯菲尔德短篇小说选》，上海译文出版社，1983年，第1页。

② [英]凯瑟琳·曼斯菲尔德，陈良廷、郑启吟等译，《曼斯菲尔德短篇小说选》，上海译文出版社，1983年，第18页。

③ 徐志摩，《曼殊斐尔小说集》，北新书局，1927年。

源则称赞她的小说是"完全的真实"，有"水晶似的清莹"，认为"清纯"是她小说的特质。①

综上所述，凌叔华和曼斯菲尔德都以温和的笔调叙写普通常见的生活琐事，描绘庸常家居生活中的平凡的小人物；而在对这些极其平凡普通的人、事的近乎朴素的描述中，通过极精练的笔墨却传达出闲适、淡淡的哀愁和一种难以言说的心境，在诗意与理性的和谐交融中建构了一种淡远的意境，因此，构成一种颇有意味的思想与情感的美。杨义先生曾这样评价凌叔华的小说创作，"她很少刻画血与泪的人生，很少抒写峻急愤恨的感情，既没有勾魂摄魄的悲剧，也没有冠缨俱绝的狂笑，悲不欲生的感伤，感情总是那么中和。她细腻含蓄地描写女性的心灵，虽有烦愁苦闷，但总是优雅贞淑"。②曼斯菲尔德的小说大抵也有这样的特色，只不过她受西方象征主义的影响，在作品中使用了更多的意象去创造自己心灵中那具有永恒之美的神秘、悠远的意境，而凌叔华则更多地继承了中国传统文化意象，并用它们描绘出具有宋元山水画的恬适、淡远意境。

简而言之，在凌叔华和曼斯菲尔德的短篇小说里我们看到的不是汹涌澎湃的大江大河，而是小桥流水；她们小说作品中的文学形象往往是温文尔雅，端庄秀美；其语言平和淡雅，含蓄柔美。在典雅优美的风格里，蕴藉隽永的诗意氛围中，自然地营造出一种清新、宁静而淡远的意境，体现着超然不俗的韵致。她们把古典的哀婉情调与现代意识相结合，把古典的美学风格与现代西方的表现手法相衔接，使传统与现代自然交融，在具有浓厚人文气息的字里行间站立着"新淑女"气质的作家形象。

19世纪末20世纪初已经产生了现代主义，例如，与曼斯菲尔德同时代的一些的西方女作家，如勃朗特姊妹、伍尔芙等已有了现代主义色彩。而凌叔华的小说创作基本属于现实主义与唯美主义这一领域，她文中的人道主义关怀与人文气息，使作品呈现出理性主义色彩。所以，她创作中表现出来的知识理性化的温婉而忧伤的风格就显得十分独特。严格来说，中国此前没有女性文学，更没有真正意义上的平民文学（以前的主流文学是封建士大夫文学），而凌叔华填补了空白，这恰好印证了新文学的"新"意。

凌叔华短篇小说作品的特点，恰如一个标准的东方淑女，温柔而有机智，秀美而不施铅华，正如鲁迅所说的"适可而止"，③阿英说的"风格朴素，笔致秀逸"。④作为当时上流社会的名门闺秀、丹青妙手，凌叔华从她切身体验出发，通过对人情世态的描述把女性的经验从问题、呐喊和苦闷变为艺术，这正是对"五四"革命文学的一种有益的补充，这也正是凌叔华小说的价值之所在。她提醒我们，那个时代的女性，除了叛逆、追寻之外，还有那么多隐秘的、封建的、可悲可叹的方面。如果说庐隐、冯沅君等女作家的小说创作具有较强的时代性、战斗性，那么凌叔华的创作则更具女性化（淑女化）特征：温婉，优雅。她的小说像散文似的抒情诗，恬淡疏远、含蓄蕴藉。她小说作品中的"悲伤是淡的，挣扎

① 陈西滢《曼殊斐儿》，载1928年6月10日《新月》第1卷第四号。
② 杨义，《中国现代小说史》（第一卷），人民文学出版社，1986年，第288页。
③ 鲁迅，《中国新文学大系·小说二集》序，上海文艺出版社，1980年。
④ 阿英，《现代中国女作家》，北新书局，1931年，第35页。

是轻的,'反抗'是温和的,人生是温馨的"。① 而曼斯菲尔德的作品中也充分体现出一种"东方淑女"似的温和与典雅,并融合了西方文化的人本主义关怀,把人性描绘得富有情韵。

虽然凌叔华和曼斯菲尔德创作的短篇小说作品数量不多,但在文化多元化的时代能保持着一种包容的气度,在浮躁的时代能保持一种难得的定力,这本身就是一种诗意的超越。她们的作品具有恒久的审美价值,不会因为时间的流逝和时代的变换而失去其艺术光彩,总能给人以不同凡响的审美感受。她们在理性精神的观照下,以她们的纯美的艺术精品在展示一种生活方式、一种生存状态,这是日常生活中所蕴含的本质意义的东西。其中,人物的体验和感受,是人类共有的,是人类共同的文化、文学与人生体感悟,是一种共有的人生体验与感受,它超越时空、地域,带给读者永不衰竭的美感。因此,她们短篇小说表现出来的那种典雅的气质,那种朦胧隐约的悲剧意识,那种对人生冷静的谛视,那种对传统文化的疏离与认同的矛盾,那种淡远而具诗意的美学境界……都足以支撑她们在现代中西方女性小说中的独特文化蕴含和审美价值。

---

① 崔涛,《女性自我意识觉醒的叙事性文本——凌叔华小说综论》,《宜宾学院学报》,2004 年第 6 期,第 102 页。

第三章 变异与转换：李劼人与左拉的现实主义小说比较

第一节 李劼人及其作品研究介绍

一、李劼人生平及其创作简介

李劼人，1891 年 6 月 20 日生于四川成都，1962 年 12 月 24 日因病去世。他出生于一个知识分子家庭，从小接受良好的家庭文化教育。1907 年，入四川高等学堂分设中学堂学习。1912 年任《四川群报》主笔、编辑，并开始白话文小说创作，发表处女作《游园会》。随后的六年间，创作上百篇小说。五四时期，组织并主持"少年中国学会成都分会"工作，主编分会的《星期日》周刊。

1919 年 8 月李劼人去法国勤工俭学。两年后，从事研究和翻译法国文学工作。此后二十余年，陆陆续续翻译了莫泊桑的《人心》（1922 年）、都德《小物件》（1923 年）、福罗贝尔《马丹波娃利》（1925 年）、《萨郎波》（1931 年）、爱德亚-龚枯尔的《女郎爱里沙》（1934 年）、威克妥-马格利特《单身姑娘》及左拉的《梦》（1944 年）、罗曼-罗兰的《彼得与露西》（1946 年）等众多作家的作品。

李劼人不仅是中国现代重要的法国文学翻译家，同时也是中国现代著名小说家，其作品在国内外具有广泛的影响，特别是他在 20 世纪 30 年代创作的"大河小说"，奠定了其文学大师的地位。1924 年 1 月，其中篇小说《同情》出版；1926 年短篇小说《编辑室的风波》发表。1935 年 7 月，完成其代表作长篇小说《死水微澜》；第二年初，完成其"大河小说"三部曲的第二部《暴风雨前》，由中华书局出版。1937 年，完成第三部巨作《大波》。至此，被郭沫若称为"小说的近代史"的三部曲全部完成。1946 年，短篇小说集《好人家》，由中华书局出版。1947 年，长篇小说《天魔舞》在成都《新民报》上连载。中华人民共和国成立后，他除了创作一些短篇小说外，还对之前的长篇小说进行了大刀阔斧的修改。

此外，李劼人先生又是著名的实业家、民俗家、社会活动家。他开过饭馆，出任过重庆民生机器修理厂厂长职务、嘉乐纸厂董事长一职，全部身心从文学教育转向实业救国。

从其作品可以看出，李劼人对四川成都的民俗了如指掌，并颇有研究，是名副其实的民俗学者。巴金对他赞誉有加，直言"他才是成都的历史家，过去的成都都活在他的笔下"。

同时，李先生 1911 年参加过四川保路同志会，并经历了辛亥革命的全过程；中华人民共和国成立后任全国人民代表大会代表、成都市副市长、中国文联委员、四川省文联副主席、作协四川省分会副主席等职。他兢兢业业，为其社会职责殚精竭虑。

二、李劼人与法国文学之关系

李劼人先生留学法国期间，不仅系统学习法国文学作品，而且还潜心研究法国文学，特别是对福楼拜、左拉等自然主义代表作家做过深入研究，撰写了专文《法兰西自然主义以后的小说及其作家》，对他们进行独到、透彻的分析。他后来的小说创作明显受到法国文学的影响，尤其是福楼拜、左拉等自然主义作家的影响。这种事实影响关系在学界早已被公认。郭沫若在读完李劼人的三部曲后撰文《中国佐拉之待望》，称他为"中国的左拉"。郭沫若之后，20 世纪 50 年代初，中国香港著名学者曹聚仁，将李劼人小说放置于世界文学和中国现代文学的大背景之下进行研究后，充分肯定其价值和意义。中国香港著名文学史家司马长风，在《中国新文学史》（中卷）一书中，直言"李氏的风格沉实，规模宏大，长于结构，而个别人物与景物的描写又极细致生动，有直迫福楼拜、托尔斯泰的气魄"。[1] 可见，在研究李劼人小说时，往往都会将之与法国作家及作品进行联系和比较。

对于李劼人小说的研究，现在虽有许多研究者从不同角度进行挖掘，并已取得了重大成就和突破，但还有很大的研究阐释空间；尤其是在李劼人与法国自然主义文学的关系上，学术界的研究还有待丰富。"译介过大量法国自然主义文学作品的李劼人的'大河小说'，展开的是富有民族风土人情、地域色彩的历史画卷，艺术上却深得法国自然主义的精髓。"[2] 但具体在哪些方面深得精髓，如何具有文学共性的，相关的详论还有待进一步充实。

李劼人三部曲的首部《死水微澜》被誉为中国的《包法利夫人》，学界对它们之间的影响关系多有详细论述。但其第二部《暴风雨前》同样也受到法国自然主义的影响，特别是左拉的影响，学界却少有提及。对比《暴风雨前》和左拉的成名作《小酒店》这两部作品，无论是人物形象还是环境描写都有异同之处。李劼人对左拉作品既有学习、吸收，又有内化和转化，即在接受中进行了独创性的借鉴。他的主体性选择使其作品有左拉式真实细致记录社会生活的特点，注重细节刻画及环境描写的真实性和整体性以及客观、冷静地再现现实；但同时又有其独特的风格，蕴含了其特有的文化底蕴。究其原因，他创作中的创造与变形不但有历史观的制约，还有传统文学和地域意识潜在的影响，这些原因形成了他创造性接受的多重"期待视野"。他对中国历史小说传统形式进行了根本性的突破；他以崭新的结构和独特的叙述方式改变了传统文学的叙事方式；与此同时，由于他依托的巴蜀文化的地方性特色，又决定了他的小说相应地具有典型的地方风俗文化特征。

① 司马长风，《中国新文学史》（中卷），昭明出版社，1978 年，第 54 页。
② 李岫，秦林芳主编，《二十世纪中外文学交流史（上）》，河北教育出版社，2001 年，第 367 页。

由于历史的原因，中国现代文学不仅有对传统的继承，更有对西方文学的学习与借鉴。中国新文学"不能不时时取法于外国"（鲁迅语）。在取法于外国的浪潮中，取什么，如何取，怎样与既有的传统相结合，这都是当时作家们面临的难题，而李劼人成功地寻求到了答案。"李劼人的成功，正在于把外国近代的小说意识，不着痕迹地融解在东方文学的趣味和手法之中，从而形成一种开放性的，而又具有民族特色的创作个性。"①研究他与外国文学的关系，对清理中外文学关系、充分展现出中国现代文学特点都具有不可忽略的价值。将他的具体作品与外国文学作品联系起来进行比较，是研究的一个切入点，既挖掘了作品的内涵，又梳理了他受外国文学作品影响的实质，使得李劼人研究更加细致具体。

三、李劼人作品研究现状

迄今为止，相较于其他现代文学大家而言，虽然李劼人的作品仍被小众人熟知，但是研究他及其作品的学者队伍却逐渐变得庞大，也取得了不俗的成绩。除了探讨其文学翻译，还主要集中于研究他的小说创作，涉及外来影响、传统文化影响、小说的人物形象、叙述方式、文学史地位等。其实，对李劼人及其作品的研究越来越明细化、专业化。从作家的生平到作品的特色，从小说的思想到艺术，从地域文化到人物形象，从外国文学的影响到与外国作家作品的比较，这些都是学者的研究范围。而研究他的创作与法国文学的关系，毫无疑问是一个重要的方面，学界已现成果。

首先是从总体上强调李劼人及其作品与外国文学的关系。张义奇《论世界文学背景中的李劼人》（见《李劼人小说的史诗追求》）将李劼人及其作品放在现代文学与世界文学的交汇处，分析他与人道主义、弗洛伊德主义的结合，阐释作品的"现代悲剧"的美，从而指出其历史小说与传统文学和外国历史小说的不同。伍加伦的《李劼人与法国文学》（见《李劼人作品的思想与艺术》），强调李劼人在学习借鉴外国文学时，不是全盘照搬，而是有所选择和批判。此文梳理了李劼人与自然主义作家作品的关系，充分显示出其民族性和健全性。王锦厚《李劼人与外国文学》则以李劼人的生活经历为线索，按时间顺序来考察他对外国文学的接受，包括中华人民共和国成立后他对旧作的修改。得出的结论是将外国文学和传统文学结合得恰到好处。刘晓林的《论李劼人的文学选择》（见《李劼人研究》）从李劼人同法国文学的"精神联系"这一角度展开讨论，认为李劼人有选择地借鉴了法国现实主义和自然主义文学。此外，还有相关论述，如侯智坚和秦向阳的《法国文学对李劼人创作的影响》（见《潍坊高等专科学校学报》），就不再赘述。

其次是将李劼人及其作品与外国某一作家或作品进行比较，找出他们的同与异，以此揭示李劼人在创作时受到了外国作家的影响，但更多的是差异，即他的创造性接受。当然，作家的比较也是以作品为依托的。20 世纪 80 年代就有这样的比较，如艾芦《李劼人与福楼拜》（见《成都晚报》1981 年 3 月 22 日），杨继兴的《李劼人与司各特》（见《天府新论》

---

① 杨义，《中国现代小说史（第二卷）》，人民文学出版社，1998 年，第 447 页。

1989.4），阐述了作家与作品之间的关系。而具体到作品比较得多是将《死水微澜》与法国文学进行比较，值得一提的是胡丹所著的《〈死水微澜〉主题的史诗性与法国自然主义》（见《大连理工大学学报》2000.3），该文将这一作品与自然主义联系起来，认为《死水微澜》无论从反映历史的方式，还是科学写实的创作精神以及女主人公的形象塑造等方面，都深深地镌刻着法国文学、思想文化的影响。王锦厚《蔡大嫂与包法利夫人》（见《四川师院学报》1983.2）、郜元宝《影响与偏离——略谈〈死水微澜〉与〈包法利夫人〉及其他》（见《中国比较文学》2005年第1期）等将人物进行比较，后者具有独到的见解，摆脱了人物的表面化比较，而是深入文化内涵，认为从作品结构和人物形象来看确实存在影响，但李劼人更是为读者展示了中国特有的"前现代"的"异教世界"的现实生活。

在强调李劼人受法国文学影响时，不可避免地要涉及自然主义文学。他也翻译了大量的自然主义文学作品。而法国自然主义的集大成者是左拉，因此，梳理李劼人接受左拉影响的关系也有重大的意义。其实早就有人将左拉与李劼人联系起来比较或研究。最早的是郭沫若，他曾著文《中国佐拉之待望》对三部曲进行评议。由题目可知道郭沫若有意将李劼人比作中国的左拉，但文章里却并没有过多地提到他们两者的关系，只是提到一点："据刘弱水说，李的创作计划是有意仿效左拉的《鲁弓·马卡尔丛书》，每部都可以独立，但各部都互相联系。"① 正是基于此，郭沫若才称其为"中国的左拉"。著名学者曹聚仁也认为，"李劼人的写实，则是左拉型的写实"。②

由于众所周知的历史原因，自然主义在相当长的一段时间里都受到忽略，甚至鄙视。之前有学者著文极力澄清李劼人不是自然主义者，甚至没有受到自然主义的影响。如张玉林在《李劼人与法兰西现实主义》（见《李劼人小说的史诗追求》）中明确表示：对李劼人后来的写作有影响的不是左拉的自然主义，而是法兰西现实主义。然后将两者的生平、作品以及现实主义与自然主义进行比较以支撑自己的观点。戴定常的《李劼人与左拉——李劼人创作方法初探》（见《社会科学研究》1991.1），从小说的连贯性、写实、小说结构等方面得出李与左拉的相同之处，再从对自然主义理论的认识、人的属性、细节描写等方面得出他们的差异，肯定李劼人是现实主义大师。而与此相对，张冠华在《西方自然主义对中国现代作家文学观念的影响》（《焦作大学学报》2005年7月第3期）一文中，认为李劼人因自然主义文学和理论的缘故而修正改变了自己的文学观念。现在看来，争论李劼人属于现实主义还是自然主义并无多大意义。他与自然主义及其作家如左拉有着不可忽略的关系则是不争的事实。

具体到李劼人与左拉的作品，有将《暴风雨前》和《小酒店》的女性形象进行比较，如侯智坚和秦向阳的《法国文学对李劼人创作的影响》就将伍大嫂和绮尔维丝的生活、命运进行简略的比较。戴定常的《李劼人与左拉——李劼人创作方法初探》也将两部作品的

---

① 郭沫若《中国佐拉之待望》，见《李劼人选集（第一卷）》，四川人民出版社，1980年，第4页。
② 曹景行《曹聚仁对李劼人作品的评介》，见《四川作家研究（第二集）》，《四川大学学报丛刊·第十九辑》，1983年9月，第43页。

场景描写进行比较。总体说来，将李劼人与左拉的作品联系起来进行详细阐释的研究成果并不多见。

基于《暴风雨前》和《小酒店》这两部作品，接下来从人物形象、环境描写等方面来比较它们的异同，从接受美学理论中"期待视野"这一角度进一步探讨李劼人对左拉的借鉴以及他的独创性，为研究李劼人与外国文学的关系做一点补充。

虽然是将两部作品进行平行比较，但在学理上属于比较文学的影响研究，其目的是得出李劼人如何创造性地借鉴左拉；将作品进行平行比较只是实现目的的途径。因此，在方法论上将综合影响研究和平行研究，不将两者截然分开。

20 世纪 50 年代，李劼人因种种原因对自己的长篇小说进行了修改甚至重写，改写后的作品已不能如实地反映出李劼人在创作中所受到的外国文学的影响。曹聚仁"对修改后的《暴风雨前》感到失望，也是因为它'太不近左拉的风格'之故"。① 因此，为了更好地梳理李劼人的创作与左拉作品的关系，就以上海中华书局 1940 年版本的《暴风雨前》为基础进行引证论述。

第二节　人物形象的变异研究
——《暴风雨前》与《小酒店》比较

李劼人在他的《法兰西自然主义以后的小说及其作家》一文中谈到左拉写作的优点："左拉学派的长处，就是能利用实验科学的方法，不顾阅者的心理，不怕社会的非难，敢于把那黑暗的底面，赤裸裸的揭示出来。"② 这种对"真实"的追求，李劼人是极力赞成且效法的，在他的创作中就充分体现了这一点。在创作前的准备方面，李劼人也学习左拉一丝不苟地处理真实素材的态度：对真实环境进行精确地观察、记录，对有关材料进行详细的收集、整理。左拉在每创作一部作品前都必定要深入生活；李劼人对此持肯定之辞："左拉学派之所以成功，自是全赖实验科学的方法，所以写一个钱商，亦必躬入市场，置身市侩之中持筹握算，然后下笔。"③ 作为一个开放的、具有世界意识的作家来说，李劼人当仁不让地借鉴了左拉的这种态度，使自己的小说无论是人物还是环境都真实可信。他在《谈创作经验》里提到在写《暴风雨前》时，"为了反映出历史的真实，我访问了两位事中人，从他们亲身经历的事情中了解当时具体情况，并参考了周孝怀的有关争路事件的笔记……我为这件事翻了二十多万字的文件，搜集了许多证据，拜访了十几个人，而用在书中的只

---

①　曹景行《曹聚仁对李劼人作品的评介》，见《四川作家研究（第二集）》，《四川大学学报丛刊·第十九辑》，1983 年 9 月，第 43 页。

②　李劼人，《李劼人选集（第五卷）》，四川文艺出版社，1986 年，第 454 页。

③　李劼人，《李劼人选集（第五卷）》，四川文艺出版社，1986 年，第 454 页。

有一句话。"① 由此可见，李劼人在创作前是以自然主义提倡的务实态度进行精心的考证，反对对历史进行想象，尤其是杜绝凭空虚构。

李劼人对自然主义的写作态度又持中立看法，以辩证的视角，分析了左拉的短处："然而他只是着力在黑暗的正面，只管火辣辣的描写出来，对于被粉饰的社会诚不免要发生许多的影响；但毕竟何处是光明的所在？怎样才是走向光明的道路？论到这层，左拉学派就不管了，犹之医生诊病，所说的病象诚是，却不列方案。其次便是纯客观的描写，只是把实质的对象一丝不苟的写下来，仿佛编演了一段不加说明的活动电影，而心灵的对象却不涉及。"② 正因为认识到了左拉的不足之处，李劼人在创作中才不会重蹈覆辙，步其后尘；即他的创作既有左拉式的写实，同时又有非左拉式的内在描写。

《暴风雨前》这部小说，无论是人物还是环境都充分反映了当时真实的社会，这是李劼人学习左拉的体现。但他并不是盲目地借鉴左拉，而是在移植的同时进行了变形与转换，从而形成了自己独有的风格特征。

人物是小说的三要素之一。人物形象塑造是否成功，是小说成功与否的关键因素之一。因而，对小说中的人物形象进行深入研究，就是小说研究的重中之重。

左拉的代表作之一《小酒店》充分体现了其创作风格。他塑造了众多老老小小、男男女女的人物形象；展示了贫民真实的生活场景，给读者提供了一幅幅真实的生活画卷。作者的意图是"我想描写的是我们城郊的腐败的环境中一个工人家庭的不幸的衰败情况。酗酒和不事生产的结果，使家庭关系也十分恶劣，使男女杂居，无所不为，使道德的观念逐渐沦丧；到头来就是羞辱和死亡"。③《暴风雨前》"塑造了三个知识分子的典型：一个是前进的，当然是无意识的前进，它只高叫流血、革命，但革命以后该怎样办却不知道；另一个是保守的，它有一套明哲保身的处世哲学，等革命成功再来享福；再一个是摇摆不定的，代表了民族资产阶级在革命面前的两面性"。④ 从表面看来，这两部作品的人物是如此的不同，前者是关于贫民的悲惨生活，后者是动荡时代的各阶层人物的生活面貌。但正如李士文所认为的"作为艺术作品来说，在《暴风雨前》中，我以为围绕伍大嫂一家而展开的城市下层社会的生活画面，比其他部分更有艺术色彩"。⑤ 以伍大嫂家为代表的上莲池畔贫民窟的生活与《小酒店》中的贫民生活场景又是如此的相似。况且李劼人写知识分子或革命者，也是将他们融入平常生活，并无有意拔高，更不会赋予他们"英雄主义"色彩。两部小说中，相似的生活场景恰巧是一个契合点，于是就有了相似而又各有特点的人物形象。

---

① 李劼人，《李劼人选集（第五卷）》，四川文艺出版社，1986 年，第 454 页。
② 李劼人，《李劼人选集（第五卷）》，四川文艺出版社，1986 年，第 454 页。
③ 左拉，王了一译，《小酒店·作者原序》，人民文学出版社，1958 年，第 1 页。
④ 李劼人，《李劼人选集（第五卷）》，四川文艺出版社，1986 年，第 542 页。
⑤ 李士文，《李劼人的生平和创作》，四川社会科学院出版社，1986 年，第 194 页。

一、女性形象异同比较

李劼人在留学法国前的文学作品中几乎不涉及女性形象，而后创作中却塑造了众多真实可信、栩栩如生的女性人物，给读者留下了深刻的印象。无独有偶，左拉也倾心于描写、刻画女性人物形象。在《暴风雨前》和《小酒店》中，女主人公伍大嫂和绮尔维丝都过着悲惨而真实的生活，却有不同的命运。

（一）真实的人生

两位作家都真实地描写人物，记录她们的人生体验，从而揭示了社会的黑暗，暴露了人性的弱点。

1. 现实与理想间巨大的差距

伍大嫂和绮尔维丝的现实状况是贫穷的，她们有强烈的物欲追求的理想；本可靠自己的勤劳苦干摆脱现实中的贫穷，实现过上好日子的理想；可是更加糟糕的现实生活加大了贫穷，即现实和理想之间完全错位了。为了实现其理想，她们只能出卖自己，以此缩小理想与现实的差距。

两者有着相似的生活经历：她们都出身于社会底层，从小就过着艰难贫困的生活；但她们初始都勤劳能干，靠自己的双手养活自己，甚至支撑家庭。伍大嫂擅做细活，收入颇丰，能让全家人过上有滋有味的日子；绮尔维丝十岁就开始做洗衣妇，辛勤劳作；她们都有强烈的物质欲望，有丰足的理想，无奈现实的困窘一直笼罩着她们，最后两者都逐步走上了堕落之路：一个公开当上了暗娼，过着好逸恶劳的生活；一个好吃懒做，整日酗酒，走投无路，企图卖淫。

她们都憧憬能过上好的物质生活。本来追求物质享受也无可厚非，但她们的期望与她们的现实处境有巨大的差距；强烈的物欲使得她们不甘心清贫的生活，而是促使其努力追求，哪怕使用不光彩的手段达到目的也不以为耻。

伍大嫂娘家本是一个小小的粮户，不愁吃穿，无奈家道中落，只好和父亲流落在外。她的追求使父亲感到麻烦："脾气不好，动辄就抱怨吃得不好，穿得不好。"[1] 要是父亲夸耀以前的富足日子，她还狠声狠气地说："是我带累得你家运不好吗？那，你为啥子不在我小时把我整死呢？若说不忍心，把我卖给人家当丫头，我也得条生路，你也得几两银子使啦！"为了过上吃好穿好的生活，当丫头也愿意，由此可见她一直把"物"作为追求目标。这本也无可指责，关键是当这个目标与现实相差太远时，她能以什么心态对待，会以怎样的方式去达到目的。与伍大嫂相同的是，绮尔维丝也追求着物质的满足，不过她的要求要简单得多："工作，吃面包，自己有一个家，养活自己的孩子，在自己的床上死去……"[2] 再加上"不被男人打"，她只是期望能够生活在基本的生存线上。

---

① 李劼人，《暴风雨前》，中华书局，1940 年，第 100 页。
② 左拉，王了一译，《小酒店》，人民文学出版社，1958 年，第 42 页。

伍大嫂和绮尔维丝起初对生活是热切的，为过上期望中的生活而努力苦干。伍大嫂整日做活来养活全家，"她能够做细活路，……手脚又快，又做得好。……半天工夫的进项，每每比起伍太婆累七八天而后获得的还多一些。"[①] 因此，日子过得还算凑合，离她的目的又近了一些。"自伍大嫂挣钱以来一家人吃得也好。……差不多隔不上四天，总要见点荤菜，也总要喝点酒。……这日子多好过！"[②] 此时，伍大嫂内心是满足的，平衡的。可好景不长，飞来横祸，丈夫出逃，伍大嫂沦落为魏三爷的姘头。她过上了更好的物质生活，满足了吃好穿好的愿望。当她发现能通过"捷径"来实现愿望而不必辛苦劳作时，她毫不犹豫地选择了它，因此，伍大嫂又是务实的。她此时做活就"不像以前之努力，只算是遮手混光阴而已"。[③] 此时她的物欲得到了满足，但也就走上了一条不归路。从她的感叹就可以看出她思想的转变"我哩，活路是做伤了心的，指头锥破了，不够吃几天安逸饭"。[④] 为了这"安逸饭"，伍大嫂已心甘情愿被物欲控制，主动放弃了伦理道德，将自己物化、价格化，人格降格，她也就离最初的具有独立意识的那个"自我"越来越远。

绮尔维丝是一个能干的女工。她被郎第耶抛弃后，虽然伤心，但并没有消沉，而是承担起生活的重担。和古波结合后，更是把生活安排得井井有条，有吃有穿。当现有的生活超过她当初的理想，一切都有了而且更好了时，已获得满足的物欲使她忘乎所以，开始享受起生活来，甚至变得贪吃了。"古波家的节日，是要大吃特吃的，……每逢家里有了几个铜子的时候，非吃光不可。"[⑤] 后来越演越烈，在绮尔维丝生日时，居然关门停业，用偷偷摸摸进当铺换来的钱大宴食客。她过度地追求物质享乐，认为吃就是生活的全部。并且不顾逐渐显现出的窘况，也失去了一直以来所拥有的对未来的憧憬。享乐使她懒惰、堕落，最后完全无可救药。

她们的生活已经够糟糕，自己曾经已经够努力了，但祸不单行，生活又给她们当头棒喝。她们最亲近的人，比如情人及丈夫，非但没能给她们安定、富足的生活，帮助她们实习理想，反而给她们的生活雪上加霜。绮尔维丝的情人郎第耶游手好闲，好吃懒做，他的离弃反而让绮尔维丝从困境中解脱；然而他再次归来又使绮尔维丝陷入无尽的深渊中。丈夫古波一开始勤劳善良，对绮尔维丝有纯真的爱情，可后来在郎第耶的唆使下变得不可理喻。二人如魔鬼一样共同摧毁了绮尔维丝。面对他们，绮尔维丝一再忍让，然而留给自己的只有无奈。"她想起了男人们，想起了她的丈夫，想起了顾奢，想起了郎第耶；她的心碎了，绝望了，知道她是永远没有幸福的了。"[⑥] 男人们联手一起破坏了她对幸福的憧憬。她的忍让没能让她实现生活的愿望，反而对她的堕落起着推波助澜的作用。"贫困与其说是来自人们所处的生活条件，还不如说是他们的懦弱造成的……只要一点儿也不反抗，就身不由

---

① 李劼人，《暴风雨前》，中华书局，1940 年，第 109 页。
② 李劼人，《暴风雨前》，中华书局，1940 年，第 110 页。
③ 李劼人，《暴风雨前》，中华书局，1940 年，第 132 页。
④ 李劼人，《暴风雨前》，中华书局，1940 年，第 137 页。
⑤ 左拉，王了一译，《小酒店》，人民文学出版社，1958 年，第 195 页。
⑥ 左拉，王了一译，《小酒店》，人民文学出版社，1958 年，第 194 页。

己地滑向最低处。"① 但归根结底，绮尔维丝理想式的物欲追求与现实处境的巨大错位，强化了她的懦弱，也奠定了她的悲剧结局。

伍大嫂堕落的直接原因是丈夫的被迫远离、逃亡。有着"嫁汉嫁汉，穿衣吃饭"想法的她，不但不能依靠丈夫，反而还要凭己之力，供养一家大小。在那样的一个前现代中国社会里，一个女人，并且还是一个有强烈物质欲望理想的女人，肩上沉重的担子由此可见。丈夫离开后，孤苦的她更加无助；而要过安逸生活的理想并没有随着生活中苦难的增加而减少。在如此境况下，伍大嫂靠出卖自己来实现理想摆脱现实也就是顺理成章的事情。

因此，想超越现实的困苦，实现理想中的物欲生活的她们，在男人的世界里，被挤压，被物化，被侮辱，不仅不自知，还心甘情愿。因为在那样的社会现实里，生活的重负使她们逐渐走向堕落，是一种必然。

2. 情、欲、理的分离

人是情与欲的综合体，凡是正常的人都追求两者的完美结合，伍大嫂也不例外。那么，情欲与伦理在她身上又是怎样体现的呢？还在她是王四姑儿时，对父亲拒婚的反应是一顿无谓的生气，即此时情欲意识已经初步醒悟了，与伦理相矛盾。婚后，情欲自是得到了满足，但却与伦理发生了冲突。同婆婆的争吵就是这种冲突恶化的表现。后来她完全征服了婆婆和丈夫，也在某种程度上征服了传统的伦理道德。唯其如此，伍大嫂在后来追求情欲的过程中不但无人反对，反而还得到了婆婆的支持与协助。即使丈夫归来，不但不追究，反而得到了他的体谅和感激。

丈夫不在时，伍大嫂的情与欲长期处于分裂状态。她与众多的男人交往，无非是出卖"欲"以获得"物"的回报；将"欲"物化、商品化，而"情"一直是真空状态。其实伍大嫂最初也是期望在出卖"欲"时觅得真情，将两者统一起来，与吴金廷、何胖子交往中暂时达到了这一目的，只是后来遭到了无情地抛弃，情已无所依托，也就只剩下了欲。她与郝又三分别时依依不舍，看起来她似乎有真情，殊不知那是因为她在与郝的交易中得到了超乎想象的"物"。在她看来，郝又三仅是一个伦理意义上的"好人"；如果说有情，那也是恩情多于感情。不然，伍大嫂何以最后将情欲都回归到她分别数十年的丈夫身上？以至于郝又三都感叹"夫妇到底是夫妇！"② 经过长期的情、欲的分裂痛苦，伍大嫂终于将两者统一，形成统一的人格。最后还达到了情、欲、理的完美结合，重新回归自我。

相比较而言，绮尔维丝就没有那么幸运了。在丈夫堕落前，她过着接近她理想的生活。即使之前郎第耶给她带来无尽的烦恼，但她对生活仍充满了希望；她对生活的真诚态度也使人们敬佩，此时，情、欲、理是统一的。随着古波逐渐变得酗酒、好吃懒惰、对她冷淡，她终于如人们所谣传的那样：重新回到了郎第耶的怀抱。起初还有欲与理的挣扎，担心会为女儿作出坏榜样，但最终抵不过欲的诱惑、情的妥协、理的消解，完完全全使得三者趋于分离。绮尔维丝在感情上是分裂的：既有对旧情人的难以割舍，对丈夫的忍让，更有对

---

① 马克·贝尔纳，郭太初译，《左拉》，上海译文出版社，1992 年，第 49 页。
② 李劼人，《暴风雨前》，中华书局，1940 年，第 309 页。

顾奢的真挚纯洁的爱情;她在"欲"方面也是分裂的:既对旧情人投怀送抱,又对丈夫百依百顺,转过头又欺骗真心爱人顾奢;在理上,既有自责,又有对抗。当"她的淫乱的生活成为习惯"①时,她也就麻木了,行尸走肉般活着,如一头牲畜,最后卑微地死去,并没有如伍大嫂般回归自我的命运。

(二)不同的结局

两位大师都揭示出人物生存的本真状态,他们笔下的女主人公有相似的生活经历,但她们的结局却是如此的不同。左拉是自然主义作家的代表,真实地记录了绮尔维丝的生存状况:灵与肉的分离,情与欲的分裂,直到最后默默死去,也没能表现出完整的人格。李劼人极力赞同左拉如实地反映出社会的黑暗面的写作方式,所以,伍大嫂的真实生活情况也就一层一层地被作者剥离出来。各种交错的欲望使她过着畸形、痛苦的生活。造成这样的状况不仅仅是因为恶劣的社会环境,那毕竟是外因;真正起决定作用的是内因,即她们的自我选择:对形而下的追求。诚如学者所说"李劼人的小说,也和左拉的小说一样,其中的女性,都是热情的,机警的,而且能够把握现实的"。②但是,李劼人反对左拉不给读者希望的做法,因而,他不但列出了伍大嫂的"症状",还给她开出了"药方":丈夫回家,还做了官,伍大嫂退出名利场,回归家庭,做起官太太。她情、欲、理等都得到了完满的结合;一家人以大团圆结局,其乐融融。然而左拉笔下,残酷的社会现实和提倡遗传学的自然主义却限制了绮尔维丝被拯救的可能性。她周遭都是负能量场,困住她,而她的出身和性格决定了自己无能摆脱如深渊般的环境,只能无可救药而卑微地死去,从而导致和伍大嫂截然不同的结局。结局的不同,就是李劼人在学习借鉴左拉创作时的有所创新的反映。

伍大嫂和绮尔维丝都生活在充满"欲"的物质世界里,过着粗卑的生活,直到堕落都不自知。推而广之,在那样的社会不知有多少这样的人。那么有没有拯救她们的可能?作家在作品中分别都设置了拯救者形象,反映出他们的拯救思想。

二、拯救者形象异同比较

针对伍大嫂的遭遇,作者开出了"药方"。在上莲池,乃至整个社会,又有多少伍大嫂这样的下层妇女?在伍安生的眼里,"哪家的妈妈没有男朋友?"③即使在上层社会,像郝太太,郝香芸这样并不"守规矩"的太太、小姐也大有人在。所以,小说中的女性形象不同于以往受妇德束缚的传统妇女形象。"他们身上的道德缺失既是某种叛逆意识的体现,也再一次显示了历史演进过程中伦理法则的某种退却与调整。"④在新旧交替的时代,社会自有它的病状。李劼人通过"尤铁民"这个革命者形象,通过他的言行,开出了治疗社会疾病的"药方",期望拯救社会,拯救人民。左拉虽然在总体上不为社会"开药方",但在《小

---

① 左拉,王了一译,《小酒店》,人民文学出版社,1958 年,第 283 页。
② 曹聚仁,《文坛五十年》,东方出版中心,2006 年,第 252 页。
③ 李劼人,《暴风雨前》,中华书局,1940 年,第 98 页。
④ 路善全主编,《20 世纪中国文学风貌十二讲》,合肥工业大学出版社,2005 年,第 279 页。

酒店》中，塑造了一个完美的工人形象顾奢，为人们树立了幸福生活的榜样，具有警世的意义。两位具有社会责任感的作家，都不约而同地设计了拯救者，试图为社会指出一条拯救之路。

（一）英雄与凡人的统一

李劼人描述了一个知识分子成长为一个不怕流血、坚强不屈的革命者，即尤铁民。对这个人物形象的描写，在李劼人的修改本中，删改太多。不过，通过对旧版本中这一人物形象的梳理和分析，就能更充分地探讨两者间影响与被影响之关系。

尤铁民胸怀大志，为了救世，他可以抛弃一切，包括爱情，甚至生命。这样的革命者形象，符合时代的特征，也契合当时社会的主流审美意识。然而，对于这个在政治上具有先进性的时代人物，作者并没有把他塑造成一个高大的令人仰望的十全十美的革命者形象，而是代之以一个复合的形象出现：既有革命者的激情、勇往直前，又有平凡男人的七情六欲，同时又对"女人"的理解持可笑迂腐的看法。这一革命者形象，在当时乃至以后革命加恋爱模式或纯粹的革命小说创作中，可谓是别具一格：表明革命者并不是神圣的，他首先是人，有平凡人的一面，甚至猥琐的一面。作者这样刻画英雄人物，是始终如一地坚持自然主义"真实描写"原则的结果。因为要使人物显得真实可信，则必须刻画出人物是社会、时代、环境的产物，而不能不顾社会的内在逻辑而有意拔高英雄。以左拉为代表的自然主义作家在创作时，"即使是写英雄人物，也不回避其缺陷、过失，甚至不乏贬义之词"。[①]李劼人坚持的这种塑造人物方式虽有别于当时其他主流作家，但他所塑造出的"圆形人物"却体现了丰富的人性内容，显得丰满而不单一。

首先，在对待革命这个问题上，尤铁民是满腔热忱，义无反顾，并且自觉追求革命真理，丝毫不计较个人得失。在成为革命志士之前，他对时局就有比较清醒的认识，见解高于周围其他知识分子，如对待杀"廖观音"这件事，他分析出了深刻的革命道理，显然在思想上要高于其他人。相比较而言，尤铁民的思想先进得多，人生目标也高远得多，毕竟他是在为人民大众着想，为整个社会而奋斗；为了这高尚的目标，他乐此不疲，利用一切机会，就连广智小学的学生也不放过，要对他们进行革命宣传。即使面对失败，也不气馁，仍然是意气风发：

> 一肚皮的经纶，在十杯酒后，便加倍发挥起来：他目前虽然是亡命客，但他是有热血的，有本事的，他必做到统领十万大军，与满清一战。把满清推倒之后，他必专门练兵，联合日本，北打俄罗斯，西征英吉利，将中国失地收回，统一全亚，做一个东方拿破仑。[②]

何等的豪气！怎样的气魄！充满了革命的乐观精神！当然，这仅仅是酒后的"真言"，忘了现实中亡命徒的身份。

在《小酒店》中，拯救者顾奢没有这样的激情，倒是整天依靠卖弄政治而混饭吃的无

① 蒋承勇等，《欧美自然主义文学的现代阐释》，复旦大学出版社，2002年，第33页。
② 李劼人，《暴风雨前》，中华书局，1940年，第236页。

赖郎第耶有着如此的"豪情",他的"豪言壮语"与尤铁民的上述口号非常相似:

> 假使我做了政府的首脑,我先把波兰再建立起来,又创设一个斯堪的那维
> 亚的国家,来镇住北部的大国……然后我把德意志的许多小王国合成一个共和
> 国……至于说到英国,这不是什么可怕的;假使英国动一动,我就派十万军队到
> 印度去……除此而外,我要把土耳其王赶到阿拉伯去,又把教皇赶到耶路撒冷
> 去……唉,这样一来,欧洲很快就弄好了。①

有豪情固然可贵,但在空谈政治这一点上,两者显而易见是一致的!李劼人在塑造尤铁民这个革命者形象时,并不墨守成规,而是借鉴了其他反面人物,哪怕是令人不齿的无赖形象。

尤铁民的革命热情掩盖不了他对革命幼稚的见解和临危时胆怯的窘态。他认为,革命就是演说加流血:"随时随地,都在演说。就我们这次回来,只要得便,总要演说一番的。"②回国后,不顾危险的局势,不分对象,甚至对几岁的孩子进行"演说轰炸"。朋友劝他收敛一些注意安全,他还振振有词:"你莫把这事看轻了,前年……不是只在河坝里一篇演说,……就扑进城去,革起命来!"③朋友劝他秘密些,他报以轻蔑的讥笑:"我们回来,自然不是白跑的,我们是安排流血。"④当然,这些特点是时代的缩影,作者写出了当时的那一类人;同时,又展示了这一个人:在遇到危险时,他也紧张得没有了主张,听凭他曾经讥笑过的朋友为他出谋划策,与平常踌躇满志时判若两人。他到郝家避祸时,"脸上神气是那样的惊皇不安",⑤生怕郝又三将他拒之门外,对郝又三说道:"我是到你这里来躲一躲的。若你这里不方便,也不要紧,我出去自首就是了。"⑥他的话将郝又三逼到了进退两难的境地:收留吧,危险,因为他"也知道藏匿革命党的干系太大,心上有点害怕"⑦;不收留吧,他就以"要去自首"相逼。"不过要把尤铁民推出去不管,又不义气了"⑧,对不住朋友,以后还怎么做人。"自首"作为威胁郝大少爷的字眼,最终使其勉为其难地收留了他。作为一个革命者,他平时的勇气、胆量、以及为他人着想的善意,此时都消失殆尽,反而:"嘴唇全是白的,说话时不住的战动,眼睛里一种皇惑不安,而又有点疑问,有点恳求的神气,两只拉住郝又三的手,又冷又潮湿。"⑨可见,他也是一个凡人,甚至俗人,平安时说得轰轰烈烈,危难时却感到畏惧,无所适从,变相逼着求生。所以,他才是一个有血有肉的真实的人,而不是一个观念中的高大得触不可及的革命英雄。

其次,尤铁民作为一个正常人,也有人的生理本能,即七情六欲。和最常见的革命者

① 左拉,王了一译,《小酒店》,人民文学出版社,1958年,第389页。
② 李劼人,《暴风雨前》,中华书局,1940年,第195页。
③ 李劼人,《暴风雨前》,中华书局,1940年,第195页。
④ 李劼人,《暴风雨前》,中华书局,1940年,第195页。
⑤ 李劼人,《暴风雨前》,中华书局,1940年,第213页。
⑥ 李劼人,《暴风雨前》,中华书局,1940年,第213页。
⑦ 李劼人,《暴风雨前》,中华书局,1940年,第215页。
⑧ 李劼人,《暴风雨前》,中华书局,1940年,第215页。
⑨ 李劼人,《暴风雨前》,中华书局,1940年,第213页。

不一样，他对"女人"有他自己的看法。详细描写了革命者对生理的看法，明显带着左拉的特色，难怪后来修改版中要把这一部分删掉。在尤铁民眼里，女人只是一种工具，一种男子满足肉欲的工具。他的名言是："女子根本就说不上，只是重感情，少理知，又无见识，又无气魄的一种柔弱动物。"①正因为有这种心理，他才一开始就对大家闺秀郝大小姐进行挑逗，实验他的理论，以至于郝香芸情陷其中、不能自拔，主动投怀送抱。对他来说，只不过刚好验证了他关于"女人"的理论而已。因此，他主张"解放妇女"，也只是从生理方面出发，其目的也不过是更好地满足男子。且看他的宏论：

> 若果自己家里妇女是这样的，你要是明白事体的，就该赶紧把她解放出来，让她去同男子胡闹。等她闹过几个男子，她自己有了把握经验，倒会贞节起来，以后任何引诱，她都不受了。如其你加紧防范，以为可以无事了吗？殊不知才如筑堤防水，水涨堤高，而终有溃决之时。②

从表面看，他提倡解放妇女，让女人更加自主。然而他是真的为妇女考虑吗？答案是否定的，看一看他认为的解放妇女的好处就知道了："第一，少出多少谋杀亲夫以及强奸案，可以保存多少聪明妇女，传些好种；第二，男子也免得在外面胡闹得流连忘返，破产倾家不说了，还消磨了多少有志之士。"③

从这两点来看，他认为妇女无非是传宗接代、满足男人的工具。如果不解放妇女，则会导致一系列社会问题：谋杀、强奸、劣种等，就连男子堕落、不务正业、革命志士消磨了意志等都是妇女的错。归根到底，社会如此不堪，没有解放妇女是其缘由之一。尤铁民自称"是讲自由平等的人！"④平等不是凭空而谈，他认为"要讲平等，就该从男女讲起"。⑤无论从哪个时代的视角来看，他所认为的妇女解放，男女平等，岂不荒唐？

不仅如此，尤铁民更进一步地论证，女子对于男子是多么的"重要"："这因为男子对于女子，并不只要求肉欲的满足，同时还要求情感上的安慰。"那么应该如何进行情感上的安慰呢？"只要一个风流活泼的女人，对于男子知情识趣，一时嘘寒问暖，一时打情骂俏，一时端庄，一时放荡，然后才能把男子的脑经活动得起，做起任何事来，才能兴会淋漓。"⑥

原来，尤铁民认为，女人仅是男人生活的一种调剂，女人是为男人而生，为男人而活的。堂堂一个叱咤风云的革命者，却有着如此迂腐的想法。由于时代的限制，并不是每个革命者都拥有健全的男女平等观念。作者据实写来，不避讳，不因为他是革命者就不揭他的疮疤，充分体现出"这一个"人物的鲜明特点。在那个时代环境中，像尤铁民这样从封建家庭里走出来的旧知识分子，尽管有革命倾向和行动，但思想深处烙刻着腐朽的封建思想是很正常的；若将之塑造成完美的人物形象，则是超前于时代，反而显得不真实。

---

① 李劼人，《暴风雨前》，中华书局，1940年，第227页。
② 李劼人，《暴风雨前》，中华书局，1940年，第244页。
③ 李劼人，《暴风雨前》，中华书局，1940年，第244-245页。
④ 李劼人，《暴风雨前》，中华书局，1940年，第249页。
⑤ 李劼人，《暴风雨前》，中华书局，1940年，第249页。
⑥ 李劼人，《暴风雨前》，中华书局，1940年，第245页。

对女人的看法如此，那么对最珍贵的爱情又是如何看待呢？尤铁民在得到郝香芸后，为了革命事业又不得不离开他"爱"的人。他似乎拥有纯洁的爱情，只是革命在他心目中具有不可替代的位置，与它相比，儿女私情又算得了什么呢？这样理解固然好，但忽略了隐藏在"革命"背后的他对爱情的见解：

> 不过尤铁民也有他爱的解释，他说爱只是一种冲动，尤其是男女的爱，心理要求占一小半，生理要求则占一大半，两种要求若只遂意了一种，都不是以满足相手方的原欲，那时，爱的情绪，还可存在，不过久而久之，终归淡漠而至于无。但是，两者都如愿以偿了，彼此都无不足之感了，那吗，在两人当中，除了剩下来得及不值价的占有欲外，便什么爱都没有了，到这时，两人只有痛苦。因此，他把男女的爱，简直看成了痛苦的根芽，……①

作者借尤铁民这个人物形象，不带感情色彩地大段地陈述对爱情的看法，将这世间最美好的爱情碾得粉碎，使情感只剩下人的本能欲望。这种冷峻的、不涉及作者感情的写作态度，如外科医生施行手术，一步一步探究到底，这实在是左拉的风格。因此，尤铁民向郝香芸的临别倾诉显然就是一个借口，"你，我是爱的，只是我们革命党谁保得定不着人捉住了把脑壳砍下来？"②借口后面是他那有些卑微的灵魂。

尤铁民是一个复合的人物形象，"既有个性，又概括了资产阶级维新派的某些本质特征，很有时代性"。③既有革命的进步性，又有对当时社会思想的真实表现，纵然是革命者的不为人知的龌龊面，作者也毫不避嫌地将之展示出来，给读者留下真实的感受。对于尤铁民，既可以感叹他英雄的壮举，又能看到他凡夫的俗行，进而能看出他的罪恶。曹聚仁先生对李劼人做了最贴切的评价："他并没有夸张革命的英雄成分；在他的大镜子里，那些革命英雄简直是很可笑的。……革命本来有其不可见人的黑暗面，他就老老实实勾画出来了。这是他的写实手法。"④以写实手法写出的真实环境中的真实人物，就显得形象栩栩如生。

尤铁民这个人物形象，承载了"女人贞节观""爱情观""妇女生理解放"等新名词、新内容。它们或多或少地涉及左拉自然主义的核心成分：遗传、生理研究等方面。郝达三也不由得"质疑"革命者："相信他们必不是我们这里寻常人，他们的机体，总有一点与我们不同之处。"⑤涉及女人时，认为聪明妇女若如"上海书寓先生"（高等妓女）那样，则可孕育出优良的下一代；在谈爱情观时，提出了人的原欲；反对封建社会的妇女贞节观，主张妇女从生理上解放。这些都明显刻着生物进化的标签，不过李劼人无意于像左拉那样对遗传、生理现象等进行科学研究，仅仅把当时的生活现象、思想状况信笔写来。期望透过对现象的了解以达到认识社会的目的。

---

① 李劼人，《暴风雨前》，中华书局，1940 年，第 277-278 页。
② 李劼人，《暴风雨前》，中华书局，1940 年，第 257 页。
③ 钱谷融主编，《中国现代文学精解》，上海文艺出版社，1988 年，第 269 页。
④ 曹聚仁，《文坛五十年》，东方出版中心，2006 年，第 252 页。
⑤ 李劼人，《暴风雨前》，中华书局，1940 年，第 235 页。

（二）道德的模范

如果说尤铁民是以政治变革来使世人过上好日子的话，那么顾奢则是通过美德来告诉世人如何通向幸福之路。虽然"他很诚挚地关心政治，是一个维护正义和全民利益的共和党员，然而他自己并没有拿过枪"。[①] 他不愿意为资产阶级"火中取栗"，对他们的利益之争袖手旁观。他更多的是体现在日常生活中的美德，他的自我克制，让读者从那个肮脏的杂居环境里看到了一些希望。

遗传因素、酗酒、环境等在顾奢那里并没有起什么作用。不是他没有这些因素，他父亲曾因醉酒将人致死，而后在监牢里自杀。那么他为什么没有遗传到父亲的这些因素呢？答案是显然的：即自我克制。他也喝醉过："有一天他却喝醉了酒回家；不过顾奢太太并不怎样责骂他，只从柜子的深处拿出他父亲的肖像来摆在他的面前。自从这一次教训之后，他每逢饮酒只是适可而止。"[②]

他以上一辈的醉酒为诫，而不是盲目效仿，更没有放纵自己而任凭"遗传"在自己身上发挥作用。他对酒有清醒的认识："然而他并不恨酒，因为工人是需要酒的"[③]，但他能自我控制，浅尝辄止。与之相反的古波夫妇，开始极力排斥酒，后来又嗜酒如命。在这个转变中，他们自我的选择是决定性因素。如果他们也像顾奢那样自我克制，那生活就彻底不一样了。

顾奢还有许多美德：勤劳、善良、仁爱，等等。无论生活变得怎样，即使是后来由于机器的大量运用而生计越来越困难，他也没改变勤劳的品质，不像其他人那样懈怠懒散，不愿工作，徘徊于酒店之间。在绮尔维丝参观他劳动时，"他没有一点儿汗珠，很舒服地，很随便地打铁，竟像晚上在家里剪图画一般，并不费一点儿气力。"[④] 对他来说，劳动既是谋生的手段，更充分体现出一种美来。"他的周围放出了光辉，竟像一个美丽的天神。"[⑤] 在勤劳的"天神"面前，绮尔维丝感到快活，情不自禁地被感动，"在顾奢的对面，很感动地微笑着看他。"[⑥] 可是，这感动转瞬即逝，最终顾奢的勤劳对她失去了任何意义，也拯救不了她。

顾奢对别人充满了仁爱。自从父亲死后，他和母亲"脑海里常印有这个悲剧，所以他们愿意做好人补赎罪孽"[⑦]，因而他乐于助人。他帮助受伤的工友；一旦知道绮尔维丝陷入困境，便主动地帮助她，不图回报。纵然绮尔维丝堕落后，他仍然一次次慷慨解囊，毫无怨言。在感情上，他尊重女人，也尊重自己，对绮尔维丝有着纯真的感情，没有一丝杂念。纯洁的爱使绮尔维丝感到"心里很快活，觉得这样被人爱竟像圣女般受人敬爱"。当她遇

① 左拉，王了一译，《小酒店》，人民文学出版社，1958年，第108页。
② 左拉，王了一译，《小酒店》，人民文学出版社，1958年，第107页。
③ 左拉，王了一译，《小酒店》，人民文学出版社，1958年，第107页。
④ 左拉，王了一译，《小酒店》，人民文学出版社，1958年，第165页。
⑤ 左拉，王了一译，《小酒店》，人民文学出版社，1958年，第169页。
⑥ 左拉，王了一译，《小酒店》，人民文学出版社，1958年，第169页。
⑦ 左拉，王了一译，《小酒店》，人民文学出版社，1958年，第106页。

到"不如意的事情的时候,她就想起顾奢,一想起他就觉得松快了许多"。①顾奢成了绮尔维丝精神上的依靠,给她生活的勇气和力量,这正是榜样所起的作用。最后当她饥饿难耐,走上街头企图卖淫时,又是顾奢为她提供食物,再次无私地帮助了她。他那天使般的仁爱之心,让绮尔维丝既感激又惭愧。

当然,左拉没有忘记他真实地写人物的原则,就是像顾奢这样道德上完美的人物,作者同样赋予他普通人的一面。顾奢在感情上很爱绮尔维丝,十分尊敬她,但对她也有非分之想,甚至想带她私奔。两人在一起时,"这时候顾奢的全身从头至脚都在颤动,勉强离开了她,怕自己抑制不住自己的情欲,又要拥抱她"。②在私底下他为得不到绮尔维丝而哭泣,"夜里他咬着枕头,不知咬了多少次,恨不得把她领到自己的卧房里来。那时节,他一心希望得她到手",③但他用顽强的毅力克制住自己的生理本能,从而完成道德上的净化。左拉始终没有放弃对人的生理的关注,只不过他将生理作为道德的对立面,只有在生理上学会自我克制,才有可能获得美德,通向幸福的彼岸。

(三)不同的拯救途径

在左拉笔下,即使是道德上近乎完美的榜样人物,也有正常人的生理本能;同样,李劼人笔下的革命志士,也有对生理本能的注解。不过,左拉是把人的本能作为一种科学实验,通过文学作品来研究它;而李劼人只是通过人物的言行来展示当时的社会思想状况,通过生理来反映社会。两位作家所塑造的拯救者都没能拯救周围陷入泥淖的众人,然而却有各自不同的原因。

左拉是想从宗教这一维度来拯救世人,尽管他本人对宗教的态度是冷淡的。人们堕落除了环境原因外,自我也有不可推卸的责任。好吃懒做、不务实际、爱慕虚荣等人性的弱点在他们身上日益突出,充分体现出他们自身人性的劣根性。要克服这些弱点,就要有顾奢那样的自我克制,这正好符合基督教的精神。正如有学者所说的小说中所表现的罪恶:"都可以归结为屈从于人的肉体需要而缺乏节制、缺乏仁爱这两大罪恶,这也正是基督教所否定的道德罪恶范畴。……因此,左拉对巴黎的道德判断依据虽然表现出理性主义的特征,但在背后仍然存在着基督教的善恶观,这成为他潜在的参照系。"④人们生活在一个缺乏宗教信仰的自我放纵的物质世界里,无法做到自我节制,那么得不到拯救也是理所当然。以古波为例,不论是他结婚,还是为孩子洗礼,或是为死去的母亲办的葬礼,他都认为与教堂打交道是浪费钱财,得不到任何实际的好处。"不愿意把六个法郎送给教堂里那一群老乌鸦"⑤,从心底里就没有对宗教的敬仰。"古波觉得没有行洗礼的必要;行洗礼并不会给她带来一万法郎的年金,恐怕反要使她伤风。越少和神父打交道越好。"⑥他处处以金钱来

① 左拉,王了一译,《小酒店》,人民文学出版社,1958年,第152页。
② 左拉,王了一译,《小酒店》,人民文学出版社,1958年,第261页。
③ 左拉,王了一译,《小酒店》,人民文学出版社,1958年,第434页。
④ 陈晓兰,《文学中的巴黎与上海》,广西师范大学出版社,2006年,第118页。
⑤ 左拉,王了一译,《小酒店》,人民文学出版社,1958年,第64页。
⑥ 左拉,王了一译,《小酒店》,人民文学出版社,1958年,第104页。

衡量宗教，以期望得到物质利益，因而他与教士如做生意那样讨价还价。宗教已失去了它固有的精神安慰、引导的作用，丧失了它的神圣性。古波妈妈把耶稣苦难像卖了买酒喝，这对宗教简直就是一个极大的亵渎。在宗教信仰摇摇欲坠的社会环境里，宗教失去了它本身存在的价值和意义，那么它又如何能拯救那些已经堕落或即将堕落的人们？所以，一代代重复着相似的生活也是必然的。

伍大嫂生活的时代，封建社会逐渐瓦解，封建伦理道德也失去了往日的坚实地位。这又是一个无教的世界，道德的沦丧不能用宗教来挽救。当时的思想启蒙、革命斗争风起云涌，人们更关注政治。小说的"药方"是革命志士通过革命推翻封建统治，让人民当家做主，过上幸福生活。但革命真能拯救沦落的道德和社会吗？这不得而知。尤铁民关于女人的思想通过郝又三这个中介，作用于伍大嫂，不但不能拯救伍大嫂，反而将她向深渊里推了一把，使之愈陷愈深。其实，作者看到了进步的革命思想的局限性，所以，安排伍大嫂的得救是因其丈夫小有成就的归来，从此伍大嫂过上了幸福的生活。从这个大团圆结局我们看到传统文学的套路。这样固然给人以希望，但在那个动荡的时代里，伍大嫂能有这样的结局不能不说是不幸中之万幸。其他那么多的嫂嫂们（暗娼），那么多的"监视户"（公开的妓女），她们并无幸运之神眷顾，那么她们靠谁来拯救？因此，伍大嫂的拯救之路实属特例。

三、下一代形象异同比较

绮尔维丝和伍大嫂有着截然不同的结局，她们的下一代也走着不同的道路。如果说娜娜带给我们的是绝望的话，那么伍安生带来的却是希望。以往的评论大都将娜娜的堕落归咎于遗传或是环境，这不足以让人信服。娜娜和伍安生生长于同样恶劣的环境，为何人生道路却相差甚远？环境固然是一个重要因素，但是否是决定因素？

从生活场景来看，娜娜生活的巴黎贫民区与伍安生居住的上莲池相差无几，同样肮脏、贫穷、落后；他们的家庭对他们都疏于管教，因而，他们从小就喜欢淘气惹事。娜娜对其他孩子颐指气使，在孩子当中有不可动摇的地位。在幼儿园里，"她还想出了许多人们所想不到的淘气的事"。[1] 同样，伍安生在学校也是不安分。在老师眼中，"孩子极其顽皮，在讲堂上总不能规规矩矩地坐"；在课堂外，"他老是在跳、叫，又爱欺负同学"。[2] 无人管束的孩子们有机会见识了上一代人不堪的生活。对母亲的非常态生活，娜娜好奇，进而偷窥，久而久之也就不足为奇，长大后反而以母亲的生活为榜样；当绮尔维丝阻止女儿过堕落的生活时，娜娜反击道："当初你不该给我做榜样呀！"[3] 这给母亲当头棒喝，也是绝妙的讽刺。在伍安生眼里，母亲的生活是正常的，无可非议的：

> 对那些时来时去的男子，只晓得是他妈妈的男朋友。妈妈与男朋友起居说笑，自幼就看惯了，本不足怪，何况一般邻居们的年轻妈妈，又哪个没有几个男朋友

① 左拉，王了一译，《小酒店》，人民文学出版社，1958年，第153页。
② 李劼人，《暴风雨前》，中华书局，1940年，第95页。
③ 左拉，王了一译，《小酒店》，人民文学出版社，1958年，第399页。

呢? 所以更觉得是理所当然。①

那么, 他为什么没有像娜娜一样重复上一辈的生活, 而是有着充满希望的人生? 细究起来, 教育不能不是一个重要的原因。

古波夫妇始终不重视学习, 轻视知识, 更轻视教育。他们的希望就是驻足流连于物质世界, 只要吃好、喝好就足够。当然, 在他们那个拒绝拯救且充满物欲的世界里, 要想在精神上超脱简直是不可能。古波拒绝学知识, 拒绝顾奢对他的拯救。"他本该在养病的期间内学习文字; 顾奢愿意教他读书, 他竟拒绝了, 骂说知识是使人类消瘦的东西。"② 自己不学习, 也不赞成娜娜上进, 对她的教育尤其粗暴。娜娜本来漂亮能干, 表现出的"邪恶"也仅仅是对外界的好奇而已。她对美的渴求也并不过分, 她打扮得"像一束娇艳的鲜花。她显示出青春少女的美妙"。③ 但一切不利的因素阻止她追求美好生活。她受到的是嘲笑、辱骂, 甚至痛打; 即使她遭遇到误解, 对她的态度和方式依然如常。"娜娜没有犯过那样的罪却受到了痛打, 她的父亲用许多不堪入耳的话骂她, 于是她敢怒不敢言, 像一只被困的野兽。"④ 父亲的"教育"适得其反, 正因为父亲骂得太厉害了, "她因此懂了好些她所不懂得的事情"。⑤ 与其说她的堕落是因为遗传, 还不如说是因为父亲的粗俗暴虐和母亲的言传身教。尽管她有过一些对物质的期望, "她希望穿好衣服, 到饭馆里吃饭, 到戏院里看戏, 而且有一间漂亮的卧房连带着许多好家具"⑥, 但她并没有为了这种"奢望"而马上投入到别人的怀抱; 她自己还能懂得是非, 辨别黑白。然而, 她过的又是怎样的生活呢? "每天晚上娜娜一定挨打。当父亲打得疲倦了以后, 母亲又赏她几个巴掌, 教训她要品行端正。"⑦ 天天吃不饱, 冷得要死, 物质的匮乏更加激起她对富裕生活的渴求; 父母彻底的堕落使她对家庭完全绝望, 无可奈何之下, 只好去追求自己的向往。其实, 对于她的追求也无可指责, 那只是生存的基本需要。"爸爸醉了, 妈妈也醉了, 屋子里没有面包, 却充满了烧酒的毒气。总之, 一个女圣人也不愿意在这里住了……这是他们自己把她逼走的!"⑧ 对让人绝望的父母, 娜娜没有一丝留恋, 只希望能尽快地摆脱他们; 因为父母的堕落摧毁了她。娜娜的出走没有引起多少波澜, 因为"在这所房子里各家的女儿, 每月象雀鸟出笼一般地飞去了的很多"。⑨ 在一个如此不堪的罪恶世界里, 下一代自然得不到拯救; 这种缺乏教育的状况让下层社会贫苦人员更加反智, 而反智的行为带给人无边的黑暗, 甚至绝望, 毫无出路可言。难怪左拉要大力呼吁"封闭酒店, 多开学校"⑩ 了。

---

① 左拉, 王了一译, 《小酒店》, 人民文学出版社, 1958 年, 第 138 页。
② 左拉, 王了一译, 《小酒店》, 人民文学出版社, 1958 年, 第 125 页。
③ 左拉, 王了一译, 《小酒店》, 人民文学出版社, 1958 年, 第 362 页。
④ 左拉, 王了一译, 《小酒店》, 人民文学出版社, 1958 年, 第 376 页。
⑤ 左拉, 王了一译, 《小酒店》, 人民文学出版社, 1958 年, 第 377 页。
⑥ 左拉, 王了一译, 《小酒店》, 人民文学出版社, 1958 年, 第 380 页。
⑦ 左拉, 王了一译, 《小酒店》, 人民文学出版社, 1958 年, 第 380 页。
⑧ 左拉, 王了一译, 《小酒店》, 人民文学出版社, 1958 年, 第 381 页。
⑨ 左拉, 王了一译, 《小酒店》, 人民文学出版社, 1958 年, 第 382 页。
⑩ 左拉, 王了一译, 《小酒店·后记》, 人民文学出版社, 1958 年, 第 461 页。

伍安生在上莲池这样的社会里也是个例外。本来，他"成长起来，也和他父亲一样，野草般地全凭自然"[①]；还好有人留了心，伍大嫂也不愿重复伍太婆的穷困日子，于是伍安生有了学习的机会；更幸运的是，他赶上了开办学校的好时期。为了启发民智，"于是办小学堂又成了秋潮的潮头"[②]风行起来，幸运的伍安生才有机会进学堂。虽是办新学，仍然有不少人主张旧式的粗暴教育方式，幸而伍安生遇到的是有新式教育思想的郝又三，才使教育给他希望。就是目不识丁的伍大嫂，也认为"如今世道，只有学堂才是后来出身地方"，因此，劝丈夫"总不能把儿子耽误了"[③]。她想要儿子有一个美好的前程，而不能像上一代人那样无知地活着。伍平更希望儿子进学堂，将来不走自己的老路。父母的明智、社会对教育的重视，让伍安生受益无穷，许他拥有未来的机会。也不难想象，他若无机会进学堂，他将继续重复父辈的人生。

李劼人也如左拉那样认识到了教育的重要性。教育是他们对社会"对症下药"的"药方"，也是除了宗教和政治革命之外的拯救途径之一。只不过左拉通过缺乏教育的严重后果来警醒世人，而李劼人却通过实施教育而拥有新的人生期待来鼓舞大众。娜娜没享受到教育的好处，被污浊的社会洪流所吞没，前途是绝望的；而伍安生则受到教育而有崭新的人生，前途充满希望。

可见，两部小说不但开出了不同的拯救途径，又有同样的拯救方式在此不谋而合，即重视教育。

《暴风雨前》在人物的设置上很明显受到《小酒店》的影响。李劼人在刻画、描写人物时，严格遵循左拉的写实性原则，塑造出真实环境中的真实人物；他深入人物内心深处，挖掘出人物复杂的人性，显露出他们多维的人性追求。作者虽在主观上没有在人物形象身上投射感情，但客观上却起到了剖析人物灵魂、揭露社会黑暗的作用。与左拉不同的是，李劼人在对社会的认识上走得更远；他通过人物的人生轨迹及结局来传达他的认识，实践他医治社会疾病的措施。因此，在学习借鉴左拉的同时，他也坚守着自己的文学观：文学不仅能表现社会真实，还能探讨医治社会疾病的方子。

第三节　环境描写的比较研究

环境是叙事文体小说构成的三要素之一，是其他要素赖以生存的空间。没有了环境，情节将无法展开，人物失去了活动的舞台，不利于表现思想。

环境描写的好坏是小说成功与否的一个重要条件。自然主义注重环境及其与人之关系，左拉更是倡导者，曾著专文《论描写》阐述环境描写；他的环境描写细致、精确、烦

---

①　李劼人，《暴风雨前》，中华书局，1940年，第138页。
②　李劼人，《暴风雨前》，中华书局，1940年，第85页。
③　李劼人，《暴风雨前》，中华书局，1940年，第279页。

琐、反复，具有文献性特征。在这方面，李劼人借鉴左拉尤为明显，以至于显示出共同的特色即真实性。与此同时，他在接受中的主动性又使两者有相异之处。

左拉将环境界定为内部环境和外部环境。这来源于克洛德·贝纳尔的实验医学论。贝纳尔认为，"在高等生物身上，至少有两种环境需要研究，就是外部的或机体之外的环境及内部的或机体之内的环境"。[①]左拉据此认为，小说也应该描写这两种环境，"人不过是一架在遗传性和环境影响下行动的动物机器"，[②]因而描写"内部环境"，能揭示出人的遗传性这一科学领域；"外部环境"揭示外在环境对人的影响和决定作用。《小酒店》里的环境描写，就是他的"环境论"的实践结果。尽管李劼人在其《暴风雨前》也体现了他对内部环境的涉及，如郝达三对革命者身体的疑问，但并无多少实质性的内容。由文本可知李劼人并没有接受左拉的"内部环境"论。因此，将两部作品放在"外部环境"，即通常意义上的环境这一维度，比较其环境描写才有意义。

一、真实细致的环境描写

关于小说的环境描写，分类众多，众说纷纭。茅盾在20世纪20年代就总结出"小说的环境诚不外乎时、地、自然与社会的周遭三者；若详言之，则凡书中人物之服装，房屋的建筑式，室内的陈设，用品，宴饮用的酒浆肴馔，乃至樽杯上的釉彩花纹，都包括在'环境'的范围内"。[③]总的看来，有广义的环境描写和狭义的环境描写。无论哪一种，都包括自然环境描写和社会环境描写，即左拉的外部环境描写。自然环境主要包括人物活动的地点、时间、季节、气候以及景物等，社会环境类似于人文环境，含义比较广泛，涵盖"历史沿革、民族关系、人口迁徙、教育状况、风俗民情、语言乡音等"。[④]综观《小酒店》和《暴风雨前》，它们所体现出的环境内容丰富：左拉描写的是巴黎，展现的是法国社会生活；李劼人描写的是相距甚远的成都，展现的又是中国特有的社会场景，它们又有何通约性？其实，是李劼人所极力推崇的左拉的"真实性"使两者具有共通性。

"真实性"是左拉"实验小说论"的灵魂、核心，李劼人也最大限度地借鉴了这一原则，并且在创作中贯彻始终。人物塑造不仅要真实，环境描写也要求真实。正如左拉所说："使真实的人物在真实的环境里活动，给读者提供人类生活的一个片断，这便是自然主义小说的一切。"[⑤]

（一）精确详尽的自然环境描写

在两部作品的自然环境描写中，作家都极力将环境的物理特性、方位，物体的具体形态、性质等刻画得具体而精确，力求为读者展示一个与真实生活中无异的周遭世界。具体

① 柳鸣九主编，《自然主义》，中国社会科学出版社，1988年，第474页。
② 柳鸣九主编，《自然主义》，中国社会科学出版社，1988年，第482页。
③ 沈雁冰，《小说研究ABC》，上海书店，1990年，第109页。
④ 严家炎，《世纪的足音》，作家出版社，1996年，第268页。
⑤ 柳鸣九主编，《自然主义》，中国社会科学出版社，1988年，第501页。

而言，他们都惯于从数量、方位等来描写物体的大小、位置、距离的远近，给人明确的空间体验。《暴风雨前》里这样的描写比比皆是。郝又三考取了高等学堂后，上学第一天对学堂的观察，作者就描写得极其精细："地点是在南门文庙西街之西的石牛寺""百丈之远，即是城墙"，木门榜是"丈把长"，甬道是"丈把宽""宿舍分为东西南北四斋，宿舍之南便是讲堂"。[①] 作者充当了导游的角色，带领读者从外到内领略了一遍。即使简单介绍上莲池，也离不开方位"池西水浅处""池北的城墙"。[②] 其实，究竟是在哪个方位，在文学作品中并不重要，读者也不会去实地考证；但作者对真实的要求达到了极致。所以，通过作者的描写，读者知道了劝业会的茶馆"楼板离地有三丈多高"[③]。微小的郝家大花园，也是清清楚楚地呈现于眼前："不过半亩大……东边风火墙下有三间房子，两个通间，一个单间……房子外面一架朱藤，一排四盆珠兰……大丛月季，两株双瓣石榴"[④]；更不用说风景名胜之地了，作者不会"罢休"："武侯祠距离南门城二里多路……站在祠门口，向南一望，半里路外……向西则是锯齿般的雉堞，隐约于半里之外竹树影里。向东……"；[⑤] 望江楼"右边靠墙是一座长楼，题着濯锦楼，其南数十步，巍然立着一座高阁，共有五层……在阁南又是一楼"。[⑥] 于是，读者对成都的名胜古迹武侯祠、望江楼及附近的景物就一清二楚，心中自有了"丘壑"。

由以上的实例可以看出，通过具体的数字和方位来描写环境，以示其精确性，是《暴风雨前》的一大特色，并且贯穿全文始终。可以说，只要涉及自然景物，李劼人都会倾向于如此描写。相对于其他作家，哪怕是写景的高手，这一点也特别突出。

再来看看左拉的《小酒店》。和《暴风雨前》相比较，它更着重社会环境的铺陈，相应的，自然景物的描写就显得单薄一些。尽管如此，在少许的景物描写中，左拉也擅用数字和方位，将景物定格。在小说开篇，女主人公绮尔维丝醒来后仔细地打量自己的房间："房里有一个核桃木的横柜，柜上还缺少一只抽屉，又有三张麦秸垫的椅子，一张油腻的小桌子，桌子上放着一个缺口的水壶……一张铁床，竟占了全房间的三分之二。"[⑦] 呈现在读者眼前的好比一幅静物油画，精确细致。

由这些数字我们可以看出，绮尔维丝生活的困顿，作者将之表现得淋漓尽致。如果说这样详尽的描写能有助于显示出人物的生存窘况，那么对她所住的旅馆的描述就充分显示了左拉对物体物理性的精确界定："那旅馆是在教堂路，卖鱼巷的左边。这是一所三层楼的破旧房子，墙上涂的是紫红色，直到三楼……门前两个窗子中间一盏星形玻璃灯的上面，塑着黄色大字招牌。"[⑧]

① 李劼人，《暴风雨前》，中华书局，1940 年，第 78-79 页。
② 李劼人，《暴风雨前》，中华书局，1940 年，第 116-117 页。
③ 李劼人，《暴风雨前》，中华书局，1940 年，第 177 页。
④ 李劼人，《暴风雨前》，中华书局，1940 年，第 229-230 页。
⑤ 李劼人，《暴风雨前》，中华书局，1940 年，第 319-320 页。
⑥ 李劼人，《暴风雨前》，中华书局，1940 年，第 241-242 页。
⑦ 左拉，王了一译，《小酒店》，人民文学出版社，1958 年，第 1-2 页。
⑧ 左拉，王了一译，《小酒店》，人民文学出版社，1958 年，第 2 页。

《小酒店》里人群杂居的大房子是故事发生的主要地方，作者用绮尔维丝的眼光，对之进行了七次描写，每次都极其详尽。以第一次为例：

> 这所房子面临马路，共有六层楼，每层平排着十五个窗子，……楼下是四间店铺，门的右边是一家……左边是一家煤炭店，一家杂货店，另一家是雨伞店……门下有一个长廊，廊的尽头是一个大天井，天井上有一片淡白的阳光。①

像这样对住所、街道的描写随处可见。因为在这部作品里，左拉对场面、物体本身的精雕细刻达到无以复加的地步。如他对洗衣场、绮尔维丝洗衣过程长达十多页的描写，对金匠工作环境及制作过程的烦琐描写，对铁厂、制钉厂周遭环境和厂里机器的运转的描写……无一处不是细细刻画，娓娓道来。读者看了后增长了许多这方面的专业知识，对所描写的环境感觉也身临其境。用具体的数字、方位描写环境，尤其真实可信，如一幅幅临摹的素描画。对于无关紧要的物体而言，左拉也不放过，就连顾奢打铁用的铁锤的重量，左拉也写得明明白白："五斤重"。②

在描写自然环境时，李劼人采取大量的具体的数词、方位等对景物进行精确描写，从而显得尤为真实可信。这是传统文学中的白描手法所不具备的。由此可见，他创作中借鉴左拉的手法，并深受左拉"真实描写环境"观念的影响。

（二）准确烦琐的社会环境描写

社会环境涉及面甚广。要做到如描写自然环境那样精确来描写社会环境实属不易，但他们作品里的社会环境具有真实性则是显而易见的。李劼人在作品中描绘了一个具体的真实可感的成都世界，囊括了社会各个阶层的生活实况；从衣食住行到教育状况，从最下层的上莲池社会到封建仕宦家庭，从保守者到革命者……组成了一幅具有时代特色的"清明上河图"。同样，左拉描写的工人状况更是翔实，真是无所不包，就如一部巴黎工人的"大百科全书"。

上莲池社会无疑是穷苦的，伍大嫂一家仅仅是其中一个缩影；巴黎的工人也是低下的，绮尔维丝一家是其中的代表。从她们的生活状况就能了解当时的社会状况，从她们的悲惨遭遇就能洞悉人生百态。伍大嫂过得是怎样的生活呢？

> 伍家便如此的时而吵闹，时而和好，时而又在吃肉喝酒，有说有笑，时而一整天不烧火，由伍太婆出去借十几文钱，买几个黑面锅块，一壶开水，就充了饥，解了渴，如此生活，在上莲池社会里，倒是正规的，并没人稀奇。③

这种吃了上顿没下顿、毫无保障的生活折射出当时穷苦人民的整体惨状。然而，绮尔维丝家的生活情况也好不到哪里去："每星期的生意总不免差了些；而且生意不是天天一样的：生意坏的晚上大家朝着空锅子叹气，生意好的晚上大家饱吃一顿小牛肉。"④

---

① 左拉，王了一译，《小酒店》，人民文学出版社，1958年，第44页。
② 左拉，王了一译，《小酒店》，人民文学出版社，1958年，第165页。
③ 李劼人，《暴风雨前》，中华书局，1940年，第115页。
④ 左拉，王了一译，《小酒店》，人民文学出版社，1958年，第292页。

其实她们大部分时间都靠典当为生。更为严重的是，广大劳苦人民的生活都是如此，甚至越来越糟。到了冬天，他们火炉空空，盘里也一无所有。"全所房子里也怨气冲天，每一层楼都有人哭泣，悲哀的音乐充满了楼梯与走廊。"① 对悲苦的社会环境的描写，在真实性上，两位作家是惊人的相似，从中很明显能看出李劼人对左拉的效仿。正如学者所论："他受自然主义潜移默化，影响至深，以至于自己动笔时，左拉的《小酒店》《萌芽》等细腻描写下层市民的小说，幽灵似地徘徊在他的笔尖。"②

除社会背景外，两部作品里都有对衣食住行、婚丧嫁娶、节日庆典等社会习俗的描写，使得社会环境包罗万象。在描写时，不管它们多复杂，多琐碎，作者对此都津津乐道，极其细致；因而，导致环境描写具有文献的真实、细致、详尽，同时致使描写显得拖沓、繁复。

绮尔维丝初次去拜见古波家人时，为了穿着打扮花尽了心思。对她穿戴的详细描写充分反映了她对这次会面的重视，对古波及其家人的在意。她"身上一件黑长袍，加上一件黄色的羊毛印花披肩，头上戴了一顶白色小帽，帽上有一条小花边"。如此描写本是简洁的，也充分体现了绮尔维丝的近况；但接下来作者就开始烦琐的叙述："她工作了六个星期，积下了七个法郎买了一件披肩，两个法郎买了一顶小帽；那黑袍原是旧的，经她洗过，改过后，也可以将就了。"③ 这些精确的数字补充再一次让读者领略到了其真实性。这与李劼人在文中写出具体的茶钱、饭钱是多么的相似，反映出普通大众生活的本真状态。绮尔维丝的婚礼，十几位客人穿着打扮各不相同，作者也不厌其烦地将之一一写出，也不顾这样的描写是否符合主旨。后来用了整整一章来写她的生日会，从生日前的准备工作一直到众人吃喝完毕，中间还插入描写周围邻居对吃喝的羡慕及他们的表现，做了长达四十页的淋漓尽致的发挥。而李劼人更是用一系列的描写来写社会的习俗、风气；比起左拉，有过之而无不及。最典型的有郝又三的婚礼，长达八页；郝太太的丧葬，长达七页；作者用三页的篇幅来总结茶馆的三种作用。另外，出行时轿子在不同场合有不一样的走法，不同宴席菜肴也大有讲究，人物的穿戴也随着一年四季的变化而有所变化……从某种程度上来说，小说就如一本详细的旅游说明书，读来虽觉繁杂，倒也感觉身临其境，如同上了一堂生动的民俗课，从而，对成都这一特定的地域的民风、社会状况等方面有了明晰的了解与认识。因此，不得不承认，两位大师对社会环境的描写如文献资料一样确实可信。

（三）不露情感的环境描写

左拉特别重视对环境进行实录性的细节描写，要有资料式的详尽，摄影式的准确与真切；因而，必须把作者的主观情感隐藏起来，作家退出作品，让倾向和意图从作品的事实内容描述中自然而然地流露出来，在描写中不能表现出主观感情；否则，就不会有实录性的描写。自始至终，作者都要用客观的态度、无动于衷的心理来描写。李劼人推崇左拉的这一主张，并且极力实践。无论是自然环境还是社会环境，尽管能从中感受到作者的重视

---

① 左拉，王了一译，《小酒店》，人民文学出版社，1958年，第334页。
② 赵毅衡，《西出洋关》，中国电影出版社，1998年，第40页。
③ 左拉，王了一译，《小酒店》，人民文学出版社，1958年，第52页。

程度，却无法确认他们爱憎分明的情感。其实在中西文学传统上，都有写景时"寓情于景""情景交融"的主张；到了近代，王国维也曾强调"一切景语皆情语"，更不用说浪漫主义灌注于自然中的如火如荼的炽热情感；就连一向冷峻的现实主义大师如鲁迅，在描写环境时也有象征，寄予物体情感，从而对主题有所裨益。当然，自然主义本就是为反对文学上的浪漫主义应运而生的。左拉套用贝纳尔"实验是关于自然界知识的法官"这一说法，得出结论"小说家是关于人及其情欲的知识的法官"。① 既然是"法官"，那就要公正严肃；描写环境时，小说家不能带有丝毫感情色彩，只能通过观察和实验来对待环境。左拉是自然主义代表，他纯客观的写作态度尚可理解；而深受传统文学浸润的李劼人也作如是观。追本溯源，很显然，在左拉那里能找到答案。

在《小酒店》里，绮尔维丝结婚当天，所有人物都处于兴高采烈的愉悦状态。面对自然景物，然而他们仍然无动于衷；其实质就是作者不使他笔下的人物为外界所动。在他们眼里，巴黎依然是"黑水奔流⋯塞纳河里流来许多油腻的水，有些旧瓶塞子，有些蔬菜的皮，许多污秽的东西混入个漩涡，在桥洞下阴暗的水里荡漾了一会儿"。② 叙述语气客观的没有一点儿喜庆之气。即使绮尔维丝心中充满了对美好爱情的渴望，与情人幽会于郊外时，她是快乐的；可她眼中却是灰色的工厂、煤炭染黑了的街道、灰色的房子。黑色的色调，阴郁的气氛，压得人喘不过气来。此时的巴黎都是忧郁的，更何况其他时候，由此可见作者的客观态度。纵然在绮尔维丝堕落为妓女时，是何等凄惨，长达十一页的对巴黎夜晚的描写，仍无个人感情色彩。使人看不到希望，也体会不到悲观，和往常并无什么不同，一切都只是存在而已。对文中的小姑娘拉丽所处悲惨环境的描写，无情到使人不忍卒读。

李劼人描写时的客观性同样的明显。冗长的风俗描写自不必言：它们仅仅起着介绍作用，并不承载人物形象的情感，更不会体现作者的情感。其他景物描写也如出一辙。郝香芸对尤铁民情窦初开，想到书房去看他，又怕别人说闲话，左右为难，迫不得已，只好和香荃到大花园去排遣。此时的香芸百无聊赖，惆怅烦闷，又无知己，自是孤独。这要是在古典小说中，如《红楼梦》里，必将是以环境来烘托人的愁绪，以收到以景写情进而写人的效果。可香芸所看到的大花园与平日并无二异，"房子外面一架朱藤，还是那样繁密，一排四盆珠兰，已经有香气了"。③ 对其他人心不在焉，却能专心看景："花园里真静，只观音竹丛中几个白头翁在叫唤，四处都是绿荫。高柳上的蝉子已发声了。大丛月季同旁边两株双瓣石榴，也绽出了血红的红嘴。"④ 从所写的景物中看不出人物的情绪波动，更不能影射她的内心世界；在传统文学中很难找到类似这样的纯粹之景语。郝又三一行出游望江楼，在郊外感叹"风景确是不错"，可是接下来的却是对河流、楼阁的考证。一开始抒发的对风景的感慨荡然无存。小说结尾处，吴鸿赶到武侯祠送别伍大嫂一家，他看到的太阳

---

① 柳鸣九主编，《自然主义》，北京：中国社会科学出版社，1988 年，第 471 页。

② 左拉，王了一译，《小酒店》，人民文学出版社，1958 年，第 79-80 页。

③ 李劼人，《暴风雨前》，中华书局，1940 年，第 229 页。

④ 李劼人，《暴风雨前》，中华书局，1940 年，第 230 页。

"红得同鲜血一样"①，看到了市街背面的破败相。面对知心人的离去却没有一点儿离愁别恨，更没有伤感。传统文学中的伤离别之情绪在小说中并没有得到明显体现。

显然，这正是自然主义不露个人情感的描写方式。李劼人批评左拉的描写不涉及人物心灵的对象，不带情感，然而，他也受到了左拉潜在的影响，在描写景物时，趋向于纯客观描写。

二、相异的环境描写

（一）烦琐与相对简洁

虽然两部小说里都有庞大冗杂的环境描写，但较之左拉烦琐、反复、拖沓的特点，李劼人虽涉及面广，却相对较为简洁。左拉重墨描写地理意义上的环境，将巴黎从上到下，从里到外，都做了全方位的空间展示。各个工厂、手工场、各条街道、建筑物，再到屋内的布局、家具摆设，甚至小到一颗铁钉，无不给予详细描写；从听觉、视觉、嗅觉等各种感官，构筑了一个人物生存的真实空间——巴黎。其中，对贫困的可怕的极致描写，给读者留下了难以磨灭的印象。李劼人不仅勾勒了一个文学地理意义上的成都，描绘了其中一个穷人积聚地上莲池社会，还写尽了它各个阶层的各种经济、政治、文化生活，几乎无所不包。并且他增添了一系列的风俗描写，描摹了一幅社会风俗画。尽管如此，李劼人在行文时，并不像左拉的描写那样繁复、刻板、拖沓。

《小酒店》开篇，绮尔维丝打量自己所寓居的房间。以她的眼光看，房间是那么的狭窄，仅有的几件家具显示了日子的贫寒。待情人郎第耶回来，又从他的角度将房间重新打量了一次。虽有取舍，但也是足够的细致。而后，郎第耶与人私奔，绮尔维丝悲哀地回到住所，又以伤心绝望的眼神再次观察屋子。同一间屋子，在短短的故事进程里，就被仔细打量、详细描写了三次，可见其烦琐。同一环境在不同时候不同的人眼里，被重复地表现，这在小说里并不少见。就连同一环境在同一个人那里，根据场合的不同，也有反复的描写。如通过绮尔维丝的观察，对人们群居的大房子进行详细描写达七次之多，累计长达五页，接近四千字，使得读者感觉烦琐到无以复加。

而李劼人在《暴风雨前》则不同，无论是成都的气候还是风景或者地理环境，都是寥寥数语，绝不反复渲染。如对成都气候的叙述：

> 天气也很好，已经晴了两天，大家都很忧虑今天要阴雨。成都的气候，每每如此，晴了几天，必要阴雨几天，暮春尤其是多雨之季。然而今天却很好，虽然有些白云，却很薄，日影时能从中间筛射下来。②

简洁的话语就勾勒出了成都通常的天气情况及运动会当天的好天气。郝又三兄妹一起游览劝业会，同时，伍大嫂、吴鸿、葛寰中等人也都在场，要是左拉来写，恐怕会由每一

① 李劼人，《暴风雨前》，中华书局，1940 年，第 319 页。

② 李劼人，《暴风雨前》，中华书局，1940 年，第 287 页。

个人来叙述劝业会的场景，必定是面面俱到。但李劼人就只通过吴鸿的视角来描写所看到的环境，而将其他人置于环境描写的边缘。作者这样安排是有原因的：只有吴鸿是乡下人，对成都的一切都好奇并向往之，况且他一直步行，能近距离地观察到周围的环境。当郝又三带领好友尤铁民、田伯行再一次游玩劝业会，没有通过郝又三之眼来看周围环境，而是通过从未到过此处的尤铁民来感受，通过他的视角描写。因为他能以留学归国者的身份，感受成都的环境变化，能表现出成都过去和现在的立体感和纵深感。作者的安排可谓是匠心独运。只是在陈述复杂的风俗时，娓娓道来，显得有些烦琐，但还能收控自如；比之左拉，也就不显得琐碎了。

（二）不同的描写目的

左拉在理论上建构了他对环境描写的观点。他的"实验小说"至少有以下几个方面："展示在遗传和周围环境影响下，人的精神行为和肉体行为的关系；然后表现生活在他创造的生活环境中的人。"[①] 尽管环境有举足轻重的作用；环境描写是小说家的任务之一，但不是最根本的目的。左拉在论述环境描写时特别阐述了它与人物之间的关系，谴责那些不是说明人、完成人的环境描写。他批评戈缔叶"专为描写而描写而完全没有照顾到人性"；却称赞福楼拜的环境描写"最有分寸"，总是"保持在一种合理的平衡中：它并不淹没人物，而几乎总是仅限于决定人物"。[②] 即环境描写为塑造人物服务，为揭示人性做铺垫。

毫无疑问，左拉极其注重环境，因而才有了大量的环境描写。在具体的文本中，环境描写有不可替代的作用，"不只作为人物活动的背景和场所，充当了不可或缺的叙述功能，成为塑造人物形象、表现人物性格并影响故事情节发展速度和方向的潜在因素"。[③] 从繁杂的环境描写中，可以看到人物是怎样生活于其中的，命运又是如何变化的。通过内部环境，遗传的酒精力量在人物身上起作用；挣扎于肮脏的巴黎，人们一步步走向堕落，最后悲惨地死去。有了这样的环境，当然就有人性的卑劣与堕落。就拿绮尔维丝过生日这一章来说，左拉用四十页的篇幅来描写准备过程、场面，吃饭时的狼狈场景，这些都烘托出人性的弱点：贪欲、虚荣、伪善、骄奢。

当绮尔维丝还是一个纯洁、热情、对生活充满了希望的人时，她能从破败的大房子看到美好"在那些窗前所搭着的破旧衣服之间竟有些令人愉快的角落，譬如小盆里的一株丁香花，鸟笼里的几只正在歌唱的黄鸟"。[④] 由此可见她热爱生活、乐观向上、积极进取，具有美好的人性。当她堕落到令人不齿的地步时，同样是那座大房子，她看到的又是什么呢？

> 大雪落地成为白堆，墙面是深灰色，没有灯光，像已成废墟的墙壁一般；而且没有一点声息，全房都被饥寒埋葬了。染坊里流出一道秽水，在白雪里开了一道黑痕，她不得不大踏步跨了过去。这水乌黑的颜色就是她的思想的颜色。唉！

① 柳鸣九主编，《自然主义》，中国社会科学出版社，1988年，第477页。
② 柳鸣九主编，《自然主义》，中国社会科学出版社，1988年，第512页。
③ 陈晓兰，《文学中的巴黎与上海》，广西师范大学出版社，2006年，第70页。
④ 左拉，王了一译，《小酒店》，人民文学出版社，1958年，第45页。

那时候的深红浅蓝漂亮的颜色都流净了，现在只剩一洼黑水了！①

此时的景物则充分反映出女主人公的命运，也印证了作者关于环境作用的论述。

李劼人虽没有对环境描写做过理论上的详细论述，但他要写出社会历史的全貌这一意图使他在小说里做了大量的环境描写。与左拉不同，他描写的目的不是为了表现人性，也不承载为人性服务的功能，而是为了再现历史，写出历史的各个方面，从"史"的范畴来要求环境描写；因此，他的环境描写就会脱离人物，有时甚至脱离故事情节，不受其他要素的限制，具有独立的地位和作用——很难想象对婚嫁、丧葬、茶馆作用的叙述能表现人性、推动故事的发展——作者将这些描写剥离了出来，自成一体。如果去掉这些描写，丝毫不影响故事的发展，人物的塑造。塑造人物是为了反映真实的历史，描写环境同样是为了烘托历史的真实；即人物与环境在某种程度上来说是平行的，地位是平等的。显然这与左拉"环境为人性服务"的目的有着本质上的区别。

既然不以环境描写服务于人物塑造为旨归，那么李劼人在描写环境时就十分能动，不完全像左拉那样从人物形象的视角来描写环境，也很少以环境来烘托人物。伍大嫂生活在下层社会，照理说这种环境对她性格、命运乃至人性都有一定的影响，但作者并没有借鉴《小酒店》里对环境大书特书的方法来表现人物；甚至很少有直接的环境描写。从环境这一维度，感受不到穷苦人民的困境，也体会不出他们的阴暗面；相反，还有些光明所在：

晶明的太阳，时时刻刻从淡薄的云片中射下，射在已有大半池的水面上，更觉得晶光照眼。池西水浅处，一团团新荷已经长伸出水面，半展开它那颜色鲜嫩的小伞。池边几株臃肿不中绳墨的老麻柳的密叶间，正放出一派催眠的懒蝉声音。

池北的城墙，带着它整齐的雉堞，画在天际云幕上……②

这分明是一幅美丽的风景画，于此哪能看到下层社会的困境？抑或不堪的人性？

此外，在描写环境时，不仅通过人物的眼睛来看环境，还有作者主观的介绍、评论、考证，采用全知的叙述方式，多角度、多层面地描写，以期得出历史的"原生态"。试看作者对自然景物的评论："马路之左，是一条不很大的河流，有人以为那便是锦江。其实成都城郭，变迁太大，这河虽有六七丈宽的河面，显然是清初缩筑的成都城墙时才新筑的。"③这虽是文中人物吴鸿出游时所"看"到的景物，但却是作者在展示自己的历史知识；接下去才详写看到的自然景色。作者的声音于此可见一斑了。书中人物不是在游玩，倒是作者借以表现历史原貌的中介。自然景物如此，更不用说罗列的大段风俗描写了。所以，李劼人在描写环境时才能不囿于人性，反而提供了翔实的材料，筑成了一个广阔而又真实的空间。他"喜欢对环境作静态的、历史的与全方位的描写"。④当然，除了展示历史的真实外，这些描写与人物塑造和人性探讨没有必然的联系。

① 左拉，王了一译，《小酒店》，人民文学出版社，1958年，第435页
② 李劼人，《暴风雨前》，中华书局，1940年，第116-117页。
③ 李劼人，《暴风雨前》，中华书局，1940年，第174页。
④ 柳鸣九主编，《自然主义》，中国社会科学出版社，1988年，第497页。

3. "环境真实"的不同内涵

虽然环境描写最终目的都是真实，但它们的内涵却有区别。左拉在实验科学的基础上构筑了他的真实大厦，它的本质指向"知识"这一特定维度。"在作品中必须反映自然，至少是科学已为我们揭开秘密的那部分自然。我们没有权利对这部分自然进行杜撰。实验主义小说家因而是接受已证实的事实的小说家，他描写人和社会，指出科学已掌握的现象的原理。"① 所以，左拉的真实是知识学上的真实；而李劼人则强调"历史"这一层面的真实。在具体的作品中，左拉着力探讨遗传怎样决定人的气质，研究环境在人身上如何起作用；李劼人则进行考古，将历史还原，于是就有对环境的考证、解说，并使环境蕴含有文化的意味，形成一个多维的人文的历史环境。

左拉以崇尚自然科学的态度，确立了一整套与自然科学密切相关的文艺思想体系，环境论就是其重要内容之一。以自然科学为前提，将文学视为科学的奴役，那么，环境描写也不可避免地沦为研究人、社会等科学内容的奴仆。"左拉把文学与自然科学结合的重要性强调到一个从未有过的高度，以致表现出了一种要求文学从属于自然科学的倾向。"② 因此，古波夫妇才会由于血液里遗传的酒精导致他们酗酒，再加上社会环境的恶劣，组成了一个不可违抗的环境体系。它作为决定人的知识，具有不可逆性；体现在人物身上，就表现出一种命定性。所以，他们在环境面前别无选择，最终得到的必然是堕落和死亡。这是知识真实的内在性决定的。

李劼人却是通过环境描写来书写历史。他希图通过严密的论证纠正"隐在的读者"这一直存在的对历史的误读；或者告诉人们真实的历史情况，避免再误读。先看他对楼阁的叙述："九眼桥侧的古廻澜阁，据说就是张献忠剿四川时认为不祥的白塔寺，已多年是那么要圮不圮的破落户样子，却也永远没有去管它。"③

既联系历史，又关注现实中实际情形，形成时空的交错，使得读者不仅了解到物体的模样，还能了解它的历史，想象它所承载的文化内涵。再看对"薛涛井"的描写：

> 这井，也是成都近郊人造的古迹之一，传说是唐朝女校书薛涛，汲水制造花笺的水井，而此地就是当时的枇杷门巷。其实，只是一口普通的铜底水井，与河相近，河水从沙石间漫入，只算是半自然的沙滤缸。水也并不很好，只比河水干净些，而碱质仍然很重。④

以现代人的眼光看待这口井，对它的形成原因进行解释，虽有科学的含义，但重点是为了否定传说，纠正人们对井的误读，还它一个真实。因为传说不足以为凭，文中"其实"一词所体现的内容才是作者的意图所在。其他的风俗描写更是对当时社会的反映，以至学者认为，他的作品是一部内容齐全的"风俗史"。

李劼人不仅仅解构了对环境的传说，还历史真实；他还赋予环境文化韵味，使人相信

① 杨联芬，《晚清至五四：中国文学现代性的发生》，北京大学出版社，2003 年，第 289 页。
② 柳鸣九，《自然主义大师左拉》，上海文艺出版社，1989 年，第 27 页。
③ 李劼人，《暴风雨前》，中华书局，1940 年，第 240 页。
④ 李劼人，《暴风雨前》，中华书局，1940 年，第 246 页。

在这样的环境中确实发生过这样的故事，使之更显其真——不止是自然环境的真，还有人文环境的真。毕竟，历史是多元的。《暴风雨前》里有对对子、题字、历史人物故事等的渲染，从而能够感受历史的真实。对高等学堂题字描写可看到这种特色：

> 高等学堂的匾额是新的，而一副丈把长、硃漆黑字的木门榜，却还是第一批尊经高才生，湘潭王壬秋高足弟子之一，华阳名士，西蜀诗人，少有美人之称，曾为王家世妹垂青过的范于宾范二老师的手笔。①

对题字人的一系列限定修饰词强调了此人在历史上的身份，这样的气魄使你不得不相信这就是他的亲笔题字。当然，这种文化的真实性究竟有多大，人们并不会去刻意关心，但历史的真实却早已深入人心。

由此看出，左拉所追求的环境真实是西方近代崇尚科学的理性精神的产物，而李劼人的真实则是中国传统文化对历史真实的要求。

综上所述，左拉《小酒店》与李劼人《暴风雨前》在环境描写上有同又有异，这恰恰是李劼人创造性吸收的结果。在对环境进行精确、准确、细致等方面的描写上，两者无疑是采用了同样的方法；同时又精雕细刻，追求细节的真实，因而都显得烦琐，但李劼人毕竟有自己的风格。细究起来，无论是环境描写的目的还是真实性的内涵上，都有相异之处：李劼人直接表现历史的真实，左拉则是借"知识"这一领域的真实来表现人性，两者大相径庭。这一点在以往的研究中没得到足够的重视。

第四节　变形与转换：创造性接受的原因分析

一、李劼人接受左拉的三重"期待视野"

从前面两章的论述来看，李劼人的《暴风雨前》和左拉的《小酒店》在人物、环境两方面都具有真实性这一共同点，这与其"期待视野"分不开。也就是说，左拉所坚守的真实性原则契合了李劼人的"期待视野"。然而，李劼人在接受时并不是照搬，而是在借鉴、移植左拉作品时，采取了一些转换与变形。那么，是什么原因促使他进行创造性的接受？原因很多，概括起来，他所具有的"历史观念""传统文学""地域意识"这三重"期待视野"起着关键性的作用。

"期待视野"是接受美学的核心概念，是著名美学家姚斯在《文学史作为向文学理论的挑战》中，把这一概念引入文学与历史阐释。"视野"在哲学阐释学中被用以描述理解的形成过程，含义十分广泛。"视野（Horizon）"的原意是"地平线"，在这里被形象地借喻为理解的最初起点、形成理解的视野或维度、理解向未知开放的可能性前景以及理解的最初起点背后的历史和传统文化背景等；而这些都是理解必不可少的基本条件。海德格尔

① 李劼人，《暴风雨前》，中华书局，1940年，第78页。

曾把它称作"先有""先见""先识",认为正是它构成了人在历史中的存在。伽达默尔也将它称为"前理解"或"前识",用以说明人与历史发生的最直接的存在上的联系。而科学家卡尔－波普尔和社会学家卡尔－曼海姆在姚斯之前就已经将"视野"和"期待"复合使用。姚斯沿着前人的足迹,以伽达默尔的当代阐释学为其主要哲学基础,继续着"视野"的研究。在姚斯那里,作为接受美学领域内的重要概念,"期待视野主要指读者在阅读理解之前对作品显现方式的定向性期待,这种期待有一个相对确定的界域,此界域圈定了理解之可能的限度"。①也就是说,在文学接受活动中,读者已有的经验和素养等形成的对作品的一种潜在的审美期望,尤其是文学阅读经验构成的思维定向或先在结构,即读者的主观条件,它影响着读者的阅读接受及效果。这些主观条件包括接受主体在阅读中所具备的全部主观因素,如生活经验、文化素养、思想观念、性格气质以及审美理想、审美趣味和审美能力,等等。读者是文化的载体,人类文化的体现者;当他面对一部作品时,往往会带着先前阅读的影响,带着所有他已经形成的文化观念来预先框定阅读的效果。

既然"期待视野导源于读者的审美要求、艺术修养和阅读能力……是一种受文化条件和社会心理制约的审美定向"②,它就意味着接受者要从现有的条件出发,对文学作品达到自己的理解范围,那么任何接受者在阅读、接受时都要受到自己的期待视野的限制。作为左拉的接受者,李劼人当然也不例外。

李劼人接受左拉的"期待视野"具体体现在以下方面:首先是他所处的历史社会环境以及由此而决定的价值观、审美观和思想、道德、行为规范。李劼人所描写的是中国特定时期的特有的社会生活,当时的历史环境限定了他要表现的主题:人民处于水深火热之中,资产阶级革命尚未深得民心,应该如何解放社会,列出解决社会问题的方案。他对历史的看法,即"历史"这一期待视野促使他在接受时充分发挥主动性,从而具有时代特色;其次是他从过去曾阅读过的、自己熟悉的作品中获得的艺术经验,即对各种文学形式、风格、技巧的认识,具体表现在对文学传统的继承。李劼人在接触左拉作品前,就如饥似渴地阅读了大量文学作品,尤以中国古典小说为最;在创作《暴风雨前》,他已经创作了一系列短篇小说,针砭时弊,深得传统文学之精髓;最后是他自身的生活经历、受教育水平、生活状况等单体因素。对李劼人个人来说,他所处的"地域"这一期待视野对他的创造性也有不可忽视的作用。成都是他的主要舞台,他生于斯,长于斯,后来大部分时间都生活于此。正因为如此,他在作品里将这一地域之特色表现得淋漓尽致,使小说有浓厚的地方特色。③因此,李劼人能创造性地接受,基本上取决于历史、传统、地域等因素。这三重期待视野实际上就构成了一种文化制约,在接受中起主要作用。

---

① 朱立元主编,《当代西方文艺理论》(第二版),华东师范大学出版社,2005 年,第 289 页。

② 陈敬毅,《艺术王国里的上帝——姚斯〈走向接受美学〉导引》,江苏教育出版社,1990 年,第 53 — 54 页。

③ 郭宏安、章国锋、王逢振,《二十世纪西方文论研究》,中国社会科学出版社,1997 年,第 316 页。

二、关于"现代中国"的历史观念

（一）"现代中国"的界定

"现代中国"是一个广泛的概念，涵盖了经济、政治、文化、伦理等。在文学上，它通常表示五四以后的新文学所指归的"中国"这一概念。但近年来有学者提出不同意见。著名文学史家朱德发教授长期致力于"现代中国文学史"的理论研究，他主张"'现代中国'应以甲午之战后的维新变法运动作为起点，'中华民国'、中华人民共和国两个不同的历史时期，但这都是中国社会逐步实现现代化的曲折历程，也是'现代中国'日趋进步、日臻完善的演变过程。现代中国文学学科，正是建立在这样一个现代国家观念的基础之上。"[①] 杨联芬也持相似观点，正是在晚清至五四"这样一种充满深重忧患而又热烈期待的思想启蒙运动中，中国文学开始了它的现代转型"。[②] 而李劼人的《暴风雨前》正好反映了这一阶段；因而展现了"现代中国"的具体情景就不可避免。即使在今天看来，小说也确实是现代中国这一特定历史时期的真实而生动的展示。

（二）历史观念的体现

李劼人的写作目的就是反映晚清的社会现状。他曾在《死水微澜—前记》中明确提到："打算把几十年来所生活过，所切感过，所体验过的意义非常重大，当得起历史转掠点的这一段社会现象，用几部有连续性的长篇小说，一段落一段落地把它反映出来。"[③]《暴风雨前》充分反映了1901—1909年间的社会现实，时值晚清，中国无论政治经济还是思想文化都经历着大变动、大转折的时期。此时，从横向来看，国门被打开，西方势力全面入侵；从纵向来看，封建势力呈下落之势，已至崩溃的边缘。如果说这之前的中国是比较封闭的，是前现代的，那么这时的中国各方面都或多或少地出现了现代中国的征兆，至少在文学领域，现代性已经发生，将它表达出来也是当务之急；因而，作家在作品里大力渲染时代所传达出的现代性。《暴风雨前》是长篇历史小说，它所承载的"现代中国"意识尤为强烈。

这部小说生动地记录了当时的社会情景、各个阶层的生活状况和世态人情：新与旧、文明与愚昧、先进与落后、维新与革命、本土与西化之间的矛盾与冲突。而导致矛盾与冲突的原因之一就是外国的影响，这是不同于以往任何社会的显著特征。外来势力逐渐渗透并推动中国前现代社会的解体，使得国人能以现代眼光来重新衡量自己，不再夜郎自大，而且积极学习西方；但任何事物都有两面性，学习是好事，把握不好又受制于此，形成崇洋媚外的心态。李劼人将这种现象展现出来，把孕育社会中的矛盾刻画得入木三分。如最初不知"喜马拉雅"为何物的郝又三，学习新学，不仅考取新式学堂，学习数、理、化、英等外国事物，还办新学，与革命者接近，从传统的封闭的旧知识分子到自觉接受新事物

---

① 朱德发，《世界化视野中的现代中国文学》，山东教育出版社，2003年，第8页。

② 杨联芬，《晚清至五四：中国文学现代性的发生》，北京大学出版社，2003年，第2页。

③ 李劼人，《李劼人选集（第一卷）》，四川人民出版社，1980年，第3页。

的革命同情者，不能不说他是现代中国的产物。更不用说从日本回来的尤铁民、葛寰中、李举人等，无一不对日本推崇备至，一有机会就谈日本的好处。知识分子如此，平民阶层又何尝不这样：尤铁民游览劝业会时，被误认为东洋人，他的趾高气扬和众人对他毕恭毕敬的态度完全暴露出了盲目、愚昧的国民性。整个社会都不同于以往，随着社会的开放，学习国外的进程越来越快，发展农业经济，办商业，整理市政，纠正不良习俗，破除迷信，等等都付诸实践。这些举措及因之而生的思想震动，乃至社会的变化都得到了确实的再现。

外国势力对现代中国的入侵丝毫没有放松，宗教的渗透就是其中之一。在现代中国，外国宗教势力好比一个独立的权力系统，凌驾于统治政府之上，具有至上的权力。具体说来，它能改变人的命运：伍大嫂一家的骨肉分离就是其印证；它还能剥夺人的生命：不知有多少平民百姓因为教案而枉送性命。作者通过人物之言语充分反映了当时外国教会的猖狂："洋人全在制台衙门里守着，要制台赔款办人，若其不然，洋兵就要开来。制台同将军也奉了圣旨，叫从严办理。"[①] 政府的懦弱，外国宗教势力的蛮横无理，对中国人民主权的轻视，对尊严的践踏，由此可见一斑。果然，后来教案牵涉之广，危害之大，实在是今人难以想象的。人们对教案的认识也是茫然的：虽能体会到不公，但并不知情，更不用说理解了。做过袍哥、见过世面的魏三爷也只能说出："教案，骇人啦！你默道是平常的青衣案、红衣案么？我从华阳县衙门听来，上头的意思，是要照大逆不道的罪名办的。"[②] 一个教案，反映的却是当时的社会状况，体现了人们水深火热的处境，这是现代中国的一大显著特征。

外来势力不断扩大，冲击着人们的思想，相应地，传统思想的控制必然弱化，传统的封建伦理道德也趋于解体。生活已不再按照传统的既定模式按部就班。相对于政治、经济来说，思想的变化、伦理道德的逐渐消解有着超前性。伍大嫂敢与婆婆顶撞，向丈夫要横，光明正大地卖淫养家；一家人与情人、姘夫和平相处，过着有情有义、正常的家庭生活。这种现象在前现代社会里是难以见到的，但在现代中国却是普遍现象，见惯不惊；伍大嫂的同道中人就不在少数。就连官宦世家郝家也不例外，郝太太、郝大小姐同样不受贞节观的束缚。这样一来，完全打破了旧有的伦理秩序，构建了新型的人伦关系：经济决定人伦。纵观文学史，不得不慨叹李劼人对现代中国的实情看得之真、之准，领悟得之透彻。

外国影响还体现在思想的启蒙上。面对中国的落后、懦弱，有志之士积极地寻求救国之道，于是，保守、维新、救亡与革命就成了当下最时尚的话题，也是社会最紧要的任务。以尤铁民为代表的旧知识分子转型为革命者，这也是现代中国现代性发展的必然结果。革命者针对爱新觉罗氏的革命，并没有针对外国势力，这也是当时社会的现状。革命组成了小说的另一条线索，成了小说表现的一个重要内容。革命者既有理性主义的光辉，又有封建思想的余孽；既有勇敢的斗争精神，又有庸俗卑微的心理；既有豪情壮语，又显得夸夸其谈。这些早期革命者的特点作者都一一刻画，显示出那个特定环境的特征。李劼人"在

---

① 李劼人，《暴风雨前》，中华书局，1940 年，第 122 页。
② 李劼人，《暴风雨前》，中华书局，1940 年，第 125 页。

历史精神上继承了法国 19 世纪小说的'当代史'情怀"，① 塑造了具有现代中国特点时空的革命者。

在这个特定的时代，人民受着传统和外来的双重束缚，处境极其艰难；封建道德衰落，被遮蔽的人性得以彰显，这也是时代的要求。李劼人根植于时代，将它们表现得都很充分。面对灾难深重的下层人民，作者力图找到症结所在，然后列出方案。现代中国的时代性与特殊性使他从多方面入手去寻找原因，找答案；而不是像左拉那样着力于外部恶劣的生存环境和遗传的内部环境。同样是恶劣的生存环境，伍大嫂的处世方式和结局与绮尔维丝为何有这么大的差异？原因之一是李劼人深谙内忧外患的现代中国的时代性，并赋予人物在那特定的"现代中国"环境下充分展现人性的平台；力求为当时人物找到最切近实际的解救方案，而不是浑浑噩噩，毫无办法。简而言之，多变的、动荡不安的现代中国迫切需要探讨出路，而左拉的遗传理论在这里毫无用武之地。因此，李劼人在列出方案时从根本上舍弃了左拉的内部环境和悲惨的死亡之路，而是立足于当时的历史对左拉作品进行创造性地接受，表现的是"现代中国"的社会生活，而不同于左拉笔下的巴黎场景及人物。

三、传统文学的"前理解"

"前理解"是阐释学中的概念。海德格尔对之有所提及："对本文的理解永远都是被前理解的先把握获得所规定。"② 布尔特曼也有所论述："所有理解都预先假定了解释者和本文之间存在着一种生命联系，解释者与他从本文中得知的事情之间有一种先行的关联。"③ 布尔特曼把这种阐释学前提称之为"前理解"，"因为它显然不是通过理解过程得到的，而是已经被预先设定。"④ 伽达默尔综合海德格尔关于"理解"的解释，用之表示人们在理解时的被规定性。主体在理解前，会被一定的历史、文化传统所先行规定，主体的经验、习惯等也会为接受新事物确立参照系统。因此，这些都是主体的"前理解"所包含的内容。李劼人在接受左拉前，他受传统文学影响至深；传统文学也就构成了他"前理解"的范畴。

据郭沫若回忆，李劼人在中学时就非常爱好读小说，"在当时凡是可以命名为小说而能够到手的东西，无论新旧，无论文白，无论著译，他似乎是没有不读的"。⑤ 由此可明确推断，李劼人一定是熟读了中国传统小说；从他在作品中所体现出的学识涵养来看，也的确如此，传统文化底蕴异常厚重。那么有着深厚传统文化背景的他留法期间为何对自然主义文学情有独钟，以至于在以后的创作中不由自主地借鉴了左拉等人的作品呢？因为传统文学与自然主义文学有某种通约性，如在重视真实性、讲究描摹环境、刻画细节等方面（尤其是中国传统白话长篇小说成就最高），两者的一些共通性才使得后者在一定程度上符合

---

① 　杨联芬，《晚清至五四：中国文学现代性的发生》，北京大学出版社，2003 年，第 279 页。

② 　加达默尔，洪汉鼎译，《真理与方法（上卷）》，上海译文出版社，2004 年，第 379 页。

③ 　加达默尔，洪汉鼎译，《真理与方法（上卷）》，上海译文出版社，2004 年，第 429 页。

④ 　加达默尔，洪汉鼎译，《真理与方法（上卷）》，上海译文出版社，2004 年，第 429 页。

⑤ 　郭沫若，《中国左拉之待望》，见《李劼人选集（第一卷）》，四川人民出版社，1980 年，第 7 页。

李劼人传统文学的"前理解"。虽然此"前理解"为他提供了借鉴的可能，但传统文学根深蒂固的影响又使得他在借鉴时必有所转换。郭沫若提到小说"唯一的缺点是笔调的'稍嫌旧式'"①。这"旧式"其实就是李劼人受传统文学影响的痕迹，是他"前理解"的具体体现。

（一）传统的文学功能

传统文学的影响首先体现在对文学功能的理解、继承上。在传统文学里，儒家思想一直居于主要地位。自古以来，文学的功能就是为正统思想服务，这就是传统文学中占主要地位的文学功能观。从最早的"诗言志"、《左传》的"立言"，到孔子的"兴观群怨"说，就奠定了文学的功能；从曹丕的"盖文章，乃经国之大业，不朽之盛事"，一直到近代的文学革命，无一不是蕴含着文学为社会政治、思想服务的观念。当然，此观念主要是针对传统文学的正宗——诗文而言的；对于起源于"街谈巷语"的小说来说，要求虽不那么严格，但也没能脱离这种文学功能观的规定。从街谈俚语到唐传奇，宋元话本，再到明清小说，内容形式也在不断发生变化，它所承载的功能却始终没有改变，到了近代反而有所强化。梁启超在其《论小说与群治之关系》中将小说的功能拔高到前所未有的地步。由此可见，小说负担着启蒙的重任，在功能上也就没能偏离传统既定的轨道，五四以后的小说尤以为甚。

儒家思想是入世的。深受传统文学浸润的李劼人汲取了传统思想之精髓，主张文学有益于社会，因此，他才会批评左拉只管描写黑暗而不列出解决问题的方案。为社会服务的文学观内在的要求作家：在面对一切黑暗时，他们入世的态度要作出相应的举措，尽管有时作者也显得力不从心。李劼人在《暴风雨前》里一再地"开药方"，为各个人物找光明的出路，还欲揭示历史发展的原因与走向；不像《小酒店》那样只列出事实，不分析原因，更不指出明确的道路，以致人物命运都是凄惨而不可救药的。

李劼人为所有的人物都安排了出路，小说可谓是大团圆结局。不用说上层知识分子办学的办学，做官的做官，革命的依旧革命；纵然是堕入深渊的伍大嫂，最后也回归到正途，与丈夫团聚，吃穿不愁，还过上了军官太太的生活。且先不论这是否可行，从这个皆大欢喜的结局中就能看到传统文学的影子。将它与左拉的作品一比较，就可将之视为有些学者反复论证的"中国无悲剧"的个案例证。中国小说是注重大团圆结局的，就是经典名著也不例外。水浒英雄接受招安，与朝廷融洽相处；一部《西游记》使众多人、神修成正果；即使被认为是悲剧的《红楼梦》，也续上贾家将要昌明发达的结尾。胡适先生说："中国文学最缺乏的是悲剧观念，无论是小说，是戏剧，总是一个美满的团圆。"②伍大嫂的完美结局确实给读者安慰和希望；但如果细究这个"药方"就会忍不住问：设若伍平战死，那伍大嫂的结局又将如何？会比绮尔维丝好吗？或者伍平一无所成地回来，生活不是又恢复到了以前的窘况？命运又将怎样？这样的结局虽不是作者和读者愿意看到的；然而在那个动荡多变的现代中国，这也是再平常不过的事。况且其他的那么多"大嫂们"是否也这么幸

① 郭沫若，《中国左拉之待望》，见《李劼人选集（第一卷）》，四川人民出版社，1980 年，第 6 页。
② 钱理群，《心灵的探询》，上海文艺出版社，1988 年，第 329 页。

运？这些恐怕是作者忽略或不愿正视的，因为于事无补，于社会无益。由此可见，李劼人受传统文学浸润之深而明显不同于左拉的地方。

（二）"史传""诗骚"传统

陈平原先生在分析中国小说时，提出了传统文学的"史传""诗骚"两大传统，认为千百年来这两大传统一直影响着小说，"正是这两者的合力在某种程度上规定了中国小说的发展方向"。① 借用陈平原先生的提法，李劼人传统这一"前理解"使他在创作时不可避免地要受到传统文学这两大特点的制约。然而，"不同时代不同修养的作家会有不同的审美抉择，所谓'史传''诗骚'之影响于中国小说，当然也就可能呈现不同的侧面"，② 所以，在具体论述时，将有所侧重和变化。

史书在中国古代有崇高的地位，"史传"在中国传统文学里是正宗。文人以史为宗，以小说比附史书；小说家直接借鉴史书都不足为奇。被鲁迅先生誉为"史家之绝唱，无韵之离骚"的《史记》成了历史小说的范本。李劼人热衷于表现历史，虽在体例上和历史意识上（主要是以小人物来写风俗史，而不是传统文学中以帝王将相、英雄人物为主角）借鉴了法国"大河小说"，但传统文学的"史传"传统促使他更倾向于"史"这一维度，而不会像左拉那样更关注"知识"这一领域。无论是在分析人物及社会、还是在描写环境方面，都表现出这样的认识和观念，如他表现历史的真实。如果说左拉受西方理性主义思想的熏陶，那么李劼人就受中国传统史学影响更深。

"'史传'之影响于中国小说，大体上表现为补正史之阙的写作目的，实录的春秋笔法以及纪传体的叙事技巧。"③ 李劼人的写作目的就是要再现当时社会生活的方方面面，以"修史"的态度对待历史。难怪后来有人编写历史教材都要参照他的"三部曲"：《四川保路运动史》这部史学著作多次引用李劼人小说的描写作为史料；确实是补正史之不足。作为传统文学的忠实读者，李劼人受"史传"传统影响而形成的对真实性的执着追求，既使得他能坚持实录的方法（这也是他学习左拉的一个方面），同时也使得他固守着历史的真实，坚持"再现历史"的宗旨。

"'诗骚'之影响于中国小说，则主要体现在突出作家的主观情绪，于叙事中着重言志抒情；结构上引大量诗词入小说。"④ 古典小说里的"有诗为证"多得举不胜举，人物形象吟诗作赋也是数不胜数。在现代中国，引诗词入小说的情况已不多见，但"诗骚"的传统仍然让作者在叙述故事情景时会发生偏离，将笔端游离于故事之外。李劼人的《暴风雨前》在这一点上很是明显，不过做了一些变形：将诗词换成了环境、风俗描写，从而在故事之外还为小说倾注文化意义。虽将传统形式做了改变，但从中仍可看出文人的闲情逸致；作者对各种传说、轶闻、风俗信手拈来，那份从容自信充分暗示了作者的"士大夫"情结，

① 陈平原，《中国小说叙事模式的转变》，上海人民出版社，1988年，第223页。
② 陈平原，《中国小说叙事模式的转变》，上海人民出版社，1988年，第224页。
③ 陈平原，《中国小说叙事模式的转变》，上海人民出版社，1988年，第224页。
④ 陈平原，《中国小说叙事模式的转变》，上海人民出版社，1988年，第224页。

暗含了文人对文化自发的不懈追求。既能传授知识，又能愉悦读者，恰好是对"史传"传统的一种补充。

作者通过郝又三等知识分子的行踪体现对文化风韵的关注，主要包括他对周围环境、人物的观察；尤其是游山玩水时，赋予景物特别的文化内涵。郝又三初进学堂，看到的文人手笔是"考四海而为隽，纬群龙之所经"①；游望江楼时首先看到木刻对子，接下来是"濯锦楼"，然后是"吟诗楼上何子贞的'花笺茗碗香千载，云影波光活一楼'"的对子②，后来又是"浣笺亭"，大街上的招牌，又转移到成都文人陈滥龙的趣事。这些文化因子从一个侧面反映出作者对文化的兴趣，对"诗骚"传统的继承。

《暴风雨前》里有两个叙述中心：一个是以郝又三为中心的团体；另外一个是与之有关联的以伍大嫂为代表的下层社会。作者不可能将文化意义赋予下层人民，只有将之体现在封建社会末期文人身上，以郝又三的闲散来承载文化的重任。这样既延缓了故事情节发展的进程，又在某种程度上转移了对故事的过分关注。同《小酒店》相比，蕴含其中的"诗骚"传统从某种程度上消解了小说的悲剧意义，因而，作者最终会给人物以大团圆结局。而能将"史传""诗骚"两种传统同时并举，还能进行有机结合，可见李劼人深受传统文学的滋润。周克芹对此也赞誉有加："不光是史，也不只是诗；他把'史'和'诗'结合得相当的完美。读者在解读他写的历史的同时，更能得到艺术审美的享受，这就是劼老作品伟大的地方。"③

四、地域意识的影响

李劼人是现代文学史乡土文学的一家，这已是文学界公认的事实。杨义在其《中国现代小说史》中就是以"乡土作家"的身份介绍他的。郭沫若称他的作品为"小说的近代《华阳国志》"④；巴金说："只有他才是成都的历史家，过去的成都活在他的笔下。"⑤《暴风雨前》呈现给大家的正是过去的活生生的成都生活，极具地域意识，不同于《小酒店》之巴黎。

地域不仅包含自然条件，同时还包括构成人文环境的诸般因素；它对文学、作家的影响是综合的。严家炎先生认为，地域"影响着作家的性格气质、审美情趣、艺术思维方式和作品的人生内容、艺术风格、表现手法"。⑥李劼人的地域意识体现在他不仅潜移默化地受巴蜀文化的濡染，不由自主地选择了巴蜀大地的社会历史、人情世态；甚至是自觉地追求、表现这一文化，写作时有意为之。

地域意识的一个突出表现是运用地方语言写作。左拉擅用下层人物语言入文，李劼人

① 李劼人，《暴风雨前》，中华书局，1940年，第78页。

② 李劼人，《暴风雨前》，中华书局，1940年，第243页。

③ 张义奇，《周克芹谈李劼人作品》，见《李劼人的人品和文品》，四川大学出版社，2001年，第165页。

④ 郭沫若，《中国左拉之待望》，见《李劼人选集（第一卷）》，四川人民出版社，1980年，第6页。

⑤ 艾芦，《"过去的成都活在他的笔下"》，见成都市文联编研室编，《李劼人作品的思想与艺术》，中国文联出版公司，1989年，第134页。

⑥ 严家炎，《世纪的足音》，作家出版社，1996年，第268页。

一直坚持用四川方言。由于两种语言存在巨大的差异，不能肆意将它们联系在一起，因此，李劼人在语言上的创造性变异就存而不论。

（一）风土人情的影响

《暴风雨前》将自然景观、历史名胜、社会风俗作为一个直接表现的重要内容进行描写，以再现历史风貌。这在第二章已着重论述。李劼人在接受左拉时为何会有这样的转换？除了受"史传"传统的制约外，同时还受地域意识的限制，尤其是自然景观、风俗习惯、人情世态的影响。

四川盆地地理环境特殊，物产丰富，自古被誉为"天府之国"；孕育其中的巴蜀文化有其独特的价值观念和思维模式。有人概括了这种文化模式的特征："封闭盆地意识，以勇敢、强悍的阳刚气质作为框架而建构的基本人格结构；重享乐，尚奢华的慵惰性。"① 李劼人从小就习惯了这里的生活方式，接受了这一特定地域文化的塑造，摄取其基本的价值、审美观念，在人格和心理结构上都镌刻着巴蜀文化集体无意识的痕迹。所以，在《暴风雨前》里清晰地留下了这种文化模式的烙印；在环境和人物方面体现得尤为充分。

成都是文化古城，不仅有独具特色的自然环境，同时还孕育着丰富的人文景观和社会习俗。李劼人自小就耳濡目染，对之抱有极大的热情，因而在作品中详细地描绘了一幅幅图画，充分展示了此地与众不同的特色。成都的大街小巷、公园茶馆、楼台亭阁、田园风光、气候人口，无一不是他描写的对象；各种热烈场面、节日气氛、婚丧习俗无不入他眼，不停留于他的笔端。如果说对观看"廖观音"杀头时的场面的极力渲染是为了揭示当时愚昧的国民性，对郝又三结婚过程的详细记述是为了衬托官宦家庭的地位，那么对郝太太丧葬的烦琐描述就是作者将注意力倾注在民俗上的具体表现。因为此时已无必要再显示郝家的地位及财富。对茶馆功能的详述也是地域文化影响的结果；众所周知，在巴蜀文化中，茶文化是比较显著的。受地域文化的熏陶，自然对所感兴趣的习俗爱不释手，在写作时不忍舍弃，哪怕是于主题毫无裨益；反之，正因为有地域意识的"前理解"，其作品才会展示这一地域的特色和魅力。

巴蜀文化模式的人格特征对小说的人物塑造影响极大，使《暴风雨前》中的人物特别是女性人物形象都具有巴蜀文化的文化意蕴。尽管受外国文学的影响，李劼人不以道德、政治观点来塑造人物形象，而是赋予人物张扬的人性；但笔下的人物始终脱离不了巴蜀文化内规的一些特性，具有巴蜀文化特质。

四川女性火辣辣的性格是闻名已久的，她们大都勇敢、坚强、能干、善于适应环境的变化。伍大嫂就是其中的代表。她充满了野性，完全按照自己的主见活着，即使是为人所不齿的生活，她也能够活得有滋有味，有情有义。在她那里，生命是最本真的，其余的都可以抛在一边置之不理，弃之不顾。当她的身份是王四姑儿时，她可以给父亲脸色，大发脾气，表示对生活的不满；做了伍大嫂，仍然是家里的主宰；后沦落为暗娼，敢和警察讲理，

---

① 周华《论巴蜀文化与李劼人小说》，见《李劼人小说的史诗追求》，成都出版社，1992年，第99页。

冷冷地对待不如意的"顾客"。她不逢迎、不自卑、不羞愧、不狡诈,主动承受着生活的重担。勇敢、强悍的集体人格在她身上留下了难以磨灭的印记。这是左拉笔下浑浑噩噩生活着的软弱的绮尔维丝难以想象的。

重享乐、尚奢华的文化特质在人物身上表现得更为明显。对享乐主义的膜拜使伍大嫂宁愿卖身养家也不愿凭劳动吃饭,也使郝又三等公子哥儿看重物质享受并流连于风月场所,更使平民子弟王念玉自恃美貌甘愿做娈童被玩弄。上等人家里注重吃穿游玩,讲究品茗娱乐,充斥着浮华气息。作者安排田伯行这个人物形象时常伴随在郝又三左右,不断地比较、提醒、感叹这种奢华的生活,可谓是匠心独运。在一个注重享乐的社会里,人物必定没有较高的追求,注定不会是大人物,只是芸芸众生;为了享乐,他们的伦理纲常、道德观念必将趋于消解。这也是巴蜀文化意蕴的内在要求;因此,这些人物形象具有浓郁的地方特色。

(二)地方志、龙门阵的影响

在巴蜀文学形式中,地方志、龙门阵占据一定的地位,对深受这一地域文学浸润的文人的创作有或多或少的影响。地方志实际上就有一种"史传"传统,这刚好与传统文学中的"史传"传统相补充;与此同时,蕴含其中的"方志意识"更是地域意识的体现。李劼人积极地搜集了各类四川方志,用以帮助他的小说创作。在《暴风雨前》里,有对成都人口、气候、城墙的考证,对街道变迁的陈述,对河流状况的解释;对地方风俗的介绍更加详细,如介绍成都的茶铺与茶俗,就用了接近两千字;这些都是地方志的集中表现。作者还把这一地域的人与物结合起来,对人进行评述,从另一个角度强调方志意识:"不过水是那么的流,只管河床看来是很平坦的,这大可以象征四川人的性情。"[①]地方志以对社会全方位的关注,能帮助作者再现历史,再现众生相。在李劼人这里,地方志的价值得到了前所未有的表现与提升。

严格来说,龙门阵并不是一种纯粹的文学形式,但它作为一类叙事形式,对文学也起一定的作用。根据郭沫若的说法,李劼人在中学时不光喜欢看小说,还喜欢说小说给同学听。究其实质,就是以"摆龙门阵"的方式来叙述小说。龙门阵有它固有的叙事样式,作者总喜欢在叙述时放慢节奏甚至停下,插入另外与之相关的或毫无关联的叙述进行补充。其目的是照顾到读者的接受,让读者明白所讲,或增长见识,或开阔视野。讲故事者没有隐在故事背后,往往跳到故事前与读者面对面地交流。正因为这样,《暴风雨前》里,李劼人常常停下笔来插入一大段的文史掌故或生活知识;即使是小处,作者也不放过,如对"理化室"的介绍:"当时看起来,不知是如何的新奇美好,其实,与木柱泥壁的讲堂一样,既不合格,又不中用。"[②]明明是以现在的时间在叙述,突然又提到"当时",将视角拉回到过去,"其实"一词又起到解释补充的作用,告诉读者叙述者的真正看法。文中多次出现的"据说""传说""其实"等词汇,都是龙门阵所必需的词语,是根据在场人的理解能力

---

① 李劼人,《暴风雨前》,中华书局,1940年,第240页。
② 李劼人,《暴风雨前》,中华书局,1940年,第79页。

进行分析、解说的关键词。

除开这些词语外，还有一些是"自问自答式的，或者是包涵了一定的逻辑推理关系，运用了一定的逻辑语言的"。[①] 逻辑性强是龙门阵显而易见的特点，不然，听者（读者）就会糊涂，理不清思路，讲述者的目的也就落空了。李劼人在讲述时擅长用序数词来强化逻辑性，无论是讲述人抑或是故事中人物，都用到这一形式。在分析成都茶铺的三种功能时，就用到"一种""第一层""第二层""第三层"等序数词；讲述郝家故事时有"第一""第二""第三"；这样的序数词在文中有多处。如果说这是叙述人的思维，应该具有逻辑性，那么故事中人物的对话里也总是有极强的逻辑性。郝太太，一个封建家庭主妇，在谈话中也是用"一则""况且""所以"等来连接话语。就连对伍太婆言语的转述，也是"一则""再则""还有"，这分明是转述者的介入和干预，使得原本没有如此强的逻辑性的话语，显得逻辑性十足。从序数词的反复使用，可见作者比较倾向于分析、归纳、总结；龙门阵对他的潜在影响于此也就显现出来了。

叙述人的转换也是龙门阵的一大特色。在讲述时，讲述人会根据故事情节的发展，随着人物的口吻进行变化，使讲述更加贴切、生动，绘声绘色，以吸引读者。郝达三同他的儿子一起会见苏星煌，本是以郝达三的眼光在打量苏的穿着打扮，可接下来又变成了另外一个叙述人"我们"，以"我们"的视角来看，就是全景式的，一目了然。在介绍伍平要娶亲的情况时，"幼年丧父的单传儿子，及时讨一个老婆传种，把祖宗的香烟接起，这是我们旧中国人生哲学之一，任凭你……"[②] 撇开第三人称叙述，转换成了一二人称，使叙述者与读者直接进行对话，好比正在摆谈龙门阵。龙门阵的运用使小说具有明显的地域特色。特定的地域赋予李劼人小说特定的不同于左拉的风格。

总之，李劼人之所以在接受外国文学尤其是左拉的作品时能动地进行变形，其原因就是他本身所具有的"前理解"。有时代的要求、传统文学的熏陶、地域意识的潜在影响，等等。有了这些因素，所以，《暴风雨前》既能真实确切地反映当时的社会生活，又有对传统文学的继承，更有巴蜀特殊之风的展示。这三重"期待视野"不是简单地叠加或组合，而是融会贯通，对他的创造性吸收有着综合的影响。有此影响，其作品才是当时的四川成都生活的写照，而不是左拉笔下的巴黎。

---

① 李怡，《现代四川文学的巴蜀文化阐释》，湖南教育出版社，1995年，第188页。
② 李劼人，《暴风雨前》，中华书局，1940年，第99页。

结　论

　　通过对左拉《小酒店》和李劼人《暴风雨前》进行比较，厘清了李劼人学习左拉、借鉴左拉作品的这一事实，也从中知道他在借鉴的同时根据实际情况进行创造性的发挥、扬弃。其实，一个能动的作家对其他民族文学、其他作家的接受，不会是简单的移植和嫁接，必定是合理地取舍。其取舍内容和程度完全取决于接受者的期待视野。在接受后，还要根据其期待的视野和自身结构重新调整和转化所接受的异域因素，从而使外来的和内在的融会贯通、合而为一，形成一个有机整体。在这方面，李劼人无疑是成功的。

　　中国是一个史传大国，自古以来就主张真实地记录史实；地方志所蕴含的对现实的热切关注也首先推崇真实。受这两方面的影响，李劼人当仁不让地极力追求文学中的真实性。在这一点上刚好与以左拉为代表的自然主义强调真实相一致，所以，李劼人就有借鉴左拉真实描写方法的先决条件。在真实性这一基础上，将两者的作品相比较，才具有切实的可行性。塑造真实的人物，描写真实的环境，展现客观的生活状态。即使是对《小酒店》中人物设置的借鉴，也是从真实性这一角度入手的，主要是渲染人物同样艰难的生存状态和在这样的境遇下人性的爆发与扭曲。李劼人明智地舍弃了左拉关于内部环境的理论，而不从生理学上描写人、分析人，不提出明确的科学知识的理论系统；而是着眼于社会、历史、地域，更强调历史的意义。因此，李劼人并不是左拉自然主义的"中国版本"，只是在方法论上有一些借鉴。

　　李劼人的借鉴是他的期待视野所决定了的。虽然在叙事的整体构架和细节的真实描写两方面，他都借鉴了法国"大河小说"，尤其是左拉的小说；但他在接受的同时进行了创造性的转换，根据自己的期待视野和认知结构作出了相应的调整。具体说来，是历史、传统、地域的内定性规定了他的创造形式。对历史的重视使他力图真实地写出历史的全貌；对传统的继承让他的作品更有文人的韵味；对家乡乡土的热爱使得他用满腔热情来刻画具有地方特色的人物、描写这一地域的环境，为读者展示一个色彩斑斓的成都世界。

　　无可置疑，李劼人对西方文学的借鉴是中国现代文学与西方交融的一个范例。他的历史小说在中国现代文学上是独一无二的，有独特的地位。在长期以来充斥着人民、阶级、道德、革命等术语的现代文学史上，他的小说是个特例，同时也是现代文学里的奇葩；更是当代文学借鉴西方的范例。经过了漫长的孤独期，李劼人的小说终于又得到了认同与重视，又散发出了它应有的光彩。李劼人研究势必会走得更深更远，《暴风雨前》的魅力还更待深入地挖掘；将它与《小酒店》进行比较，只是从一个方面来展示李劼人与左拉的关系，为厘理中外文学关系做一点儿补充，同时也为当下的借鉴与接受提供参考。

参考文献

一、书目

[1] 陈平原.中国小说叙事模式的转变 [M].上海：上海人民出版社，1988.

[2] 杨义.中国叙事学 [M].北京：中国社会科学出版社，2010.

[3] 杨义.文化冲突与审美选择 [M].北京：人民文学出版社，1988.

[4] 杨义.中国现代小说史 [M].北京：人民文学出版社，1998.

[5] 傅修延.中国叙事学 [M].北京：北京大学出版社，2015.

[6] 纪秀明.传播与本土书写：比较视域下的中国当代小说生态叙事研究 [M].北京：社会科学文献出版社，2016.

[7] 刘卫英，王立.欧美生态伦理思想与中国传统生态叙事 [M].北京：北京师范大学出版社，2014.

[8] 鲁枢元.主编自然与人文：生态批评学术资源库 [M].上海：学林出版社，2006.

[9] 查常平.人文批评中的生态艺术 [M].上海：上海三联书店，2021.

[10] 余达忠.生态文化与生态批评（第 1 辑）[M].贵阳：民族出版社，2010.

[11] 刘文良.范畴与方法：生态批评论 [M].北京：人民出版社，2009.

[12] 王茜.现象学生态美学与生态批评 [M].北京：人民出版社，2014.

[13] 鲁枢元.生态批评的空间 [M].上海：华东师范大学出版社，2006.

[14] 王晓华.生态批评——主体间性的黎明 [M].哈尔滨：黑龙江人民出版社，2007.

[15] 王诺.生态批评与生态思想 [M].北京：人民出版社，2013.

[16] 黄轶.新世纪乡土小说的生态批评 [M].上海：东方出版中心，2016.

[17] 马特，宋燕鹏.城市生态批评理论研究 [M].北京：中国社会科学出版社，2020.

[18] 吴景明.生态批评视野中的 20 世纪中国文学 [M].北京：中国社会科学出版社，2014.

[19] 王喜绒.生态批评视域下的中国现当代文学 [M].北京：中国社会科学出版社，2009.

[20] 李长中，钟进文.生态批评与民族文学研究 [M].北京：中国社会科学出版社，2012.

[21] 袁鼎生，龚丽娟.生态批评的中国风范 [M].桂林：广西师范大学出版社，2009.

[22] 盖光 . 生态批评与中国文学传统：融合与构建 [M]. 北京：中国社会科学出版社，2018.

[23] 党圣元，刘瑞弘选编 . 生态批评与生态美学 [M]. 北京：中国社会科学出版社，2011.

[24] 虹影 .K—英国情人 [M]. 南京：江苏文艺出版社，2013.

[25][法] 玛格丽特·杜拉斯 . 情人 [M]. 王道乾，译 . 上海：上海译文出版社，2005.

[26][美] 斯科特·斯洛维克 . 走出去思考——入世、出世及生态批评的职责 [M]. 韦清琦，译 . 北京：北京大学出版社，2010.

[27][法] 热拉尔·热奈特 . 叙事话语 新叙事话语 [M]. 王文融，译 . 北京：中国社会科学出版社，1990.

[28][法] 玛格丽特·杜拉斯 . 中国北方的情人 [M]. 施康强，译 . 上海：上海译文出版社，2011.

[29][法] 玛格丽特·杜拉斯 . 抵挡太平洋的堤坝 [M]. 张容，译 . 沈阳：春风文艺出版社，2000.

[30][法] 莫里斯·布朗肖 . 文学空间 [M]. 顾嘉琛，译 . 北京：商务印书馆 .

[31][美] 爱德华·萨义德 . 东方学 [M]. 王宇根，译 . 北京：生活·读书·新知三联书店，1999.

[32][英] 迈克·克朗 . 文化地理学 [M]. 杨淑华，宋慧敏，译 . 南京：南京大学出版社，2003.

[33] 唐湘 . 身体、历史、审美——虹影小说的女性空间危机研究 [M]. 北京：社会科学文献出版社，2020.

[34] 虹影 . 谁怕虹影 [M]. 北京：作家出版社，2004.

[35] 公仲 . 世界华文文学概要 [M]. 北京：人民文学出版社，2000.

[36] 王朔 . 文学阳台：文学在中国 [M]. 上海：上海文艺出版社，2001.

[37][法] 让·瓦里尔 . 这就是杜拉斯（1914—1945）[M]. 户思社，王长明，黄传根，译 . 北京：作家出版社，2009.

[38] 包亚明 . 后现代性与地理学的政治 [M]. 上海：上海教育出版社，2001.

[39] 包亚明 . 现代性与空间的生产 [M]. 上海：上海教育出版社，2003.

[40][美] 弗雷德里克·詹明信，张旭东编 . 晚期资本主义的文化逻辑 [M]. 北京：三联书店，2003.

[41][美] 弗雷德里克·詹姆逊 . 文化转向 [M]. 胡亚敏，等译 . 北京：中国社会科学出版社，2000.

[42][英] 弗兰克斯·彭滋等 . 空间——剑桥年度主题讲座 [M]. 马光亭，章邵增，译 . 北京：华夏出版社，2011.

[43][法] 亨利·列斐伏尔 . 空间与政治 [M]. 李春，译 . 上海：上海人民出版社，

2015.

[44] 王文斌，毛智慧. 心理空间和概念合成理论研究 [M]. 上海：上海外语教育出版社，2011.

[45][美] 爱德华·W·索亚. 第三空间：去往洛杉矶和其他真实和想象地方的旅程 [M]. 陆扬，等译. 上海：上海教育出版社，2005.

[46][美] 约瑟夫·弗兰克等. 现代小说中的空间形式 [M]. 秦林芳，编译. 北京：北京大学出版社，1991.

[47] 虹影. 小小姑娘 [M]. 南京：译林出版社，2011.

[48] 虹影. 我和卡夫卡的爱情 [M]. 西安：陕西师范大学出版社，2009.

[49] 虹影. 我们相互消失 [M]. 西安：陕西师范大学出版社，2009.

[50] 劳拉·阿德莱尔. 杜拉斯传 [M]. 袁筱一，译. 沈阳：春风文艺出版社，2000.

[51] 玛格丽特·杜拉斯. 物质生活 [M]. 王道乾，译. 上海：上海译文出版社，2007.

[52] 虹影. 萧邦的左手 [M]. 上海：学林出版社，2005.

[53][美] 爱德华·W. 苏贾. 后现代地理学——重申社会批判理论中的空间 [M]. 王文斌，译. 北京：商务印书馆，2004.

[54] 童强. 空间哲学 [M]. 北京：北京大学出版社，2011.

[55][英] 丹尼·卡瓦拉罗. 文化理论关键词 [M]. 张卫东，等译. 南京：江苏人民出版社，2006.

[56] 冯雷. 理解空间：现代空间观念的批判与重构 [M]. 北京：中央编译出版社，2008.

[57] 吴国盛. 希腊空间概念 [M]. 北京：中国人民大学出版社，2010.

[58] 阿英. 现代中国女作家 [M]. 上海：北新书局，1931.

[59] 陈学勇编. 凌叔华文存（上、下卷）[M]. 成都：四川文艺出版社，1998.

[60] 侯维瑞，李维屏. 英国小说史 [M]. 南京：译林出版社，2005.

[61] 凌叔华，傅光明译. 古韵 [M]. 北京：中国华侨出版社，1994.

[62] 李泽厚. 美的历程 [M]. 北京：中国社会科学出版社，1984.

[63] 乐黛云. 跨文化之桥 [M]. 北京：北京大学出版社，2002.

[64] 鲁迅编. 中国新文学大系·小说二集 [M]. 上海：上海文艺出版社，1980.

[65] 孟悦、戴锦华，浮出历史地表 [M]. 北京：中国人民大学出版社，2004.

[66] 钱理群、温儒敏等，中国现代文学三十年（修订本）[M]. 北京：北京大学出版社，2018.

[67] 乔以钢. 低吟高歌——20 世纪中国女性文学论 [M]. 天津：南开大学出版社，1998.

[68] 苏雪林. 苏雪林文集（第三卷）[M]. 合肥：安徽文艺出版社，1996.

[69] 沈从文. 沈从文选集（第五卷）[M]. 成都：四川人民出版社，1983.

[70] 申丹. 叙述学与小说文体学研究 [M]. 北京：北京大学出版社，1998.

[71] 盛英 . 二十世纪中国女性文学史 [M]. 天津：天津人民出版社，1996.

[72] 唐弢 . 晦庵书话 [M]. 北京：三联书店，1980.

[73] 童庆炳 . 文学活动的审美维度 [M]. 北京：高等教育出版社，2001.

[74] 王春荣 . 女性生存与女性文化诗学 [M]. 沈阳：辽宁大学出版社，2002.

[75] 王守仁主编 . 文学与起点——新世纪外国文学研究 [M]. 南京：译林出版社，2002.

[76] 魏洪丘等编 . 中国现代文学流派概观 [M]. 成都：成都出版社，1990.

[77] 严家炎 . 中国现代小说流派史 [M]. 北京：人民文学出版社，1995.

[78] 张京媛主编 . 当代女性主义文学批评 [M]. 北京：北京大学出版社，1995.

[79] 张奎志 . 文化的审美视野 [M]. 北京：社会科学文献出版社，2005.

[80] 朱虹 . 英美文学散论 [M]. 北京：三联书店，1984.

[81] 朱逸森 . 短篇小说家契诃夫 [M]. 上海：华东师范大学出版社，1984.

[82] 朱立元主编 . 当代西方文艺理论 [M]. 上海：华东师范大学出版社，2003.

[83] 朱光潜 . 朱光潜全集（第九卷）[M]. 合肥：安徽教育出版社，1993.

[84][英] 凯瑟琳·曼斯菲尔德，陈良廷、郑启吟等译，曼斯菲尔德短篇小说选 [M]. 上海：上海译文出版社，1983.

[85][英] 埃勒克·博埃默，盛宁、韩敏中译 . 殖民与后殖民文学 [M]. 沈阳：辽宁教育出版社，1998.

[86][英] 凯瑟琳·曼斯菲尔德 . 蜜月 [M]. 文洁若，荔子，译 . 北京：外国文学出版社，1988.

[87][英] 凯瑟琳·曼斯菲尔德著，唐宝心王嘉龄李自修等译 . 曼斯菲尔德短篇小说集 [M]. 天津：天津人民出版社，1982.

[88][英] 凯瑟琳·曼斯菲尔德 . 曼斯菲尔德书信日记选 [M]. 陈家宁，等编译 . 天津：百花文艺出版社，2004.

[89][美] 夏志清 . 中国现代小说史 [M]. 上海：复旦大学出版社，2005.

[90][俄] 契诃夫，汝龙译 . 契诃夫论文学 [M]. 北京：人民文学出版社，1958.

[91] 陈敬毅 . 艺术王国里的上帝——姚斯《走向接受美学》导引 [M]. 南京：江苏教育出版社，1990.

[92] 陈晓兰 . 文学中的巴黎与上海 [M]. 桂林：广西师范大学出版社，2006.

[93] 成都市文联编研室 . 李劼人作品的思想与艺术 [C]. 北京：中国文联出版公司，1989.

[94] 成都市文联，成都市文化局 . 李劼人小说的史诗追求 [C]. 成都：成都出版社，1992.

[95][德]H·R·姚斯，[美]R·C·霍拉勃 . 接受美学与接受理论 [M]. 周宁，金元浦，译 . 沈阳：辽宁人民出版社，1987.

[96] 蒋承勇 . 欧美自然主义文学的现代阐释 [M]. 上海：复旦大学出版社，2002.

[97] 李劼人 . 暴风雨前 [M]. 上海：中华书局，1940.

[98] 李劼人 . 李劼人选集（第五卷）[M]. 成都：四川文艺出版社，1986.

[99] 李劼人研究编委会 . 李劼人研究 [C]. 成都：四川大学出版社，1996.

[100] 李劼人研究编委会 . 李劼人的人品和文品 [C]. 成都：四川大学出版社，2001.

[101][美] 利里安·R·弗斯特，彼特·N·斯克爱英 . 自然主义 [M]. 任庆平，译 . 北京：昆仑出版社，1989.

[102] 李士文 . 李劼人的生平和创作 [M]. 成都：四川社会科学院出版，1986.

[103] 李怡 . 现代四川文学的巴蜀文化阐释 [M]. 长沙：湖南教育出版社，1995.

[104] 柳鸣九 . 自然主义 [M]. 北京：中国社会科学出版社，1988.

[105] 柳鸣九 . 自然主义大师左拉 [M]. 上海：上海文艺出版社，1989.

[106][法] 马克·贝尔纳 . 郭太初 . 左拉 [M]. 上海：上海译文出版社，1992.

[107] 马以鑫 . 接受美学新论 [M]. 上海：学林出版社，1995.

[108][法] 米歇尔·莱蒙 . 徐知免，杨剑 . 法国现代小说史 [M]. 上海：上海译文出版社，1995.

[109] 四川社会科学院文学研究院 . 四川现代作家研究集 [C]. 成都：四川社会科学院出版，1984.

[110] 司马长风 . 中国新文学史（中卷）[M]. 香港：昭明出版社，1978.

[111] 王锦厚 . 五四新文学与外国文学 [M]. 成都：四川大学出版社，1996.

[112] 伍加伦 . 四川现代作家研究 [M]. 成都：四川大学出版社，1990.

[113] 杨联芬 . 晚清至五四：中国文学现代性的发生 [M]. 北京：北京大学出版社，2003.

[114] 朱雯，梅希泉，郑克鲁 . 文学中的自然主义 [M]. 上海：上海文艺出版社，1992.

[115][法] 左拉 . 小酒店 [M]. 王了一，译 . 北京：人民文学出版社，1958.

[116] 王宁 . 文学理论前沿 [C]. 北京：北京大学出版社，2010.

[117] 孟华主编 . 比较文学形象学 [M]. 北京：北京大学出版社，2001.

[118]H·E·Bates Katherine Mansfield and A·E·Coppard[A]The Modern Story：A Critical Survey[C].T·E·Nelson and Son Ltd.1941.

[119]Katherine Anne Porter. The Art of Katherine Mansfield[C].The Collected Essays and Occasional Writings of Katherine Anne Porter D elacoyte Press，1970.

[120]Rimmon-Kenan, Shlomith Narrative Fiction：Contemporary Poetics[M].London Roultedge，1983.

[121]Heather Anne Horn.Origins，Identity，Home：Sites of Subjectivity and Displaced Narratives in Marguerite Duras and Wim Wenders[M].University of Wisconsin-Madison，August 1998.

[122]Gilles Fauconnier. Mental Spaces：Aspects of Meaning Constructionin Natural

Language.

[123]David Herman． Routledge Encyclopedia of Narrative Theory [M].London and New York：Routledge，2005.

二、论文

[1] 殷欣．杜拉斯文本的"空间叙述"研究 [D].苏州大学，2010.

[2] 方英．文学叙事中的空间 [J].宁波大学学报：人文科学版，2016（04）.

[3] 邓颖玲．康拉德小说的空间艺术 [D].湖南师范大学，2005.

[4] 潘泽泉．空间化：一种新的叙事和理论转向 [J].国外社会科学，2007（04）.

[5] 马德生．想象中国："自我"与"他者"的互动融合——以新移民女作家严歌苓、张翎、虹影为例 [J].河北大学学报（哲学社会科学版），2019（09）.

[6] 陈涵平，吴奕錡．在对称中追求平等——试析张翎《交错的彼岸》的文化结构 [J].名作欣赏，2007（02）.

[7] 王若丁．异国形象与他者——从比较文学形象学和后殖民主义角度解析《情人》[J].长春工程学院学报（社会科学版），2013（03）.

[8] 赵树勤，杨杰蛟．河流·情人·城市——虹影与杜拉斯小说意象的文化解读 [J].中南大学学报（社会科学版），2015（05）.

[9] 止庵．关于流散文学、泰比特测试以及异国爱情的对话 [J].作家，2001（12）.

[10] 乐黛云，蔡熙．"和而不同"与文化自觉：面向 21 世纪的比较文学——中国比较文学学会会长乐黛云教授访谈录 [J].中国文学研究，2013（02）.

[11] 胡辙．解读虹影：虹影访谈 [J].世界华文文学论坛，2006（02）.

[12] 方英．理解空间：文学空间叙事研究的前提 [J].湘潭大学学报（哲学社会科学版），2013（02）.

[13] 李原，虹影．关于伦敦、关于作品——虹影访谈录 [J].山花，2008（15）.

[14] 龙迪勇．空间形式：现代小说的叙事结构 [J].思想战线，2005（06）.

[15] 汪云霞，李思瑶．论海外华人女作家的家族传奇书写——以凌叔华《古韵》与虹影《饥饿的女儿》为例 [J].江汉大学学报（社会科学版），2016（09）.

[16] 陈学勇．同情乎？讽喻乎？——读凌叔华小说《杨妈》[J].名作欣赏，2020（02）.

[17] 魏洪琨．凌叔华的英文书写与中国形象异域建构——以《古韵》为中心 [D].上海外国语大学，2019.

[18] 杨翔凤．论凌叔华小说的艺术境界 [J].芒种，2014（07）.

[19] 崔涛．凌叔华小说中的民国风气 [J].小说评论，2013（11）.

[20] 胡燕春，李艳梅，汪涛．美国汉学家视域中的凌叔华 [J].作家，2011（11）.

[21] 刘广耀．传统与现代的交融——论契诃夫小说对凌叔华小说创作的影响 [D].河南

大学，2011.

[22] 陈彦文. 试析凌叔华小说的审美视点 [J]. 小说评论，2010(09).

[23] 林幸谦. 身体与社会 / 文化——凌叔华的女性身体叙事 [J]. 鲁迅研究月刊，2010
(06).

[24] 黄红春. 向内与向外的跨文化写作——冰心《寄小读者》与凌叔华《古韵》比较 [J].
世界华文文学论坛，2010(06).

[25] 崔涛. 凌叔华小说叙事风格成因探寻 [J]. 山花，2010(01).

[26] 许端. 论凌叔华小说中的绘画因素 [J]. 湖北社会科学，2010(01).

[27] 钱少武，论凌叔华小说叙事的绘画视角 [J]. 江汉论坛，2009(05).

[28] 姜晓寒. 画与诗的女性书写——凌叔华与曼斯菲尔德短篇小说比较研究 [D]. 云南
大学，2019.

[29] 王志勇. 凌叔华：丹青妙笔两相宜 [J]. 中国女性（中文海外版），2008(07).

[30] 蔡璐. 凌叔华与布卢姆斯伯里 [D]. 苏州大学，2008.

[31] 陈宗敏. 论凌叔华五四时期的小说创作 [J]. 江汉论坛，1984(02).

[32] 陈家宁. 曼斯菲尔德短篇小说的艺术特色 [J]. 北京师范学院学报，1985(02).

[33] 李奇志. 温婉雅淡的人生之歌曼斯菲尔德、凌叔华小说之比较 [J]. 湖北师范学院
学报（哲社版），1995(04).

[34] 王庆华. 在寂寞中歌唱——读凌叔华自转体小说《古调》[J]. 世界华文文学论坛，
1995(02).

[35] 赵友斌，梁永洪. 论曼斯菲尔德的后期小说创作 [J]. 外国文学研究，1999(01).

[36] 赵红英，龙筱红. 曼斯菲尔德的小说艺术 [J]. 武汉水利电力大学学报（社会科学版），
1999(01).

[37] 张文荣. 女性众态写真与自我写真论凌叔华、绿漪的文学创作 [J]. 兰州大学学报，
1999(02).

[38] 牟百冶. 从曼斯菲尔德的花园茶会看她的小说叙述艺术 [J]. 广西师范大学学报（哲
社版），1999(02).

[39] 张金凤. 曼斯菲尔德·序曲·新文体 [J]. 解放军外国语学院学报，1999(06).

[40] 王敏琴. 凯瑟琳·曼斯菲尔德对现代短篇小说创作的贡献 [J]. 湖南大学学报（社
会科学版），2000(03).

[41] 陈莉. 试论凌叔华小说的叙事特征 [J]. 乌鲁木齐职业大学学报，2000(01).

[42] 平啸. 走进女性—凌叔华笔下的女性世界 [J]. 江苏社会科学，2000(06).

[43] 陈红. 曼斯菲尔德的现代主义小说叙述艺术——《园会》集技巧探微 [J]. 湖南大
学学报（社会科学版），2003(02).

[44] 肖支群. 一样的日常生活，不一样的描述—曼斯菲尔德与契诃夫小说风格比较 [J].
德州学院学报，2003(01).

[45] 韩仪 . 浮出历史地表之后 [J]. 北方论丛，2003(05).

[46] 周春英 . 试论凌叔华小说的叙事模式 [J]. 宁波大学学报人文科学版，2004(02).

[47] 崔涛 . 凌叔华小说叙事视角透视 [J]. 常州工学院学报，2004(04).

[48] 崔涛 . 女性自我意识觉醒的叙事性文本——凌叔华小说综论 [J]. 宜宾学院学报，2004(06).

[49] 汪雨涛 . 花之寺五四新女性神话的消解——凌叔华小说浅议 [J]. 江西社会科学，2004(09).

[50] 李德慧 . 论李劼人《死水微澜》的民间叙事 [J]. 辽宁工业大学学报（社会科学版），2020(10).

[51] 燕巧 . 李劼人：四川的作家，中国的左拉 [J]. 新城乡，2018(01).

[52] 吴雪丽 ."空间"视域下的晚清成都想象——以李劼人"大河"三部曲为考察对象 [J]. 社会科学研究，2016(11).

[53] 殷红 . 李劼人小说的巴蜀文化阐释 [J]. 文教资料，2015(12).

[54] 万征 . 李劼人笔下的川西乡土空间研究——以《死水微澜》中的五个典型空间为例 [J]. 当代文坛，2013(05).

[55] 何平辉 . 中西文化交汇中的李劼人——"三部曲"创作论 [D]. 江西师范大学，2008.

[56] 王菱 . 李劼人的文体意识与文化自觉　[J]. 中华文化论坛，2010(09).

[57] 刘永丽 . 李劼人"大河小说"中的"现代"[J]. 当代文坛，2011(12).

[58] 孔雪 . 李劼人与巴蜀地域文化研究 [D]. 辽宁师范大学，2012.

[59] 戴定常 . 李劼人与左拉——李劼人创作方法初探 [J]. 社会科学研究，1991(01).

[60] 郜元宝 . 影响与偏离——略谈《死水微澜》与《包法利夫人》及其他 [J]. 中国比较文学，2005(01).

[61]Gabriel Zoran.Towards a Theory of Space in Narrative[J].Poetics Today，1984，5(2).